MISTER O

LAUREN BLAKELY

Mister O

Tradução
CARLOS SZLAK

COPYRIGHT © 2016, BY LAUREN BLAKELY
COPYRIGHT © FARO EDITORIAL, 2017

Esta obra foi negociada pela Bookcase Literary Agency em nome de Wolfson Literary Agency.

Todos os direitos reservados.
Nenhuma parte deste livro pode ser reproduzida sob quaisquer meios existentes sem autorização por escrito do editor.

Diretor editorial **PEDRO ALMEIDA**
Preparação **TUCA FARIA**
Revisão **GABRIELA DE AVILA**
Projeto e diagramação **OSMANE GARCIA FILHO**
Design de capa **HELEN WILLIAMS**
Imagem de capa **PERRY WINKLE PHOTOGRAPHY**
Ilustrações internas **MIKE MIDLOCK**

Dados Internacionais de Catalogação na Publicação (CIP)
(Câmara Brasileira do Livro, SP, Brasil)

Blakely, Lauren
 Mister O / Lauren Blakely ; [tradução Carlos David Szlak]. — Barueri : Faro Editorial, 2017.

 Título original: Mister O
 ISBN 978-85-9581-002-0

 1. Ficção norte-americana I. Título.

17-06269   CDD-813

Índice para catálogo sistemático:
1. Ficção : Literatura norte-americana 813

1ª edição brasileira: 2017
Direitos de edição em língua portuguesa, para o Brasil, adquiridos por **FARO EDITORIAL**

Avenida Andrômeda, 885 - Sala 310
Alphaville – Barueri – SP – Brasil
CEP: 06473-000
www.faroeditorial.com.br

MISTER O

O livro é dedicado aos meus leitores.
É por causa de vocês que eu escrevo!

E, como sempre,
minha querida amiga Cynthia.

Prólogo

PERGUNTE-ME QUAIS AS TRÊS COISAS QUE MAIS AMO fazer — a resposta está na ponta da língua: um ponto espetacular pro meu time de softbol, desenhar uma tirinha irada e, claro, proporcionar a uma mulher um gozo enlouquecedor. Não vou mentir — a última é, de longe, a minha favorita. Levar uma mulher a um orgasmo incrível e alucinante é a melhor coisa do mundo.

O clímax de uma mulher é como a chegada do verão, a manhã de Natal e férias em Fiji, tudo embrulhado num fantástico pacote de felicidade. Se conseguíssemos dispor da beleza e da energia das mulheres atingindo o orgasmo, poderíamos fornecer eletricidade pra todas as cidades, deter o aquecimento global e promover a paz mundial. Basicamente, o orgasmo feminino é a manifestação de tudo de bom no mundo. Ainda mais quando *eu* o proporciono, e já o proporcionei milhares de vezes. Sou como um super-herói do prazer, um agente de boas ações, um cara tímido antes, mas agora um garanhão, e minha missão é oferecer o máximo possível de orgasmos para as minhas mulheres.

Como consegui alcançar essa façanha incrível? Simples! Sou tanto um aluno como um mestre na arte de proporcionar orgasmos. Considero-me um especialista, pois, no interesse da total transparência, sou completamente *obcecado* pelo prazer feminino entre os lençóis. Fazer uma mulher gozar é tudo o que interessa. Azar do cara que não é bom nisso.

Porém, também tenho bastante humildade pra admitir que ainda sou um aprendiz. Sempre há algo novo a descobrir com uma mulher.

Como ela quer? Com suavidade, rudeza, rapidez, leveza, brutalidade? Gosta como? Com dentes, "brinquedos", o pau, a língua, os dedos? Ela anseia por um extra, como uma pluma, um vibrador ou uma combinação de todos os anteriores? Toda mulher é diferente e todo caminho pro prazer envolve sua própria jornada erótica, com muitas paradas fantásticas ao longo do caminho. Guardo na memória, estudo as dicas e sempre faço o trabalho de campo.

Suponho que isso me torne um pioneiro do orgasmo feminino. Um verdadeiro grande descobridor, aventurando-me sem medo, preparado para, a qualquer momento, mapear o terreno do prazer da mulher até ela gritar em êxtase.

Tudo bem, alguns podem dizer que sou um viciado. Mas, de verdade, é ruim que eu goste de fazer a mulher que está comigo se sentir bem? Se isso me torna um cara de mente estreita, então me declaro culpado da acusação. Sem constrangimentos, admito que quando conheço uma mulher, imagino, em segundos, sua aparência gozando, como ela geme, como quero fazê-la decolar.

O problema é que existe uma mulher de quem tenho de manter distância, embora eu venha querendo muito descobrir como levá-la à loucura. Tem sido uma batalha épica e fui obrigado a guardá-la numa gaveta especial, fechada e trancada, e jogar a chave fora, pois ela é a definição de *proibido tocar*.

O que é uma merda, pois ela está prestes a deixar a coisa cada vez mais *dura* com as palavras que escapam da sua boca.

Capítulo 1

DIZEM QUE OS HOMENS PENSAM EM SEXO EM 99,99% DO tempo. Não questionarei isso. Por que eu tentaria? É bastante exato, sobretudo quando consideramos que o 0,01% restante da capacidade mental está dedicado a encontrar o controle remoto.

Porém, no meu caso — e, devo dizer, em minha defesa —, o sexo é parte do meu trabalho.

Assim como tentar agradar e dar autógrafos. Portanto, aqui estou eu, na An Open Book, livraria descolada no Upper West Side, em Manhattan. Quando esta noite de autógrafos começou, há algumas horas, uma longa fila de admiradores se formou do lado de fora. O evento que minha rede de TV organizou está quase no fim e, assim, a fila diminuiu bastante. Mais da metade do público que compareceu era constituído por representantes do belo sexo. Não posso me queixar, principalmente pelo fato de que meus fãs eram quase todos homens até alguns anos atrás.

Muitos ainda são. Como este rapaz.

— Meu episódio favorito é o que foi tirado daqui. — Um adolescente desajeitado, com voz estridente e cabelo despenteado, aponta para uma tira de quadrinhos que mostra o Mister Orgasmo resgatando uma dúzia de beldades peitudas numa ilha distante, onde ficaram privadas de sexo por muito tempo. O resultado? Apenas um guerreiro de capa podia repor os depósitos esvaziados de prazer delas, que tinham se reduzido a níveis baixíssimos.

Tremo com a ideia do que aquelas mulheres devem ter passado antes da chegada do herói para salvar a situação.

— Sim. É demais, não? — eu digo, sorrindo rapidamente para o garoto e, depois, assentindo com seriedade. — O Mister Orgasmo prestou um serviço incrível para as damas, não concorda?

— Sim! — o garoto responde, com os olhos arregalados e fogosos.

— Ele as ajudou muito.

É estranho, pois ele tem uns dezesseis anos, e há uma parte de mim que pensa: *Por que você está assistindo ao meu programa de TV, safado?*. Mas, por outro lado, eu entendo. Na idade dele, eu também não fazia a mínima ideia de como lidar com as garotas. O que deve explicar por que comecei a desenhar *As aventuras de Mister Orgasmo*, antigamente, na forma de cartuns on-line, agora, a sensação televisiva do final da noite, que inclui o enredo a respeito do gesto de boa cidadania realizado pelo herói titular previamente mencionado.

Titular.

Eu disse titular.

Em minha cabeça.

Seja como for, aquele era um episódio popular e um dos motivos pelos quais minha emissora inseriu algumas de minhas antigas tirinhas nesta graphic novel do *sinceramente seu* Nick Hammer. Edição especial e o escambau, como diz o selo dourado estampado na capa.

— Pode autografar em nome de Ray? — o rapaz pede, e, quando ergo a caneta Sharpie preta, vislumbro um brilho dourado com o canto do olho e, depois, uma mão num bolso.

Ah, droga.

Acho que sei o que a mulher atrás do Ray na fila acabou de fazer.

Autografo o livro e o entrego para ele.

— Vá em frente e dê prazer, Ray — digo, como se fosse um mantra. Cumprimento-o, batendo meu punho fechado contra o dele. Na sequência, por instantes, o garoto contempla a mão, como se tivesse sido abençoado por um mestre.

É claro que foi.

— Dou minha palavra. Quero ser um provedor de prazer — o Ray afirma, solenemente, apertando o livro junto ao peito, recitando uma das conhecidas expressões do Mister Orgasmo.

Cara, algum dia esse moleque vai alucinar as mulheres. Ele é bastante determinado. Mas ainda não. Afinal, é só um adolescente.

Dirijo o olhar para a próxima pessoa na fila e sou pego de surpresa pelo tamanho dos seios em exibição. O suficiente para ativar um intenso transe masculino. Aqueles olhos vidrados que só um par de belas tetas consegue provocar num homem. Não sou imune a isso, porque... Tetas.

São uma das minhas áreas de recreação preferidas.

Porém, venho treinando seriamente para combater a situação. Parte do meu trabalho é interagir com o público e não posso simplesmente andar por aí de queixo caído, encarando peitos. Essa mulher vai colocar minhas habilidades à prova. Ela está usando uma camiseta branca decotada, o que é criptonita para a maioria dos homens.

Ela se inclina pra frente, assegurando uma visão privilegiada para mim. Olho em volta, esperando que a Serena, a relações-públicas muito grávida, sempre sorridente e bastante esperta, que trabalha no meu programa na rede Comedy Nation, retorne rapidamente de mais uma ida ao banheiro. Ela é especialista em saber como manter longe as fãs mais ardorosas.

Veja, não estou me queixando. Não me importo com o fato de que algumas das telespectadoras do programa fiquem um pouco excitadas em eventos como este. Tudo bem. Porém, tive a impressão de que aquela não estava para brincadeiras.

— Olá. — Esboço um sorriso para a falsa loira. Interagir e se envolver faz parte do trabalho. Sou a face pública do programa de TV, que vem aniquilando a maldita concorrência no horário das onze e também todos os programas apresentados mais cedo. Isso tanto empolga o chefe da rede como o deixa louco, mas essa é uma história para depois.

A mulher leva a mão ao peito, tentando uma tática respeitada por sua antiguidade para invocar o transe. Mantive-me estoico.

— Me chamo Samantha e gosto muito de seu programa — ela murmura. — Li o seu perfil na Men's Health da semana passada. Fiquei muito impressionada com a dedicação à sua arte e também ao seu corpo.

O perfil — porque é a Men's Health — mostrou uma foto minha malhando numa academia. Então, como a Samantha carece de sutileza, percorre com seus olhos cinzentos os meus braços cobertos de tatuagens, meu peito e, bem, simplesmente vamos dar nome aos bois: ela tenta me comer com os olhos bem aqui, na livraria.

— Dedicação é meu nome do meio — afirmo com um sorriso e ergo os óculos.

A Samantha me deixa tenso, e não é pelo amplo decote, mas pelo que ela, na fila, pôs em seu bolso alguns minutos atrás.

Ela se curva mais pra frente, deslizando o livro pela mesa, em minha direção.

— Se você quiser, pode autografar bem aqui — a Samantha sussurra, arrastando o dedo através do decote.

Agarro o livro rapidamente.

— Obrigado, mas acho que a primeira página do livro é um lugar tão excelente quanto.

— Você devia deixar o número de seu celular nela — a Samantha acrescenta, enquanto assino *Nick Hammer*. Em seguida, entrego-lhe o livro.

— Engraçado, não sei meu número. — Dou de ombros, inocente. — Quem consegue se lembrar dos números hoje em dia? Mesmo o próprio!

Onde diabos a Serena se meteu?! Espero que ela não tenha dado à luz no banheiro feminino.

A Samantha dá uma risadinha e, em seguida, arrasta uma unha bem comprida cor-de-rosa-chiclete em cima da minha assinatura.

— Hammer... — E me olha, afetadamente tímida. — É seu sobrenome de verdade ou é um apelido carinhoso para o seu*...

Não, não, não.

Abortar.

Nada de pegar esse caminho. Não faça o jogo do sinônimo sacana usando seu sobrenome com a Samantha, que está prestes a arranhar seu braço com suas unhas afiadas, meu chapa.

— Ah, desculpe. Você deixou cair alguma coisa?

Endireito os ombros ao escutar a voz familiar: ao mesmo tempo, humor frio e pura inocência.

A loira denota certa surpresa.

— Não — ela diz, retrucando a autora da pergunta. — Não deixei cair nada.

— Tem certeza?

---

* Em português, *hammer* significa martelo, mas em inglês também pode significar pênis. (N. T.)

Não consigo reprimir o sorriso, pois sei que a mulher que fala com a Samantha está planejando algo ardiloso.

Harper Holiday.

Cabelo ruivo. Olhos azuis. Rosto de anjo sexy, corpo de princesa ninja guerreira e boca adepta da entrega simplesmente perfeita de sarcasmos. Eu jogaria sinônimos sujos, antônimos sujos... Qualquer coisa suja com ela.

Na fila, Harper dá um passo, sai de trás da Samantha e abre a palma da mão.

— Porque tenho quase certeza de que esta é a sua aliança de casamento — ela diz, mostrando um anel dourado para a mulher.

— Não é minha. — A loira oxigenada se põe na defensiva, esquecendo-se de toda a sua doçura melosa.

A Harper bate a outra mão na testa.

— Putz, desculpa aí! Você pôs a sua no bolso alguns minutos atrás. Bem ali. — Ela aponta para o bolso direito da Samantha e, de fato, é possível ver o contorno do que parece ser uma aliança de casamento.

Foi exatamente isso o que suspeitei que a mulher fez na fila. Ela deve ter esquecido de que a estava usando e, então, tentou escondê-la no último minuto.

A loira oxigenada empalidece.

Apanhada em flagrante.

— Eu mantenho esta aliança à mão para situações como esta — Harper continua, exibindo o anel e o deixando capturar a luz do teto.

— Vaca... — a Samantha murmura, vira-se e se afasta.

— Divirta-se com o livro. — Em seguida, a Harper olha para mim, ergue a cabeça e lança um sorriso do tipo *Eu acabei de salvá-lo, seu babaca.* Em sua imitação própria das tietes do Mister Orgasmo, ela indaga: — Nick Hammer, esse é o seu nome verdadeiro?

E então me vejo torcendo para que a Serena permaneça no toalete por muito mais tempo.

Capítulo 2

MEU SOBRENOME VERDADEIRO É HAMMER.

Venho respondendo a essa pergunta o tempo todo. Todos acham que é falso. Como se fosse um nome artístico, um pseudônimo ou o nome que usei como *stripper*, remontando aos dias em que eu dava duro para ganhar a vida.

Estou brincando. Nunca fui *stripper*.

Porém, tive bastante sorte de ter um sobrenome do cacete. E sou duplamente sortudo, pois, se fosse uma menina, meus pais me dariam o nome de Sunshine. Em vez disso, minha mãe deu o nome de Sunshine para sua padaria e de Wyatt e Nick para os seus filhos. A nossa irmãzinha chegou alguns anos depois do surgimento da padaria. Assim, ela também escapou do nome hippie, mas Josie definitivamente captou a *vibe*. Ela tem um espírito livre.

Aponto para o anel que a Harper segura.

— Vamos ver se eu adivinho. Você foi para Vegas este fim de semana e se casou com o mágico do cassino.

— Nada disso! — A Harper sorri e guarda o anel dentro de uma bolsa vermelha, tão grande que é capaz de proporcionar abrigo seguro para refugiados.

— Falando sério, por que essa mania de carregar pra todo canto uma aliança de casamento?

— Eu poderia lhe contar, mas, nesse caso, estaria violando a norma 563 do *Manual de segredos dos mágicos*, que foi escrito para manter meros mortais como você no escuro.

Dou um tapinha no peito e faço que não com a cabeça.

— Como assim? Eu não sou um mero mortal. Confesse.

— É falso — Harper cochicha. — Eu o peguei e, assim, pude fazer um truque de prestidigitação numa festa no último fim de semana.

— O truque funcionou?

Sorrindo ironicamente, ela faz que sim.

— Como um feitiço. Converti a aliança no Anel do Poder dos Lanternas Verdes. O garoto ficou pasmo.

— E com razão. Aliás, obrigado. — Projeto o queixo na direção do lugar por onde a loira saiu há algum tempo. — Por um instante, achei que ela teria um minivibrador no bolso.

A Harper arregala os olhos.

— Isso já aconteceu?

— Ahã. Uma vez. Num encontro com fãs.

— Uma fã se masturbou na fila?

— Ou isso ou estava simplesmente se estimulando para mais tarde. Mas não se preocupe, também estou bastante animado com o fato de você me salvar da tática de uma mulher tirar furtivamente a aliança, talvez você seja uma super-heroína.

— Quem sabe? Apareço do nada e salvo homens inocentes de mulheres casadas com maridos perigosos, que querem aniquilar a energia vital de cartunistas muito conhecidos. Imagino que você vai querer me convidar para um café quando eu lhe disser que o marido dela tem cerca de três metros de altura, braços do tamanho de canhões e usa socos-ingleses. Eu o vi do lado de fora da livraria antes de entrar.

— Ele também comanda um ringue de luta clandestino?

Harper assente, com falsa seriedade.

— Sim. Ele é o Vicious. Esse é o seu nome de guerra.

— Sem dúvida, devo-lhe um café. Talvez até uma fatia de bolo. Para você saber o quanto a estimo por ter me salvado de Vicious.

— Não me provoque, os bolos são minha religião. — Em seguida, tirando uns óculos roxos da bolsa, ela fala baixinho: — Fiquei na dúvida se usava o truque do anel ou se dava estes óculos pra loira, sugerindo que ela os usasse para ajudá-la a comê-lo melhor com os olhos.

— São especialmente projetados pra isso? Em caso positivo, gostaria de conseguir um par. — *Para usar em você.*

A Harper volta a assentir.

— É possível adquirir um par numa ótica no East Village. São vendidos sob encomenda, mas posso arrumar um pra você. — Em seguida, ela fuça na bolsa, que é parecida com a da Hermione. Sim, eu li todos os livros da série *Harry Potter*. É simplesmente a melhor história de todos os tempos.

Harper saca um exemplar do meu livro e o coloca sobre a mesa.

— Você pode autografar para Helena?

Lanço-lhe um olhar quando vejo a nota fiscal dentro do livro, ela o comprou aqui!

— Harper, você não precisava vir até aqui para eu autografar um livro. Eu teria lhe dado um.

— Bom saber que estou na lista dos eleitos. Por ora, tenho uma cliente que nutre uma paixão secreta por você. Assim, vou dar pra ela de presente.

— Diga à Helena que o Mister Orgasmo mandou saudações. — E autografo o livro.

Ao erguer os olhos, vejo que a Harper está usando os óculos roxos.

Meu queixo cai.

Puta merda. Ela ficou um tesão. Como cara que usa óculos que sou, gosto de uma garota de óculos e nunca tinha visto a Harper usá-los antes. Não vou mentir: a fantasia de bibliotecária sexy é forte neste caso. Estou imaginando uma saia reta, uma blusa branca bem justa desabotoada de maneira sedutora e a Harper curvada sobre uma mesa, pronta para receber umas palmadas no traseiro por causa de alguns livros colocados em prateleiras erradas.

Harper me lança por cima dos óculos um olhar provocativo, como o da loira oxigenada na fila, e sussurra num tom malicioso:

— Os óculos funcionam, Nick?

Com certeza, mas você não precisa deles pra eu querer ser devorado com os olhos por você. Também estou te imaginando com nada além deles.

Espera aí. Droga. Não.

Silencio os 99,99% do meu cérebro que acabaram de pensar dessa maneira. Isso porque a Harper é a irmã do meu melhor amigo. E o Spencer já prometeu que rasparia todo o meu cabelo e tingiria minhas sobrancelhas se eu ousasse tocar nela. Não que eu tenha medo do Spencer, mas realmente gosto do meu cabelo. É castanho-claro, abundante e… bem, tenho de ser sincero: ele é perfeito pra fazer propaganda de xampu. Pronto, falei.

Também não planejo agir motivado por nenhuma das fantasias que tenho tido com a Harper, mesmo que, ultimamente, venha sendo perseguido sem trégua por aquela em que ela está curvada sobre a bancada da cozinha. Embora não seja justo com a fantasia da Harper pregada contra a parede, não é mesmo?

Lembrete pra mim mesmo: trazer de volta a fantasia da parede hoje à noite.

Porém, retornando à pergunta da Harper acerca dos óculos, respondo-lhe, repetindo suas palavras:

— Funcionam como um feitiço.

Ela tira os óculos e dá uma olhada na fila atrás de si. Restaram alguns poucos fãs, segurando seus livros, que denotam certo nervosismo com a demora.

— Estou atrapalhando, vou cair fora — a Harper diz.

— Espere. A coisa aqui está no fim. Vamos tomar um café daqui a quinze minutos? — E rapidamente acrescento: — Como pagamento pelo seu serviço de salvamento.

— Hum… Onde podemos tomar um café nesta cidade? — Harper indaga, como se estivesse considerando isso de verdade.

Suspiro e meneio a cabeça, fingindo concordar com ela.

— Boa pergunta. É mesmo difícil achar um lugar assim. É como se não existisse uma cafeteria em cada esquina.

A Harper dá de ombros.

— Muitas vezes é preciso caçar uma e isso pode levar algumas horas. — Ela, então, estala os dedos. — Quer saber? Verei o que consigo fazer com um mapa. Se eu achar uma num raio de quinze metros da livraria, te envio uma mensagem.

— Fechado.

Harper bate continência e gira nos calcanhares. Juro que não a observo com muita atenção enquanto ela se move sinuosamente pela livraria buscando a saída. Certo, tudo bem. Talvez eu dedique três ou quatro segundos na observação de seu traseiro. Cinco segundos, no máximo. Mas é um traseiro espetacular. Assim, parece uma vergonha não apreciar a visão.

Serena retorna, senta-se ao meu lado, junto à mesa, e nos quinze minutos seguintes concentro-me em meus fãs, autografando e conversando, interagindo e me envolvendo.

No fim da noite de autógrafos, procuro uma mensagem da Harper no celular e me alegro ao achar uma. Digito uma resposta e, em seguida, ajudo a Serena a se endireitar. Pessoa sem papas na língua, ela começou a trabalhar no meu programa há dois anos, antes de os índices de audiência subirem de modo vertiginoso.

— Você se saiu muito bem, querido. Perdoe-me por ter ficado fora de combate por algum tempo. — Ela prende o cabelo preto ondulado com uma presilha antes de ficar de pé e guardar as canetas Sharpie na bolsa. Faz um afago no ventre. — Juro que achei que iria dar à luz no banheiro da livraria.

— Engraçado, fiquei preocupado com isso. Se você tivesse o bebê no banheiro, em minha homenagem, daria o meu nome a ele, certo?

— Não. Se isso tivesse acontecido, o nome dele iria ser Lavatório — ela afirma e, em seguida, ergue o dedo. — Ah, quase me esqueci de lhe dizer...

— Essa é a frase com que a Serena sempre introduz os pedidos do chefe da emissora. — Na quinta-feira, há um evento ao qual o Gino quer que você compareça. É um evento pequeno, para levantar fundos para uma instituição de caridade, numa pista de boliche, mas ele quer a presença de todas as suas estrelas ali.

— Claro que vou — digo, pegando minha jaqueta.

Aliás, que outra resposta eu poderia dar? Idiota paranoico ou não, o Gino controla a grade de programação da emissora. E gosta de me lembrar de que foi ele quem decidiu, alguns anos atrás, quando estava no departamento de criação, converter minhas tirinhas on-line num programa com desenhos animados. Agradeço muito ao Gino por ter me dado essa chance. No entanto, ele também é um cara invejoso e suspeito que o motivo seja o fato de ele ter criado um programa, certa ocasião, que saiu logo do ar e nenhuma de suas iniciativas para produzir outro programa de sua autoria ter alcançado sucesso.

— E você conhece as regras. — A Serena fecha o zíper da bolsa, enquanto perambulamos por entre as prateleiras, dirigindo-nos para a saída.

Recito as regras:

— O Gino quer que eu seja charmoso, mas não tanto quanto ele, de modo que as mulheres corram atrás dele, em vez de correrem atrás de mim.

E devo jogar boliche muito bem se estiver no seu time. Caso contrário, devo entregar o jogo, para que ele ganhe. Se eu não seguir as regras do Gino, crescerão as chances de eu me ferrar nas negociações do meu novo contrato, que vão acontecer daqui a duas semanas, no fim deste mês.

— *Perfetto*.

— É quase como se eu estivesse acostumado com sua personalidade completamente caprichosa.

A Serena sorri.

— Esse é o nosso chefe. Ele estava acostumado a ser o centro das atenções até você chegar. Você é o cara e isso o deixa maluco. Mas eu realmente gosto que você participe desses eventos públicos.

Percorro com os olhos a livraria cheia de clientes, alguns dos quais acabaram de comprar minha coletânea de cartuns. Fui convocado a jogar boliche com um executivo de TV que é um idiota maluco e volúvel, mas que assina o gordo cheque do meu salário. Meu programa está bombando. Venho ganhando rios de dinheiro e muitos elogios. Também estou me dando muito bem com as mulheres. Elas gostam da minha barba malfeita, das minhas tatuagens, dos meus óculos e do meu cabelo. E também do meu físico, que outrora era magricela e, agora, exibe músculos fortes e sarados.

A vida é boa.

— Serena, eu te garanto, isso não é como ir a uma festa. É um sacrifício. O fato de o chefe da emissora ter uma birra comigo é um problema sério.

— Não — ela contrapõe bruscamente ao alcançarmos a porta da frente.

— Você sabe o que é um verdadeiro problema, Nick? Outro dia, fui a uma sorveteria Ben & Jerry's e pedi um pote para levar para casa. Quis dois sabores. Coco pra mim e manga pro meu marido. Mas adivinhe!

— Deixe-me ver... Sorvete de coco estava em falta.

— Pior! — A Serena bate a mão no meu peito e quase me joga contra a prateleira de novos lançamentos. — O empregado se esqueceu de pôr uma folha de papel encerado entre os sorvetes para separar os sabores. O sorvete de manga se misturou com o de coco. — Ela fez beicinho.

— Isso é realmente terrível. De certo modo, eu preferiria não saber que esse horror aconteceu. Não tenho certeza se consigo tirar essa imagem da cabeça.

Nesse contexto, despeço-me da Serena e me dirijo até o Peace of Cake. Ali, a Harper, sentada a uma mesa dos fundos, acena pra mim. Está lendo o meu livro.

É errado eu ter desejado que ela ainda estivesse usando os óculos?

Mas com óculos ou sem óculos, sinto-me atraído pela Harper.

Capítulo 3

DIVIDIMOS UMA FATIA DE BOLO DE CHOCOLATE.

Sei que isso faz parecer um encontro romântico, mas não é. O que acontece é que as fatias aqui nesta cafeteria são enormes. Não é possível comer uma porção sozinho, a menos que se tenha nascido com dois estômagos. Adoro sobremesas, mas só tenho um.

Além do mais, as coisas não rolam assim entre nós. Parece que conheço a Harper faz uma eternidade, já que sou amigo do Spencer a vida toda. Nós três frequentamos a mesma escola do ensino médio, mas a Harper é três anos mais nova que eu. Assim, não pensava nela da maneira como penso agora quando era aluno do quarto ano, e ela, do primeiro.

De qualquer maneira, agora que estamos ambos com quase trinta anos e morando em Nova York, saímos de vez em quando. Talvez ainda mais desde que o Spencer noivou, pois ele está menos disponível atualmente. Às vezes, em fins de semana, a Harper e eu assistimos algum filme; e, ultimamente, sentar-me ao lado dela no cinema se tornou a definição de perturbação.

Sejamos francos aqui: a Harper não é uma animadora de torcida sexy, nem uma beldade desfilando uma lingerie da Victoria's Secret. Ela é uma gata peculiar. Uma tesuda *nerd*. A fantasia excitante de um jogador de videogame. A Harper pratica *kickboxing* na academia, compete duro em nossos jogos de softbol de verão e sabe em qual casa ficaria em Hogwarts. Ela é da Lufa-Lufa e, sim, me excita o fato de que ela não escolheu Corvinal ou Grifinória como todo o mundo geralmente faz, mas escolheu a casa conhecida por sua lealdade.

Além disso, a Harper é uma mágica de talento. Ela ganha a vida assim. Paga suas contas fazendo truques de prestidigitação e pregando peças nos outros.

Até certo ponto, é a profissão mais quente de todas — mais quente do que bartender, do que modelo, do que estrela do rock. Porém, talvez não mais do que bibliotecária sexy...

Honestamente, até alguns meses atrás, eu não tinha esses pensamentos. Até o dia, no último verão, em que ela me pediu para ajudá-la a acertar as contas com seu irmão por algo que ele lhe fez há alguns anos. Pra executar a vingança, fingimos que estávamos nos esfregando num treino de softbol.

Tirei a camisa, ela acariciou meu peito e o resto é história. Cerca de 99,99% de minha mente passou a estar ali com a Harper, naquele dia, no Central Park.

Veja, sou homem. Simples assim. Não somos complicados e qualquer um que tente fazer de conta que somos complexos está mentindo. Não quer dizer que não somos capazes de sentimentos elevados, emoções e outras coisas do tipo. No entanto, quando se trata de mulheres, não é necessário muito para a coisa rolar ou não rolar.

E naquele dia, o lance com a Harper rolou o tempo todo.

Dou o melhor de mim para me concentrar no bate-papo com a Harper, em vez de querer saber o tipo de lingerie que ela está usando. Ainda mais porque consigo vislumbrar um pedaço de uma alça de cetim preto na beira de seu suéter com gola em V. Forço-me a não imaginar a aparência do resto daquela sedutora peça de vestuário.

Mas é tarde demais. Estou imaginando a peça agora, vendo em minha mente como a renda abraça sua pele, e é uma bela imagem. Obrigado, cérebro, por nunca ter medo de ir até lá. No entanto, agora, preciso voltar a prestar atenção à conversa.

Aponto para o bolo que estamos saboreando.

— Numa escala de um a dez, que nota você dá para ele?

Com o garfo suspenso no ar, a Harper olha para o teto.

— Arrebatamento.

— Não acho que esteja na escala.

— Eu disse que os bolos são minha religião — Harper afirma.

Reclino-me na cadeira.

— Eu estava dando uma olhada no seu livro antes de você chegar. É tão sujo... — a Harper murmura, como se fosse um segredo, como se ela acabasse de descobrir que meus cartuns são um convite à safadeza. — O que realmente quero saber, Nick Hammer — ela pronuncia meu nome de uma forma que a loira oxigenada da livraria jamais conseguiria —, é de onde você tira sua inspiração.

Nem queira saber, Harper.

Finjo estudar o bolo.

— Acho que este bolo leva alguma bebida alcoólica na receita.

Ela dá uma mordida e pisca os olhos.

— Sim, está delicioso. Bem molhadinho.

Porra, está vendo o que quero dizer? A Harper é demais. Fica difícil não pensar em como seria com ela na cama. A Harper funciona nesse estado constante de gracejo verbal, que é flerte, mas que não é exatamente flerte. O efeito em mim? Sou um gato e ela está brincando com um ponteiro *laser*. Fico caçando a luz vermelha, mas nunca consigo pegá-la. O fato de que sou solteiro não ajuda. Nada tenho contra uma transa sem compromisso, mas prefiro ser partidário da monogamia em série do que da paquera, ainda que jamais tenha me apaixonado por uma mulher com quem tenha me relacionado monogamicamente em série, incluindo a última, que está na Itália agora, escrevendo um livro.

Portanto, estou totalmente disponível. Estou interessado com todas as minhas células na mulher do outro lado da mesa, mas não posso tê-la de maneira alguma.

Tomo um gole de café, enquanto ela estende a mão e pega a caneca de chocolate quente. Como não posso passar todo o tempo contemplando os lábios da Harper na caneca, olho em volta. No balcão, as prateleiras estão repletas de bolos de aparência fantástica, e o cardápio, num quadro-negro, oferece sabores de dar água na boca, ao lado de opções normais de cafés. O Peace of Cake está lotado. As mesas de madeira estão quase transbordando com a miscelânea de pessoas do Upper West Side: mães, pais, crianças pequenas, além de adolescentes e jovens casais.

— Então, qual foi o número? — A Harper aponta o queixo na direção da livraria.

— Número de quê? De livros vendidos?

Ela faz que não com a cabeça.

— De cantadas que você recebeu.

Eu ri, mas não respondi.

— Vamos — a Harper pressiona, tamborilando os dedos no tampo. — Um cara bonito como você. O centro das atenções. Deve ter sido o quê...? Uma fã sim e outra também?

Meus ouvidos se animaram com a descrição. Assim como outras partes do meu corpo. Mas veja, ela não diz *cara bonito* de um jeito convidativo. Ela diz como sendo um fato conhecido. Motivo pelo qual não sou capaz de entendê-la. Não faço a mínima ideia se sua mente, naquele dia no parque, abandonou o terreno da amizade e partiu para o da sacanagem.

— Não foi bem assim, não.

— E a falsa loira? — ela pergunta.

— Tudo o que posso dizer é que você foi um excelente escudo quando eu mais precisei. — E estalo os dedos. — Ei, tenho uma ideia! Tenho de ir a um evento daqui a dois dias. — Dou-lhe os detalhes que a Serena compartilhou comigo e lhe informo a respeito da estranha inveja do meu chefe. — O Gino quer que eu vá, você não quer me acompanhar?

— Como escudo? Assim, as mulheres não vão cair matando em cima de você? — A Harper morde outro pedaço de bolo.

— Elas não costumam fazer isso se estou acompanhado.

Harper gesticula com seu garfo, num movimento de vaivém.

— Nesse caso, devo fingir que sou sua namorada? — ela diz, como se fosse a ideia mais louca do mundo, o que revela que preciso parar de considerar quaisquer pensamentos da Harper Holiday tornando a acariciar o meu peito em alguma outra ocasião.

Ela não precisa saber que, algumas semanas atrás, fiz um desenho de sua expressão num orgasmo. O quê? Foi algo tão errado assim? É o que faço para ganhar a vida. Não é tão estranho. Além disso, apaguei o arquivo. Eu estava apenas brincando no computador, juro.

— Como o Spencer e a Charlotte fingiram? — ela acrescenta, como se eu pudesse me esquecer do ardil deles, principalmente porque deu certo: em duas semanas, eles se casam.

— Não, seria mau se fizéssemos a mesma coisa — digo, cortando outro pedaço do bolo com o garfo. — Seria como se um escritor usasse o mesmo argumento em seu próximo romance.

— Como você sabe a respeito de argumentos de romance? — Harper pergunta, fazendo um ar de espanto.

— Escrevo um programa de TV. — Na verdade, desenho e escrevo, mas a ideia foi captada.

— Seu programa é um desenho animado de um super-herói devasso. E mesmo assim você está familiarizado com argumentos de romances?

— Namorei uma autora de romances há alguns meses.

— Como foi?

— Como um namoro — digo, impassível.

— Não perguntei isso. — A Harper demonstra impaciência. — Ela quis praticar com você?

Ri, adorando sua ousadia em perguntar.

— Você quer dizer as cenas, Harper?

Ela assente enquanto toma outro gole do chocolate quente.

— Ela quis praticar sim — afirmo, também assentindo.

— E você? — Muito curiosa, a Harper pousa a caneca sobre a mesa.

— Também.

— Uau! Quando você leu o livro dela foi como ver sua vida exposta?

— Esse livro ainda não foi publicado. É o próximo, eu acho.

— O que aconteceu com a garota?

— Acabou. — Dou de ombros. Não estou aborrecido com isso. Passamos bons momentos nos poucos meses em que estivemos juntos.

— Por quê?

Porque era divertido, nada mais. E porque J. Cameron — esse é o seu pseudônimo — é obcecada pelo seu trabalho. A ficção é o seu mundo. Por isso ela partiu para a Itália.

— Ela foi pra Florença. Acho que o seu próximo livro será ambientado lá — revelo para Harper.

— Estou ansiosa pra ler o livro em que você a "ajudou" em sua pesquisa — afirma, desenhando aspas com os dedos.

— Talvez eu nunca te revele o pseudônimo dela.

— Vou arrancar isso de você. — Harper pisca pra mim, enquanto eu tomo outro gole de café. — Ela escreve aquelas cenas de sexo de mau gosto, em que o cara diz pra garota que a ama enquanto está dentro dela ou pouco depois?

De tanto rir, quase engasguei com o café.

— Nossa! Não faço a menor ideia do nível de mau gosto das cenas. Não leio romances.

— Talvez devesse. Alguns são bem quentes. — Surge um brilho esperto nos olhos da Harper. Em seguida, ela retorna para o assunto do momento:

27

— Então, o evento. Deixe-me entender isso do jeito certo. Você quer que eu seja seu braço direito para ajudá-lo a encarar o seu chefe, que é tão idiota que não consegue lidar com o fato de que você é mais másculo do que ele e por isso atrai as mulheres como um gato atrai as gatas no cio?

Droga, eu gostaria que a Harper não usasse essa palavra estando tão próxima da fábrica de pensamentos obscenos dentro da minha cabeça...

— Não diria que isso seja verdadeiro.

Harper aponta na direção da livraria e diz:

— A julgar pela quantidade de mulheres que queriam seu autógrafo, acho que você recebe cantadas o tempo todo.

Eu pareceria um canalha completamente arrogante se falasse a verdade. Sim. Acontece muito, mas nem sempre como hoje. Com o sucesso, as mulheres ficam mais interessadas — e não só em mim, mas também em meus recursos. Estou me referindo às verdinhas, e não àqueles feitos de carne e osso, mas elas também gostam desses.

Como resposta, dou de ombros, num gesto de indiferença.

Ela sorri.

— Eu vou, Nick. E aí você fica me devendo um favor. Fechado?

— Fechado.

Harper estende o braço na direção do bolo, mergulha o dedo na cobertura e o traz para a boca, lambendo-o. Meu Deus! Por que ela me tortura assim? Obrigado por eu estar sentado. Ela não precisa saber que, atualmente, representa metade dos ingredientes de que necessito em minha mistura instantânea para conseguir uma ereção — adicione a isso o comentário sem intenção de uma gostosa sexy que não sei como interpretar, e aí a coisa rola.

— Olha! É Anna, a Incrível!

Harper projeta a cabeça na direção da voz infantil bradando seu nome artístico. Ela não utiliza seu nome verdadeiro nas festas infantis em que trabalha. Para as crianças, é Anna, a Mágica Incrível. Harper afirma que é mais fácil manter um perfil no Facebook com suas amigas da faculdade se não ligar seu trabalho a ele.

Harper abre um imenso sorriso, salta para fora da cadeira, agacha-se e saúda a garotinha de cabelos castanhos desordenados e diversas sardas ao redor do nariz. Ela põe o dedo indicador sobre a boca da menina e sussurra:

— Feche os olhos.

A garotinha obedece. Quando a Harper lhe pede para abrir os olhos, dois segundos depois, tira uma nota de um dólar cuidadosamente dobrada de trás da orelha da menina, que fica de queixo caído. Alerta de *spoiler*: a Harper tirou a nota de seu bolso quando os olhos da garota estavam fechados.

— Mas espere — ela diz, com sua voz de mágica e, em seguida, com a mão esquerda, alcança a outra orelha da garotinha e tira outra nota, dobrada como um aviãozinho.

Tudo bem, não tenho a mínima ideia de como Harper conseguiu fazer isso.

— Você é demais! — a menininha afirma, assombrada, e, então, olha pro pai.

Harper faz o mesmo. O pai da garota é alto e forte, e suspeito que, se está solteiro, como a falta de uma aliança parece indicar, vem ganhando mulheres com regularidade. Não, eu não o acho atraente, porque não acho homens atraentes. Só é possível dizer que um homem é bonito quando é um sósia do Chris Hemsworth.

Harper fica de pé e cambaleia. Estende a mão, apoiando o corpo em nossa mesa. Balbucia algo indecifrável.

Que merda é essa? Eu me endireito na cadeira, com minha curiosidade atiçada, enquanto a Harper tenta falar uma nova língua. Ah, espere, ela só não está conseguindo dizer "oi".

— Oi, Anna — o sujeito diz. Em seguida, baixa o tom e murmura como se o nome verdadeiro dela fosse seu segredo especial: — Harper.

E, sem dúvida, soa como se ele apreciasse dizer o nome dela. Droga. O sósia do Chris Hemsworth gosta dela.

Harper volta a abrir a boca, algo que soa parecido com: *Olá, Simon* escapa de seus belos lábios.

— Como vai? Este lugar é muito descolado, não acha? — ele pergunta.

Acho que a Harper respondeu que sim, mas não tenho certeza, dado seu súbito surto de não conseguir se lembrar de nenhuma palavra de seu idioma.

— A Hayden não para de falar da sua festa. Além de já estar fazendo a contagem regressiva, também está falando das mágicas que você fez no aniversário de cinco anos da Carly, no mês passado.

Harper dirige sua atenção de volta a Hayden.

— Você se divertiu, não? Gostou quando eu adivinhei sua carta secreta? Ou quando consegui levitar? — ela pergunta, voltando a falar sem problemas durante sua conversa com a criança.

— Adorei a carta secreta! Sim! Quero muito essa mágica na minha festa!

— Você vai ter tudo o que quiser.

O Simon dá uma olhada na minha direção e, então, pigarreia. Oferece um rápido aceno masculino para mim e a Harper, ruborizada, diz:

— Ah, este é o meu amigo, o Mister Orgasmo.

O silêncio cai sobre todo o recinto. Como se alguém quebrasse um copo e todos nós tivéssemos de encarar os estilhaços no chão.

É um desastre total observar a Harper falando com esse sujeito. Ao mesmo tempo, é horripilante e espantoso.

Passando pra coloração totalmente escarlate, ela leva a mão à boca. O Simon ri com a gafe dela e a Hayden dá uma risadinha, talvez porque ache engraçado ver o rosto da mágica ficar da cor de um carro de bombeiros. Estou pronto pra pegar um balde de pipoca e ficar assistindo a esse show, porque é fascinante que a Harper não tenha a mínima ideia de como interagir com um cara que gosta dela.

— Quer dizer, é Nick — ela grunhe. — Este é o Nick. Eu o salvei do Vicious.

— Vicious? — o Simon faz um ar de espanto.

Fico em pé.

— Um cara assustador que comanda um clube de luta clandestino ou, hoje em dia, talvez seja uma gangue de motociclistas. De qualquer jeito, ele era amedrontador — afirmo com um tremor na voz e, então, estendo a mão. — Nick Hammer. Prazer em conhecê-lo.

— Simon — ele responde. — E esta é minha filha, Hayden.

— Oi — digo pra menina.

Enquanto olha pro Simon, a Harper aponta o polegar em minha direção. A fala dá a impressão de ter voltado aos níveis quase normais:

— Nick é o melhor amigo do meu irmão. O que significa que ele está completamente fora de cogitação.

Ahh...

A trama se adensa. De fato, a Harper gosta desse sujeito, pois lhe passou a informação de que está disponível.

— Bom saber. — O Simon sorri. — Eu vou ligar para você. Talvez consigamos nos encontrar para organizar a festa. Falar dos truques e outras coisas.

Após uma despedida desajeitada, o Simon leva sua filha até a única mesa livre, do lado oposto da cafeteria. Encaro a Harper, incisivo. Não sou capaz de resistir. Preciso bisbilhotar sobre isso. Além do mais, vai me ajudar a afastar a imagem dela nua da minha mente.

— Você gosta dele, não?

Harper suspira com desânimo.

— É tão óbvio? — ela murmura.

— Não — afirmo, baixinho. — Quer dizer, mais ou menos. Não é como se você estivesse exibindo um cartaz que diz: "Gosto muito de você."

A Harper baixa a cabeça.

— Argh! Sou uma...

Ela não termina a frase, pois a exibição de mortificação dá origem a um bis quando a Harper deixa cair a testa na palma da mão, o que faz com que o cotovelo deslize sobre o tampo e empurre sua caneca com chocolate quente em minha direção.

Três segundos depois, a minha camiseta preferida, de cor cinza desbotada e com um desenho do Haroldo estampado nela, está coberta de leite morno e restos de creme chantili.

— Hora de morrer. — A Harper puxa o gatilho de um revólver imaginário apontado pra cabeça.

— Tudo bem. Hoje é dia de lavar roupa — brinco, e estou pensando que deve haver o enredo de uma história nisso se o Mister Orgasmo salvar a situação.

— Ainda quer que eu vá com você ao evento? Tem certeza?

Faço que sim com um gesto exagerado e puxo minha camiseta manchada de chocolate quente.

— Você acaba de fechar o acordo pra ser minha auxiliar, princesa desajeitada.

Capítulo 4

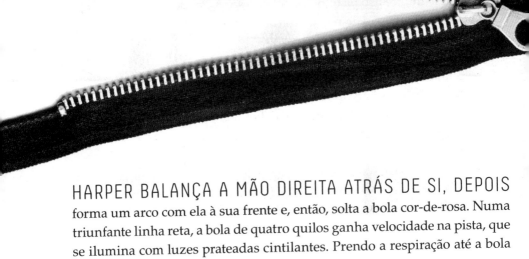

HARPER BALANÇA A MÃO DIREITA ATRÁS DE SI, DEPOIS forma um arco com ela à sua frente e, então, solta a bola cor-de-rosa. Numa triunfante linha reta, a bola de quatro quilos ganha velocidade na pista, que se ilumina com luzes prateadas cintilantes. Prendo a respiração até a bola derrubar três pinos.

Odeio fazer isso, mas, em silêncio, rezo para que o dano termine ali.

Mas não termina. Dois outros pinos oscilam e acabam se rendendo.

Cruzo os dedos para que os demais não cedam.

Em vão. Mais três tombam e, então, um deles acerta o par restante. E todos caem.

A Harper ergue os braços e soca o ar com um punho. Foi o seu segundo *strike* da noite, junto com um *spare*. Merda, merda, merda. Minha equipe está perigosamente perto de derrotar a equipe do Gino. Viro a cabeça e o observo. Seus braços estão cruzados, seus lábios formam uma linha fina e seus olhos estão quase fechados. Sentado na cadeira de plástico laranja, perto da tela de pontuação, o Gino me fuzila com o olhar, como se fosse minha culpa deixar a Harper fazer um *strike*. A Serena aparece e ele sorri vivamente quando ela apoia a mão em seu ombro e lhe sussurra algo. Provavelmente lembrando o chefe de dizer "xis" para o fotógrafo da emissora, já que vão postar aquelas fotos no feed do Instagram da rede de tv Comedy Nation.

Volto a dirigir a atenção pra Harper. Com os olhos azuis cintilantes, ela dá a impressão de que está sentindo algum tipo de barato. Começa a vir em minha direção. Eu não deveria ficar surpreso com o fato de a Harper conseguir jogar boliche como uma campeã. Aposto que ela também é demais na piscina e, provavelmente, acerta o alvo com os dardos todas as vezes. Caramba, ela também deve conseguir trocar um pneu sem ajuda.

Esta última é uma imagem bastante quente...

Porra, é uma má ideia especular a respeito das habilidades da Harper em reparar carros, pois, enquanto ela desfila na minha direção, eu a desenho mentalmente como uma mecânica ruiva tesuda, que usa um shortinho e uma regata justa sobre o peito, com manchas de graxa sexy nas pernas. Não sei o motivo, mas as mulheres são obrigadas a usar shortinhos em quaisquer fantasias envolvendo oficinas mecânicas. Faz parte do manual de instruções masculino e não podemos nos desviar disso. Não que eu queira. Existe por um motivo: é quente como o pecado.

— Você viu isso? — a Harper pergunta, radiante, e me abraça para celebrar.

Reprimo minha fantasia, de modo que não fica totalmente óbvio que estou tendo uma ereção por ela nesse momento. Contudo, seria maravilhoso se a Harper trabalhasse em meu "motor".

A ironia é que nem mesmo tenho um carro.

— Você não me disse que jogava boliche tão bem — sussurro com o canto da boca, também a envolvendo em meus braços. Porque... Bem, ela começou, e parece fantástica toda aconchegada em mim desse jeito.

— Não sou tão boa assim.

E nós nos separamos, cortando aquele momento efêmero.

Dou-lhe uma olhada de soslaio enquanto ela observa a máquina que devolve as bolas das pistas.

— Foi seu segundo *strike* da noite — eu a recordo. — Você é uma impostora. Esconde esse pequeno fato pra si.

Harper dá de ombros, alegremente.

— Uma garota deve guardar alguns segredos.

Sim, mas eu quero conhecê-los.

— Talvez você esteja certa — digo. Em seguida, baixo ainda mais a voz, embora fosse difícil pra alguém escutar uma palavra por causa da música do The Go-Go's que tocava no sistema sonoro da pista. — Mas se você continuar arrasando no jogo, talvez eu me ferre nas negociações também.

A Harper tapa a boca com a mão.

— Ah, droga! — ela murmura através dos dedos. — Estamos tão perto de ganhar? Eu estava tão ocupada em ser seu velcro que quase esqueci.

Ela ergue um pouco os olhos e percebe uma morena miudinha ao lado do Gino, seu nome é Franci. Ela trabalha em promoções e está usando uma saia justa e curta, como de hábito. Quando cheguei hoje à noite, a Franci se aproximou de mim, mas logo mudou de direção quando percebeu a Harper ao meu lado. Agora, ela está atacando o Gino, o que é perfeito, já que ele vai pensar que também me derrotou nesse aspecto. Mas o Gino mal sabe que sou eu quem ri por último. Alguns meses atrás, a Franci tentou me achar no Tinder. Acontece que, em vez de mim, ela achou meu irmão Wyatt, pois não estou no Tinder. Wyatt era carpinteiro, que virou empreiteiro de grande sucesso, com um negócio que vai de vento em popa. Segundo meu irmão, a Franci ficou bastante satisfeita com as "ferramentas" dele. Eu lhe disse que ele estava contando vantagem, mas contar vantagem descreve muito bem meu irmão.

Quando a máquina libera a bola, eu a agarro pra Harper, trago-a junto ao meu peito e a envolvo com minhas mãos. Sussurro:

— Odeio pedir isso, mas preciso que você perca a próxima rodada.

— Sério? — Os ombros dela vergaram.

— O Gino vai enlouquecer se ganharmos dele. O cara quer que seu time ganhe e levante o máximo de dinheiro pra caridade. A foto dele tem de ser enviada pra todas as revistas do setor.

A Harper respirou fundo.

— Perder de propósito, como na World Series do campeonato de beisebol de 1919?

Assenti:

— Exatamente como os jogadores do White Sox fizeram.

Ela fechou a cara.

— Isso me dói.

— Eu sei. Mas não é algo que rola sempre. Ao contrário de beber... E comer bolo. Ok?

De modo decidido, Harper faz que sim com um gesto de cabeça e pega a bola de minhas mãos. Por um brevíssimo momento, seus dedos tocam de leve o tecido de minha camisa, uma camisa casual que está pra fora da calça e com as mangas dobradas. Talvez eu esteja imaginando coisas, mas parece que os dedos dela se prolongaram em meus peitorais mais tempo do que o necessário.

Fiz o que qualquer homem equilibrado faria: segurei a bola com mais força, para que ela tivesse que se aproximar mais de mim. Ela fez isso e, sim, as pontas de seus dedos estão definitivamente me tocando.

Seria legal se eu pudesse segurar essa bola por um longo tempo. Durante toda a noite, se eu tiver sorte.

— Nick... — a Harper murmura, num apelo. Sua entonação suave quando ela diz o meu nome soa muito bem.

De imediato escuto essa inflexão e tudo o que se segue, em minha imaginação: *Mais, mais duro, por favor, agora, sim, sim, sim.*

— ... pode me passar a bola, por favor? Não vai dar pra jogar sem ela.

Então, entrego-lhe a bola.

Apoio-me na máquina que devolve as bolas. Observo a Harper se dirigir ao lugar de arremesso e trazer a bola junto ao peito. Ela toma algumas providências rápidas antes de arremessá-la. Fico tenso, porque ela parece se mover de modo tão perfeito quanto nas ocasiões em que acertou os *strikes*.

Mas a Harper não decepciona. Ela balança o braço de um modo um pouco diferente e a esfera cor-de-rosa se move em linha reta por um segundo, depois muda de direção e, em pouco tempo, cai na canaleta.

Emito um *Isso!* baixinho, embora seja uma vergonha ter pedido pra Harper perder o jogo. Tenho certeza de que ela acumularia ainda mais pontos e isso seria espetacular. Ela é uma atração a contemplar esta noite, com seu jeans *skinny* azul-escuro, seu suéter com losangos roxos e verdes e seus sapatos de boliche em branco e vermelho. Seu cabelo está preso num coque, com todos os cachos ruivos sedosos amontoados sobre a cabeça. Seu pescoço é comprido e elegante e tenho a sensação de que sua pele é maravilhosa ali e por toda a parte. Pergunto-me se ela gostaria de beijos carinhosos e prolongados ao longo da nuca, através da coluna da garganta até a orelha. Se a Harper gemeria e suspiraria e se ela se encostaria em mim, seu corpo pedindo ainda mais.

Decido que a Harper adoraria, pois eu daria beijos caprichados. Ela iria querer muito mais e eu lhe daria, fazendo-a se sentir bem de todas as maneiras, deixando-a louca. Passaria a língua entre seus seios, desceria até seu ventre e alcançaria o botão do jeans. Em menos de dois segundos, eu o desabotoaria e puxaria o jeans e a calcinha para baixo com meus dedos ligeiros...

A Harper se vira, um pouco constrangida. Eu bloqueio a fantasia muito realista, muito estimulante, muito promissora mais rápido do que você é capaz de limpar o histórico do seu navegador. Ela anda em minha direção, parecendo apropriadamente desamparada. O Gino dá um sorriso irônico, que se mantém à medida que seu time continua a ganhar, graças ao fato de a Harper perder de propósito as últimas rodadas restantes. Enquanto o Gino se aproxima sem pressa de mim, o fotógrafo contratado por ele tira fotos suas, com seu cabelo ondulado, seus olhos escuros e seu corpo musculoso.

— Belo jogo, Nick — ele diz, todo manhoso e falso. — Melhor sorte da próxima vez — prossegue, dando um tapinha no meu ombro, num gesto típico de *velhos amigos*. — Mas, olha, pelo menos você é bom escrevendo os programas.

— Tomara que eu escreva melhor do que jogo boliche — comento, servindo isso de bandeja pro Gino, incluindo uma guarnição de adulação.

Ele gargalha, o gorila. Então, o Gino nota a Harper a poucos metros de distância, consultando o celular em sua bolsa.

— Ah, as ruivas... — Ele quase saliva, como se arrancando um pedaço de carne do osso. — Elas são quentes e atrevidas.

Involuntariamente, cerro os punhos. Mas antes que eu consiga dizer *cala a boca, seu macaco!*, a Harper se vira e lança um sorriso maravilhoso pra nós. É magia pura. É o que cativa as crianças e ganha os corações dos pais que a contratam com meses de antecedência para as festas de aniversário de seus filhos. É um sorriso largo, carismático e totalmente deslumbrante.

— Olá! Você fez uma ótima partida — o Gino diz, estendendo a mão.

A Harper a aperta e se esforça para se lembrar de lavar bem as mãos quando formos embora. Talvez até usar gel antisséptico. Cara, o jeito como ele agarra a mão dela... Vamos precisar de uma sala de descontaminação completa.

— Muito obrigada. Mas, realmente, você é fantástico — ela diz pro Gino, com uma expressão amável. — Um competidor bastante tenaz.

Convenhamos, a Harper é demais!

— Ah, sinto-me lisonjeado — ele afirma.

— Garanto que não é lisonja quando alguém joga boliche como você. — E em seguida, ela projeta o ombro de um jeito sexy.

Foi o tiro de misericórdia, minha gente. O Gino está comendo na mão dela. Ele se vira pra mim e aponta pra Harper.

— Gosto dela, Hammer. Essa garota é um tesouro.

— Com toda a certeza — eu confirmo.

Ao partirmos, a Harper segura meu braço e aperta meu bíceps.

Meus braços são fortes. Não estou sendo convencido. Eles realmente são, cortesia de minha devoção aos exercícios físicos e talvez de minha dependência aos benefícios colhidos. A Harper enlaça meu braço esquerdo com a mão e, nesse momento, todas as horas dedicadas à academia passam a valer a pena.

— Fui bastante obsequiosa? — ela pergunta.

— Como se você tivesse um mestrado nisso.

Perto da máquina de venda automática, a Harper dá outro aperto no meu bíceps.

— Aliás, você tem braços bem legais.

Em seguida, ela me solta. Fico tentado a parar junto à máquina, comprar um pacote de pipoca caramelizada Cracker Jack e procurar o anel decifrador de códigos que o acompanha. Algo pra decifrar o que diabos ela quer dizer com aqueles comentários meio paqueradores, meio não. *Belos braços* foi um elogio ou simplesmente uma observação genérica? Quis dizer que ela adoraria arranhá-los enquanto eu me colocava sobre ela ou que achava que podiam ser úteis pra, por exemplo, erguer uma mesinha de centro pesada em seu apartamento?

A Harper se afasta de mim rapidamente, rumando pro balcão.

— Lembre-se de que agora também me deve uma partida, Nick Hammer. Quero uma revanche contra você.

— Combinado — digo, porque ao menos *revanche* significa *mais* e isso é o que eu mais quero.

A Harper se curva pra desamarrar os sapatos de boliche. Depois de se endireitar, coloca-os sobre o balcão.

— Olá — ela cumprimenta o rapaz atrás do balcão, e sua expressão se ilumina.

— Harper Holiday! — Ele tem cabelo escuro, dentes alinhados e olhos castanhos que não consegue tirar de cima da Harper.

Meu Deus, será que há algum homem em Manhattan que não a deseje?!

— E aí, Jason, como vai? Não nos vemos desde...

— Desde o último ano do colégio. — O Jason sorri e pega os sapatos.

— Este é o meu amigo Nick. — E a Harper aperta o meu braço de novo. — Ele também estudou na Carlton, mas estava no último ano quando eu e você estávamos no primeiro.

— E aí, cara? Eu me lembro de você. Estava sempre desenhando história em quadrinhos, encurvado sobre um caderno. — O Jason lança um sorriso simpático pra mim, enquanto entrega meu All Star.

— Sou eu — confirmo, e espero que ele pare por aí. Não que eu odiasse o colégio. De jeito nenhum, porque não sou um *hater*. E, sinceramente, ser reservado não era o pior destino. Eu tinha muitos amigos, mas era uma nulidade em relação às meninas.

— Seus desenhos eram incríveis — o Jason acrescenta.

Ajeito os ombros e lhe agradeço. O sujeito não é dos piores.

— Não fazia a mínima ideia de que você trabalhava aqui. — A Harper meneia a cabeça.

Ele estende as mãos e indica ao redor.

— O tempo todo. Este é o meu lugar. Meu pequeno torrão de terra.

— Sério?! Você comanda o Neon Lanes? — Ela parece bastante impressionada enquanto calça o par de botas de cano curto que o Jason lhe entregou e eu termino de amarrar meus tênis.

— Sou o dono e faço funcionar. — O Jason dá um tapinha no balcão. — Faço um pouco de tudo. Não deixe de me procurar da próxima vez que aparecer por aqui. Ei, você está no Facebook?

— Sim.

— Me procure. Me adicione como amigo. Vamos pôr a conversa em dia. — Ele pisca.

Quando nos afastamos, eu a encaro e pergunto:

— Percebeu que ele gosta de você?

— O quê?! — ela exclama, como se eu tivesse acabado de lhe contar uma história do outro mundo.

— Sim, o Jason gosta de você.

— Você está louco. — E faz que não com a cabeça.

— Às vezes você é tão sem noção, Harper. É simplesmente adorável.

Então, embora tenhamos vindo como amigos e estejamos partindo como amigos, pro caso de algum daqueles outros bundões que a desejam estar observando, passo um braço em torno dela.

— Sério, Nick, por que diz isso?

Puxo-a para mais perto de mim e ela não me repele.

— Princesa sem noção, você está prestes a aprender sobre todas as coisas que não percebe.

Capítulo 5

NO SPEAKEASY, UM BAR DESCOLADO EM MIDTOWN, PEGA-mos dois bancos. A Júlia, a garota que serve as bebidas, põe duas bolachas de papel diante de nós e tira o nosso pedido.

Júlia é casada com o Clay Nichols, dono do escritório de advocacia que uso para todos os meus contratos. Ele é o advogado ligado ao ramo do entretenimento mais destemido de Manhattan. Recentemente, seu primo Tyler se tornou seu sócio. Tyler também não tem um pingo de medo e cuida do dia a dia pra mim. Ele é a pessoa que quero que negocie com o Gino.

Júlia me serve uma cerveja Imperial Stout e, em seguida, prepara o drinque pedido pela Harper, que é feito com tequila e soda limonada.

— Chegando um Long-Distance Lover pra sua amiga. — A Júlia pisca pra nós dois, enquanto eu lhe passo meu cartão de crédito.

Ela faz que não com a cabeça e me devolve o cartão.

— Cortesia da casa, bonitão.

— Por favor, eu insisto — digo, tentando de novo.

— Como se você pudesse me forçar com esse *eu insisto*. É uma regra. Nenhum cliente do escritório do meu marido paga por sua bebida. Agora, saboreie sua cerveja com sua bela amiga ruiva. — E a Júlia entrega o coquetel pra Harper. — Espero que você goste. Aliás, adorei seu cabelo.

É engraçado que o comentário da Júlia sobre o cabelo de Harper não me incomode. Ela o fez como um elogio, visto que seu cabelo tem a mesma tonalidade, enquanto o Gino o fez de uma maneira rude, ofensiva. Na verdade, é assim que ele se refere a tudo.

— Obrigada — a Harper agradece, alisando seus cachos. Ela soltara o cabelo ao deixar a pista de boliche. — O seu também é da hora.

— É verdade o que dizem: as ruivas são mais divertidas. Assim, não deixe de se divertir. — Em seguida, a Júlia aperta o braço da Harper e se afasta pra atender um novo grupo de clientes.

A Harper me olha, denotando surpresa.

— Ela é muito simpática. — Leva o copo à boca e toma um longo gole. Arregala os olhos e aponta pro copo. — E também prepara drinques bem legais. É incrível.

— Não é à toa que a Júlia é uma bartender premiada. O Speakeasy tem os melhores drinques. Só não conte pro seu irmão que estivemos aqui — brinco, pois o Spencer e a Charlotte são donos de três bares em Manhattan.

A Harper faz o gesto de fechar a boca com um zíper.

— Nosso segredo está seguro comigo — sussurra, e, assim que essas palavras escapam dela, descubro-me querendo saber se teremos outros segredos, a respeito de coisas pelas quais ansiamos, coisas que nos enlouquecem, que nos excitam no escuro, e se os segredos dela corresponderiam aos meus. — Aliás, como me saí como seu escudo esta noite?

— Você se superou. — É minha vez de tomar um longo gole. Caramba, as cervejas aqui também são espetaculares.

— O que pretende fazer daqui em diante? Você recebe cantadas das mulheres sem parar.

— Ei! — eu a interrompo e pouso a mão em seu joelho. — Olha quem fala...

— Como assim?! — A Harper parece mesmo espantada.

— Do Simon ao Jason, você, sem dúvida, tem os homens fazendo fila por sua causa.

A Harper chacoalha a cabeça e me lança o olhar universal de *o que você fumou?*. Ela prossegue:

— O que quer dizer com isso, Nick?

— Fala sério! — Eu a encaro.

— Fala sério o quê?

Ergo a mão como um sinal pra parar.

— Não se deu conta de que o Jason está a fim de você, como eu lhe disse no boliche? E o Simon, o papai sósia do Hemsworth, também.

— Que bobagem... — A Harper semicerra os olhos, em avaliação.
— Eu manjo disso. — E faço que sim com muita ênfase.
A Harper faz que não com tanta ênfase quanto:
— Deixa disso, Nick.
— Ah, sim, princesa da negação. O Jason gosta de você. É óbvio.
— Não, *isto* é óbvio. — A Harper mostra a mão esquerda, curva o polegar ao meio e, então, finge remover magicamente a extremidade dele, mas tão mal que fica claro como ela faz.
— Então, você não arrancou seu polegar?
Harper mostra todos os dez dedos.
— Não! Formidável, não acha? Ainda tenho todos os dedos.
— Não me conformo que você não perceba que o Jason, seu ex-colega de classe, que quer que você o adicione como amigo no Facebook, gosta de você.
Harper pega seu copo, dá de ombros, indiferente, e toma um gole.
É quando me dou conta de que a confusão da Harper em relação ao sexo oposto funciona em dois sentidos: ela não sabe como agir com os caras que gostam dela e não tem a menor ideia de quando eles estão a fim dela.
De forma egoísta, esse é um tipo de descoberta espantosa, porque significa que tenho carta branca pra continuar pensando na Harper nua, debaixo de mim, em cima de mim, gozando para mim, e ela não vai ter a mínima ideia. Considerando que penso nela nua por um período exagerado — como, por exemplo, há dois segundos minha mente vagava, querendo saber qual era a cor da calcinha dela —, isso é uma coisa muito boa.
Sobretudo porque o próximo passo natural é sonhar acordado acerca de tirar a calcinha rosa bem clarinha que decidi que ela estava usando.
No entanto, preocupo-me com a Harper. Posso dizer que essa falta de percepção em relação a todas as coisas masculinas se tornará um grande problema pra ela em algum momento. Visto que estou o tempo todo ajudando garotas, digo-lhe diretamente:
— Primeiro, sim, o Jason está a fim de você. Segundo, o Simon também. E estou disposto a apostar minha mão esquerda que o Simon já te enviou uma mensagem de texto depois daquele dia em que você me encharcou com chocolate quente.
Ganho um sorriso contrito, pequeno.
— Já tirou a mancha da sua camiseta?
— Ainda não lavei. Estou sem sabão em pó.

— Você pode comprar em qualquer lugar. Sabe disso, né?

— Sim, eu sei. Mas não pense que você vai conseguir me distrair. — Eu a encaro. — Não pense que, por oferecer minha mão esquerda em aposta, que é aquela que não uso para desenhar, não tenho certeza absoluta de que o Simon te mandou uma mensagem. Na realidade, gosto das minhas duas mãos.

— Tudo bem. Ele me enviou uma mensagem hoje. — A Harper bufa, como se lhe custasse admitir.

— Estou pasmo! — digo, tirando um sarro. — O que ele falou?

Ela enfia a mão na bolsa, acha o celular e me mostra a mensagem.

Olá. Espero que sua semana esteja sendo ótima. Gostaria de encontrá-la e conversar sobre a festa. Podemos tomar um café algum dia?

— Caso encerrado.

— De que maneira isso prova alguma coisa?

— Tudo bem. Me deixa fazer uma pergunta. É comum você precisar se encontrar com os pais pra conversar a respeito das festas dos filhos deles?

— Não, é raro — ela responde rápido.

— Por exemplo, você pode tratar dos planos do quinto aniversário da pequena Hayden pelo telefone?

— Sem dúvida alguma.

Dou um tapa no balcão.

— O fulano quer ver você em pessoa porque gosta de vê-la. Ele gosta de olhar pra você.

— Ahhhhhh! — A Harper enfim capta o que quero dizer. É fascinante, como ver um vídeo de um daqueles potrinhos tentando ficar de pé pela primeira vez. Ela leva os dedos à testa e imita uma explosão. — Chocante!

Espere até ela ver que outros *insights* místicos da mente masculina — se pudermos chamar assim — eu consigo ter.

— Façamos um novo teste. Você tem Facebook em seu celular?

— É claro.

— Acesse — digo.

A Harper clica no ícone azul.

— Tudo bem. O que eu procuro?

— Novo pedido de amizade. O Jason, do boliche. Garanto que está ali.

Ela procura e pisca, surpresa.

— Você também consegue fazer isso com os números da loteria?

Aponto o dedo pro celular, ignorando o comentário sarcástico da Harper.

— O cara quer se conectar com você porque... — Deixo minha voz se perder e verifico se ela está me olhando nos olhos. Então, finalizo: — ...ele quer se *conectar* com você.

— Porque ouvi dizer que o prêmio acumulou e já está em uma tremenda bolada...

Eu a corto:

— O que você respondeu pro Simon?

A Harper suspira, meneia a cabeça, contorce o canto da boca. Espera um momento antes de falar, tentando descobrir o que dizer, talvez procurando o próximo comentário engraçadinho. No entanto, as palavras que escolhe são simples.

— Esse é o problema, Nick.

Dessa vez, não há sarcasmo, nem zombaria, nada duvidoso em seu tom. É apenas sincero e emocionado.

— Qual é o problema? — pergunto, baixinho.

— Não sei o que dizer pra ele. — Ela dá de ombros. — Pra mim, é mais fácil enfiar um lápis no meu nariz e fazê-lo aparecer do lado da cabeça do que descobrir o que escrever.

— Como? Você consegue enfiar um lápis no nariz?

— Quer ver? — Ela assente, com excitação.

Eu quero, numa espécie de fascinação doentia. Mas não agora.

— Outra hora, a menos que seja um Blackwing.

— O que é isso?

— Meu tipo preferido de lápis. Mas vamos nos concentrar em uma coisa por vez. Deixe-me orientá-la. Você diz: "Com certeza. Ótima ideia. Que tal sexta-feira, às cinco da tarde?"

A Harper treme.

— Muito difícil.

— Dizer isso?

Ela respira fundo, como se se preparando pra dizer algo duro:

— Tudo bem. Veja. Não há fingimento com você. Você já viu o que acontece quando gosto de alguém. Não sou capaz de conversar. Nem de falar. Se consigo pronunciar algumas palavras, elas saem ridiculamente

43

inapropriadas. Mesmo se eu enviasse uma mensagem de texto pra ele, não saberia como agir na sexta-feira, às cinco da tarde.

Droga, o jeito como a Harper diz isso é, ao mesmo tempo, tão doce e tão triste. Por um lado, sinto pena dela; por outro, quero dizer que ela é tão fantástica que isso não importa. Mas importa. Porque se a Harper não é capaz de superar sua incapacidade de falar com os caras de que gosta, a vida poderá ser bastante solitária.

Desloco meu banco pra mais perto.

— Mas você entende as mulheres, Harper. Você sabia o que aquela mulher estava tramando na livraria.

A Harper olha em volta, exprimindo impaciência.

— A mulher do Vicious não era muito sutil. Mas, sim, sou capaz de entender minha língua materna. São os homens que me atormentam.

— Honesta e sinceramente: você não sabe o que dizer a um homem ou o que fazer com ele? — pergunto com cuidado.

Ela me encara.

— Sou uma mágica, Nick. Frequento festas infantis. Trabalho com mães. Nunca encontro homens. O Simon é uma exceção, porque é um pai solteiro, e isso é raro. Não sei nada a respeito dos rituais de namoro e acasalamento do macho americano. Tenho quase vinte e seis anos e tocar seus braços no Central Park, no último verão, pra me vingar do meu irmão, foi o máximo de ação que tive desde não sei quando.

Quero me envaidecer e oferecer a Harper meus braços para serem acariciados de novo, pois meu ego está dando destaque pra parte que me toca. Então, aquilo me atingiu: o máximo de ação que ela teve sabe Deus desde quando?!

Contudo, antes de a Harper ter a chance de acrescentar detalhes a respeito da situação de sua satisfação sexual, ou a atual falta disso, seus olhos azuis revelam certa tristeza e ela desvia o olhar.

— Foi? — indago, com sutileza, procurando digerir a enormidade daquele tipo de seca. *Parece um inferno.*

A Harper volta a olhar para mim e dá de ombros, quase em sinal de derrota. Parece resignada, como se aceitasse o inevitável.

— Sim — ela responde, com um sorriso lamentável. — Essa é a verdade, somente a verdade, nada mais que a verdade.

— Você não sai com ninguém há muito tempo?

— Ando bastante próxima do meu iPhone e desenvolvi uma intimidade maravilhosa com meu travesseiro. Não diga pra ninguém, mas sim, estou solteira desde que voltei pra cidade depois da faculdade. — E suspira profundamente. — Mas as coisas são como são, Nick. O fato de ser uma mágica não é propício para um namoro. É a troca que tenho de aceitar.

— Por que o trabalho te impede de namorar?

A Harper mostra os dedos e faz a contagem.

— Um: quando conheço novas pessoas, em geral a primeira coisa que querem é que eu lhes mostre truques. Elas enxergam uma mágica, não uma mulher. — Ela mantém o queixo erguido, ainda que haja um sentimento oculto nessas palavras. — Dois: embora de vez em quando eu faça alguns eventos pra empresas, a grande maioria daqueles com quem me relaciono é de mães e crianças. E três: a realidade de meu trabalho é que passo muito tempo sozinha, na frente de um espelho, praticando truques — afirma, pontuando cada frase com uma pausa. — Se você quiser saber por que mal consegui falar no outro dia, aí está o motivo.

Algo se revela diante de meus olhos. A Harper é bastante sarcástica, algo que adoro, já que é uma segunda linguagem para mim. Mas aposto que essa questão — a natureza solitária de sua vida — é o motivo pelo qual seu sarcasmo é tão primorosamente ajustado. É uma armadura protetora, que a blinda. Ela o usa com regularidade, exercitando-o todos os dias pra defender um coração solitário.

— Até certo ponto, é uma pena — afirmo, pois é muito chato quando o trabalho que você ama atrapalha sua vida.

Tenho sorte de estar no ramo do entretenimento. Conheço mulheres o tempo todo. Contudo, se eu passasse todos os dias desenhando em casa, como fazia no tempo do colégio, provavelmente estaria mais familiarizado com a programação de sábado à noite da TV. Do jeito que é, não tenho a mínima ideia do que está passando e prefiro que minha carreira tenha um lado social, já que... bem... gosto de gente.

— Não faz mal. — A Harper move a mão como se ela estivesse fazendo toda a sua solidão desaparecer magicamente. — Gosto do que faço pra ganhar a vida. Se não consigo namorar por causa do meu trabalho, esse é simplesmente o preço que tenho de pagar.

— Mas por que tem de ser desse jeito? Por que uma coisa tem de excluir a outra? Não acho que você tenha de ficar sozinha.

— Não disse que sou solitária — ela corrige, mas seu tom é defensivo. Então, dá um sorriso luminoso. — No entanto, preciso ter a minha varinha de condão em troca de uma conexão significativa com o sexo oposto.

— Depende de que tipo de varinha de condão você tem em mente — provoco.

A Harper dá uma risada e fala num volume perfeito pra que todos possam ouvir:

— Talvez fosse esse tipo que eu tinha em mente...

Opa! A Harper voltou a fazer um comentário sacana? E, de repente, quero saber o que ela faz sozinha em seu apartamento tarde da noite.

— Quantas velocidades tem essa varinha de condão?

— Cinquenta — ela provoca. — E há coisas piores do que voltar pra casa e se deitar com um baralho de cartas e uma varinha de condão *muito poderosa*, certo? Ainda mais agora que tenho a memória de suas armas pra pensar. E, acredite, é uma memória realmente boa.

Fico com a garganta seca. Tremo nas bases. Essa garota e suas indiretas matarão as últimas células restantes de cérebro não focadas em sexo. Procuro elaborar uma resposta, mas, neste instante, minha mente está no modo apenas visual, imaginando a Harper e sua varinha mágica muito poderosa.

— Tenho uma ideia — a Harper afirma, num sussurro convidativo, e juro que meu pau se põe em posição de sentido mais rápido do que nunca. Ela só falou acerca dos meus braços. É evidente que ela tem grandes planos para eu terminar com sua seca. A Harper quer mais do que cinquenta velocidades e eu sou capaz de fornecer isso sem problemas.

Sim, Harper, você pode montar em mim e eu lhe proporcionarei dez mil orgasmos antes de ter um. Pois sou esse tipo de amante. Sou generoso e gostaria muito de apresentar minha língua pra você. Assim, posso fazer coisas em você que virarão seu mundo do avesso e a farão pedir por muito mais. O que lhe parece?

Evidentemente, esqueci por um instante de sua condição de "fora de cogitação", pois a mera ideia de Harper e suas possibilidades já está me deixando louco, e ela ainda não pediu nada. Mas vai pedir. Sem dúvida, vai pedir pra eu lhe proporcionar alguma ação providencial e a única resposta pra isso é: *Na minha casa ou na sua?*

— Fale.

— Bem, de certo modo, você sabe que tem uma dívida comigo, não sabe?

Sim, cacete. Estou mais do que pronto pra pagar as minhas dívidas. Comecemos o pagamento com você montada no meu rosto. Que tal?

— Tenho duas dívidas, acredito — digo, porque não quero que ela se esqueça de tudo que estou disposto a fazer nessa busca. — Uma por me salvar da fã com garras e de seu marido, o dragão que cospe fogo, e a outra por ter facilitado minha vida com meu chefe esta noite.

Matemática impecável, Hammer. Você acabou de dar duas voltas no carrossel da garota que está desejando.

— Legal. — A Harper esboça um sorriso que se expande em seu belo rosto. — Então, você topa?

Vamos nessa.

— Com certeza.

A Harper aplaude uma vez.

— Você será o meu professor e vai me dar aulas de namoro?

Capítulo 6

CARAMBA! VOU PISAR NO FREIO COM FORÇA ENQUANTO me redireciono. Porque minha mente estava se movendo em alta velocidade em uma direção e a da Harper ia em outra. Não vou mentir. Eu pensava em qual casa seria mais próxima e o que nos levaria pra lá mais rápido: um táxi, um Uber ou uma corrida a toda a velocidade, pois mochilas a jato não são uma opção.

Meu celular apita. Eu o pego e abro minhas mensagens, na esperança de que isso me ajudará a redirecionar todo o sangue que está fluindo em uma direção apenas.

Estou morrendo de tédio. A Charlotte saiu com a Kristen e não há nada de bom passando na TV. A fim de um drinque?

Uau! Funcionou. Nunca me deparei com um brochante tão eficaz quanto uma mensagem do irmão da garota com que quero transar. Mas o Spencer não precisa que eu responda imediatamente. Assim, eu o ignoro, silenciando o volume do meu celular e colocando-o no bolso.

— Você quer que eu te ensine a namorar?

A Harper assente com um gesto de cabeça e sorri.

— Você é bom nisso. Você conhece as mulheres. Consegue analisar os homens. Entende de todas as coisas que me perturbam demais.

— Eu serei o seu Cyrano, por acaso?

— Você não terá de me acompanhar aos encontros e sussurrar as respostas de trás das moitas. Mas, considerando que "Quer ver um lápis no meu nariz?" seria a minha frase de abertura e que nem mesmo sei o que responder pro Simon, acho que nós dois concordamos que eu preciso de uma ajudinha. — A Harper ergue o polegar e o indicador para mostrar uma porção mínima de espaço, enquanto ri de si mesma.

Ergo os olhos pro teto, avaliando seu pedido. Por um lado, não posso deixá-la solta em Nova York completamente despreparada pra uma conversa. Porém, ela é a irmã do Spencer.

— Sei que é um pedido bizarro — a Harper diz, com um pouco de preocupação, manuseando nervosamente seu guardanapo. — Mas não deveria ser tão estranho, né? Porque sei que não sou o seu tipo.

Como é que é?! Torço o nariz, confuso.

— O quê?

— Bem, você costuma namorar mulheres mais velhas, certo?

E a verdade é que... Ela tem razão. Talvez não habitualmente e, sem dúvida, não o tempo todo, mas J. Cameron tem dez anos a mais que eu; a mulher que namorei antes dela era uma executiva do ramo do entretenimento de mais ou menos trinta e cinco anos e, como aluno do segundo ano da faculdade, saí com uma garota formanda. Pensando bem, a mulher com quem perdi a virgindade era cinco anos mais velha do que eu.

Oi, padrão!

Ok. Evidente que fiquei conhecido por apreciar não só mulheres da minha idade como também aquelas que são como um vinho raro de boa safra. Permitam-me dizer que uma das melhores maneiras de aprender o que as mulheres gostam na cama é namorar mulheres mais velhas. Elas sabem como se comunicar. Elas te ensinam, pedem pra você ir mais rápido, mais firme, mais devagar, mais suave, ali, sim, sim, tocar bem ali.

Talvez a Harper tenha razão, mas quero lhe dizer que só porque namorei mulheres mais velhas não significa que não gosto dela. Contudo, não há motivo pra dizer isso, já que ela não sente o mesmo. Se sentisse, se atrapalharia com as palavras, como se atrapalhou quando ficou diante do Simon.

Droga. Essa constatação da realidade me golpeou como um piano caído do céu. A Harper pode estar fora de cogitação, mas ainda quero que ela me queira. Mas ela não me quer. Em vez disso, ela quer que eu a ajude. Endireito os ombros e me concentro nesse prêmio de consolação.

— E, Nick, não há ninguém mais a quem eu possa recorrer — Harper prossegue, baixando a voz, removendo aquela camada de humor que ela utiliza tão bem. — Não posso pedir uma mão para nenhuma das minhas amigas, pois todas elas me dizem que estou bem e sou fantástica. Mas isso é algo tão estranho de se pedir? — ela pergunta, falando mais alto, como se estivesse ansiosa por minha resposta.

Essa mistura de ousadia e esperança em sua pergunta reforça meu palpite de que seu pedido não é uma questão de como transar ou de como conseguir um namoro quente. É uma questão de como se conectar com outra pessoa.

Irmã do meu melhor amigo ou não, a Harper precisa de auxílio e eu sou a única pessoa com a qual ela se sente à vontade pra pedir.

— Não é estranho. E minha resposta é sim. Eu vou ajudá-la a descobrir como namorar.

— Obrigada! — Ela deixa cair a mão sobre meu antebraço e o aperta. — Mas é melhor você prometer que não contará pro Spencer que eu pedi a sua ajuda. Ele nunca vai me perdoar.

— Prometo — digo, e não me sinto nem um pouco mal em mantê-lo desinformado sobre esse assunto. Por nada neste mundo lhe contarei que estou me tornando o guru da sua irmãzinha em questões de amor.

— Então, vamos começar: o que devo dizer pro Simon? Pode ser a minha primeira aula? — ela pergunta, endireitando-se, ávida por aprender.

Estiquei o pescoço, arregacei as mangas e deslizei pra direita no modo instrutor. Bem, talvez orientá-la a respeito de aventuras com outros homens me cure de querer ficar nu ao lado dela. Nada pode refrear mais rápido o desejo do que saber que ela está gostando de outra pessoa, certo? Isso é exatamente o que preciso para tirá-la do meu sistema. Nós dois ganhamos e isso é ótimo.

— Na realidade, sua primeira lição é que você precisa evitá-lo por mais uma semana, mais ou menos. Você ainda não está pronta pra vê-lo. Ele a deixa muito confusa. É preciso aprender as manhas com alguém primeiro.

Ela parece confusa.

— Tudo bem. Mas quem?

— O Jason gosta de você.

— Mas não estou pensando nele dessa maneira.

— Melhor ainda.

— Quer dizer que eu deveria aprender as manhas com ele, mesmo não pensando nele desse jeito?

Faço que sim com a cabeça:

— Sem dúvida. Você pode acabar gostando do Jason. Além do mais, você não é a princesa desajeitada perto dele. Vai ser um bom treinamento.

A Harper arqueia uma sobrancelha, fazendo ar de espanto. Não consigo resistir. Inclino-me pra frente, passo um dedo pela sobrancelha e a recoloco no lugar.

— Não levante a sobrancelha assim para mim. Você necessita de um treinamento sério e o Jason é perfeito. Você gosta dele como amigo e isso é o suficiente por enquanto. Não a deixarei provocá-lo demais. Prometo, ok?

— Se você diz...

— Confie em mim. Nós não vamos molestá-lo. Vamos apenas praticar as suas... habilidades de conversação — digo de forma diplomática.

Harper dá risada e, então, respira fundo.

— Certo, que assim seja.

— Faça como eu digo. Abra o Facebook.

A Harper pega o celular e acessa o aplicativo.

— Aceite o pedido de amizade.

Ela concorda e desliza o polegar sobre a tela.

— Feito.

— Agora, poste no mural dele.

Ela volta a respirar fundo e assente rapidamente.

— O que eu digo?

— "Seria muito bom ver você hoje à noite." Ponto de exclamação.

A Harper digita, posta e vira o celular pra mim, como uma estudante orgulhosa, ansiosa pra mostrar a tarefa ao professor.

Dou um tapinha no ombro dela.

— Muito bem. Agora, se meus cálculos estiverem corretos, você receberá uma mensagem do Jason em cerca de vinte minutos. — Indico o relógio na parede.

Deixo uma nota de vinte dólares no balcão como gorjeta pra Júlia e nós nos dirigimos pra fora do bar, naquele clima agradável de outubro.

— Noite gostosa. Vou levar você para casa — afirmo.

— Maravilha.

Vinte minutos depois, dobramos a esquina em seu quarteirão e a Harper quase se choca com um cara alto usando uma camiseta Columbia e rindo de algo que seu amigo de cavanhaque dizia. Eu a agarro pelo cotovelo e a puxo pra mais perto antes que o cara trombe nela.

— Ah, desculpe! — diz o cara de camiseta, que tem mais ou menos a minha altura. — Não vi você. Foi mal.

— Tudo bem — a Harper afirma com um sorriso ligeiro. Meu braço ainda está em torno das costas dela.

O cara arregala os olhos para mim, enruga a testa e, em seguida, aponta pro meu rosto. Algo como reconhecimento surge em sua expressão.

— Espere... Espere... Você é...

Seu amigo intervém, abrindo um enorme sorriso de *fanboy*.

— Mister Orgasmo.

— Sim, sou eu — digo espontaneamente.

— Puta merda! Seu programa é demais! — o cara alto afirma. — Fui a um encontro de fãs que você promoveu há dois anos. Cara, eu seguia seu trabalho quando eram apenas tirinhas on-line.

Com minha mão livre, bato meu punho fechado contra o dele.

— Muito legal ouvir isso.

— Não consigo acreditar que topei com você passeando pela cidade. Eu te pediria pra assinar minha camiseta, mas seria estranho. Assim, vamos fingir que eu não disse isso. Mas você é incrível — ele afirma, quase saltando.

— É isso aí — seu amigo concorda.

— Ele é o melhor — Harper afirma, pegando a sua vez no trem dos elogios.

— Vocês são foda, rapazes. Gosto mesmo do apoio. Muito legal conhecer vocês — digo, e a Harper e eu seguimos por nosso caminho.

Assim que os caras desaparecem, ela se vira pra mim, com os olhos brilhando.

— Acabei de testemunhar um Mister Orgasmo avistado na natureza e foi incrível. Isso acontece com frequência?

Faço que não, rindo ligeiramente.

— Uma ou duas vezes por ano. Juro que não é toda hora.

Harper não consegue parar de sorrir.

— E eles te amam. Acham que você é um garanhão.

— Sem dúvida eles têm razão. — Dou de ombros, impassível.

Harper bate o ombro no meu. Quando chegamos ao seu prédio, o celular apita.

— Aposto que é a resposta do Jason — digo, enquanto ela pega o aparelho da bolsa.

Harper abre a tela, clica na mensagem do Jason e mostra para mim.

Oi, Harper. Seria incrível ver você! Vamos tomar um café?

Imito uma enterrada com a bola de basquete. Sem tocar no aro.

— É um dom. Realmente é — afirmo, quando paramos perto da entrada de seu edifício.

— Você é bom, Nick. Sabe exatamente o que fazer e como se comportar. É por isso que atrai um monte de mulheres.

Até certo ponto, quero protestar. Sinto que a Harper tem essa impressão de mim, que não quero que ela tenha, mas não sei como evitar.

— Porque possuo um dom?

— Também, e diversas outras razões. — Ela aponta pros meus braços. É outubro, mas não está frio esta noite e, assim, estou sem casaco. — Primeiro, há os braços: tatuados e musculosos.

Os olhos dela passeiam pelos meus bíceps.

— Aliás, suas tatuagens são incríveis. — Harper indica as figuras e os redemoinhos que desenhei.

As tatuagens são linhas abstratas e curvas, mas dentro delas há um sol, uma lua e estrelas, pois essas foram as primeiras coisas que percebi que eu desenhava bem.

— Depois, o corpo. O homem supermalhado da Men's Health — Harper diz, num tom zombeteiro. Mas ela não está me ridicularizando. Está tirando sarro do artigo da revista.

— Você leu?

— Leio tudo. Devoro informações.

E lá estamos nós de volta àquele lugar em que pareço coexistir nela, onde ela me elogia, mas também poderia estar dizendo isso como se eu fosse um carro que ela está pensando em comprar. *E este tem cento e setenta cavalos de potência.*

— E depois há o seu rosto, com toda essa barba malfeita incrível nele.

Passo a mão pelo queixo e pela barba, que é como um brinquedo sexual adicional que posso levar pro quarto.

— As garotas gostam da barba — digo, com um sorriso torto.

— Aposto que sim. — E então a Harper se cala. Aperta os dentes no canto do lábio e então fala, mais baixinho do que antes: — Posso sentir?

CLARO, PORRA!!!

Capítulo 7

HARPER ERGUE A MÃO E TOCA MEU QUEIXO. PRENDO A respiração enquanto ela passa o polegar através dos pelos claros. Estou plenamente consciente de cada segundo, um passando pro seguinte enquanto a Harper acaricia o meu queixo como se ela estivesse hipnotizada pela textura.

— Pelos macios — murmura, analisando o meu queixo quase maravilhada.

Meu coração começa a bater mais forte e me esforço para ficar quieto. Quando ela diz: *Mas, de certa forma, duros também*, juro, não sei como consigo não segurar seu rosto, apoiá-la contra a parede de pedra e beijá-la. Beijar, tocar, esfregar e muito mais. Quero puxar aquele corpo voluptuoso contra o meu, fazê-la sentir o quanto me excita e descobrir se faço com que sinta o mesmo. O jeito como a Harper toma fôlego é estonteante e o desejo se move em mim com força, em espiral . Não consigo evitar, mas espero que a Harper queira o que faço, e parece que ela quer, considerando a maneira como pega o meu rosto. É realmente foda e talvez seja por isso que seu nome toma forma na minha garganta como um aviso.

Harper sabe que estará brincando com fogo se me tocar assim de novo.

Então me lembro. Esta é a Harper, e ela provavelmente não tem ideia do efeito que causa em mim. Nunca conheci alguém igual. Aqui está ela dizendo todas essas coisas doces, sensuais e o provável é que nem mesmo se dê conta do que pode fazer a um homem.

É difícil resistir e, nesse momento, quero que a resistência se dane. Quero que a Harper brinque comigo por alguns minutos.

— Mais alguma coisa que você queira sentir? — pergunto, esperando que ela tope minha oferta generosíssima pra ser sua cobaia. — Os braços estão disponíveis. O peito também está de plantão. Até o cabelo é um alvo legítimo. — Inclino a testa num convite.

Em um segundo, a mão da Harper está no meu cabelo. Ela a move de modo lento e cadenciado, passando os dedos pelas mechas. Piro, imaginando algum outro tipo de cenário onde suas mãos possam ziguezaguear pelo meu cabelo, puxando-me para mais perto dela. Um onde a Harper me beija gulosamente, consumindo minha boca com o tipo de contato voraz que leva a roupas arrancadas, num frenesi febril. Isso se transforma em portas batidas e sexo ardente contra uma parede, com sua calcinha baixada até os joelhos. Ou se converte em uma das minhas fantasias preferidas, uma das minhas fantasias alternativas, uma das minhas fantasias mais simples e mesmo assim mais quentes: suas pernas abraçando minha cabeça enquanto a saboreio com a boca. Enquanto a envio para as nuvens com a minha língua.

No dia seguinte, eu passaria por ela, afastaria uma mecha de cabelo de sua orelha e sussurraria que: *Ainda consigo sentir seu gosto*. A Harper estremeceria e, então, voltaria a passar as mãos pelo meu cabelo, querendo mais.

Como ela está fazendo na rua neste momento. Por uma fração de segundo, a Harper para de mover a mão e a repousa em mim. Sinto a sua respiração suave no meu rosto. Contemplo-a e procuro estudá-la, pra achar aquele brilho em suas íris azuis, que combinariam com o fogo dentro de mim.

— Beija a garota, Mister Orgasmo!

Ao mesmo tempo, a Harper e eu movemos as cabeças. Os dois rapazes se encontram agora do outro lado da rua, encorajando-me na beira da calçada. Decerto eles acham que estamos juntos.

— Beija! — um deles insiste. — Como no episódio do vírus do beijo.

Harper se volta pra mim, com os lábios curvando-se num sorriso brincalhão.

— O Mister O teve de beijá-la pra curá-la — ela sussurra, como se eu pudesse esquecer aquele pequeno elemento do enredo.— Ele não pode decepcionar os fãs.

Mal tenho tempo de registrar que a Harper está chegando cada vez mais perto de mim. Minha mente está cheia de ruído e estática e não sei se isso é um desafio provocador até ela balbuciar:

— Para os *fanboys*, certo?

Caramba, se os *fansboys* tornam isso possível, devo enviar pra eles uma edição de colecionador autografada.

— Vamos oferecer um show pra esses caras — digo, com minha garganta secando à medida que fica claro que a Harper não está de brincadeira.

— Rápido! Ou o vírus vai se espalhar! — grita um dos rapazes.

Harper estremece, leva a mão contra o peito e sussurra:

— Você é o único que pode me salvar!

A mesma fala que a donzela em perigo pronunciou naquele episódio.

Harper está deixando que eles nos encorajem. Ela gosta de jogos. Gosta de entretenimento. Gosta de atuar. Isso é o seu lado mágica, que leva o truque de sua criação até seu resultado final.

Ela passa o polegar ao longo da linha da minha boca e eu ofego.

Não há tempo pra processar, não há tempo pra analisar. E uma vez que ela tinha suas mãos sobre mim, é justo que eu tenha de retribuir o favor.

A possibilidade me toma por inteiro. Passo a mão direita pelo cabelo da Harper e deixo as mechas macias escorrerem lentamente através de meus dedos, observando sua expressão mudar daquela ousadia brincalhona pra algo inteiramente novo.

Algo desprotegido.

É muito sedutor. Esse olhar me faz desejá-la ainda mais.

De perto, seus olhos azuis são ainda mais brilhantes, como as águas de uma ilha. Posso sentir o cheiro de algo como laranjas de seu xampu. É embriagante, e minha boca saliva, querendo saboreá-la, inalá-la.

Levo a mão direita até o queixo dela, inclinando suavemente seu rosto pra mim. Meu ritmo cardíaco se acelera e umedeço os lábios enquanto nos entreolhamos. Seus olhos brilham com um desejo que parece bastante autêntico. Eu a puxo pra perto e seus lábios se entreabrem, deixando escapar uma respiração suave, enquanto nossos olhos se fecham. A julgar por sua reação, é como se ela quisesse isso de uma maneira que vai muito além do motivo pelo qual estamos encenando. Mas então paro de pensar nas razões e levo a boca até a sua boca. O mundo desacelera e eu beijo a Harper. Do outro lado da rua, os dois fãs assobiam e gritam:

— Ela está salva! — eles exclamam, finalmente.

Esse é o resultado final — e que resultado final!

Quero agradecê-los por incitarem a Harper, ou por me incitarem, ou por tudo que aconteceu pra tornar este momento possível.

Porque isso é estimulante.

Nossas bocas se tocam. Há um indício de *gloss* labial e sinto o gosto enfraquecido do Long-Distance Lover que ela bebeu no bar. Roço meus lábios nos dela, uma carícia mínima, cheia de promessa, uma sugestão do que poderia se tornar se fosse real, sem a plateia.

Seja o que for este beijo, possui sua própria pulsação, sua própria frequência, como se o ar ao nosso redor estivesse carregado e vibrasse com energia sensual.

Ou talvez seja só eu, porque meu corpo está zumbindo. Minha pele lateja e essa alusão de beijo me anima todo, fazendo minha mente galopar muito além do resultado final.

— Seus lábios são tão suaves... — sussurro pra Harper, e ela ofega em resposta.

Em seguida, ela pressiona a boca contra a minha mais uma vez, murmurando:

— Os seus também são.

Levamos a cabo o artifício com presença de espírito. No entanto, quando os lábios da Harper varrem os meus mais uma vez, o gesto parece muito mais do que o necessário em relação ao desafio proposto pelos fãs.

No entanto, exatamente quando o persistente desenvolvimento se torna quase insuportável e estou pronto pra deslizar a língua entre os seus lábios, os caras gritam e aplaudem, iniciando um coro de *Mister O!* que liquida o astral.

Harper e eu nos separamos.

Ela pisca, baixa os olhos e, em seguida, torna a erguê-los. Sua expressão é de culpa, como se se sentisse mal por termos nos beijado.

— Que bom que o Mister O ofereceu à garota a dose certa pro vírus do beijo — a Harper comenta, vivamente, como se procurasse atenuar um momento embaraçoso.

Pigarreio, tentando entender o que a Harper acabou de dizer. E o que acabou de acontecer. E como basicamente reencenamos uma cena das minhas histórias. Eu como o herói e ela como a garota que resgatei do destino cruel.

— Aliás, eles esperavam que você fizesse isso — ela acrescenta, como se precisasse justificar o nosso beijo.

— Sim, sem dúvida — concordo com ela, porque meu cérebro está flutuando num mar de endorfinas e concordar é muito mais fácil do que qualquer outra coisa. Olho pro outro lado da rua e faço um rápido sinal de positivo com o polegar para a dupla. — Ela está numa boa — digo a eles, do mesmo modo como o Mister O disse na ficção.

A Harper confirma, acenando para os dois rapazes. Então, vira-se pra mim e pousa a mão no meu ombro.

— Aqueles caras adoram você e as mulheres gostam do personagem mulherengo que criou.

Enrugo a testa, desejando que não estivéssemos falando a respeito de besteiras ficcionais neste momento, porque tudo me pareceu muito real. No entanto, não tenho ideia se ela gostou tanto do beijo quanto eu.

— Faço tudo pelo meu trabalho — afirmo, apoiando-a, enquanto a plateia cai fora.

Harper sorri, mas logo sua expressão muda. Ela fica séria de novo, como quando se abriu pela primeira vez no bar.

— Olha, vai ser mesmo incrível ter a sua ajuda nessa coisa de namoro.

E o beijo desapareceu na noite. O truque acabou e o mágico e o criador do espetáculo deixaram o palco. Somos apenas a Harper e o Nick agora, amigos com um projeto secreto.

— Claro. Estou feliz em fazer isso. E, como lhe disse, o Jason gosta mesmo de você. — Bem, é muito mais fácil, para mim, entender o outro cara neste momento do que organizar a bagunça completa na minha cabeça.

— Sério? — A Harper dá de ombros.

— Sem dúvida. Você deve ir nessa com ele. — Mostro falso entusiasmo e tento voltar a ser seu professor de namoro, ainda que eu possa ser candidato a um estudo completo de personalidade múltipla, uma vez que acabamos de nos beijar e agora estou dizendo pra ela dar tudo de si com outro cara.

— Você acha? — ela pergunta, com uma inclinação questionadora de cabeça.

— Sem dúvida. Ele talvez seja o homem dos seus sonhos. — Sim. Um estudo completo.

A Harper me lança um olhar cético e, então, dá de ombros.

— Você se encontraria comigo depois de eu sair com ele, pra eu poder te contar tudo enquanto estiver fresco na minha mente? — Ela junta as

palmas das mãos. Estou a ponto de dizer "não", quando ela acrescenta:
— Afinal de contas, perdi de propósito por você, como os jogadores do White Sox fizeram em 1919.

— Por outro lado, você me fez parecer uma estrela do rock na frente dos meus fãs agora — afirmo, ainda no piloto automático. Contudo, mesmo que eu esteja relutante, concordei em ajudá-la. Então, isso é, evidentemente, o treinamento. — Me diga onde e quando.

— Eu te envio uma mensagem de texto. — Em seguida, a Harper sobe os degraus.

Observo quando ela destranca a porta de seu prédio, vira-se e me acena através do vidro. Então, ela desaparece, levando consigo o melhor e mais estranho primeiro beijo que já tive.

Volto pra minha casa, na rua 72. Trata-se de um apartamento, no quarto andar, com paredes de tijolos aparentes e uma janela imensa com vista para o parque. Quando a porta se fecha atrás de mim com um clique quase inaudível, pergunto-me se ainda conta como primeiro beijo se você não sabe se era real ou se foi apenas um desafio.

Acho que não durou mais de quinze segundos, mas aqueles quinze segundos ecoam dentro de mim. Ainda consigo sentir a pressão dos lábios da Harper nos meus. Ainda consigo sentir seu cheiro agradável ao inspirar. Ainda consigo ouvir seu gemido suave.

Gostaria de saber se ela está no seu apartamento pensando também naqueles quinze segundos.

Mas não posso saber, e não vou saber.

Faço a única coisa que tem sido uma constante em toda a minha vida. A única coisa que nunca me frustra e que sempre consegue fazer com que eu me concentre. Tiro os sapatos, deito no confortável sofá cinza perto do janelão e pego meu caderno. Tenho outro episódio pra trabalhar e ainda que não faça mais toda a redação e animação, as ideias e os enredos são meus.

No entanto, quando encosto o lápis no papel, descubro que não estou no astral de solucionar os problemas de um herói de cartum. Em vez disso, simplesmente desenho. Estilo livre. Tudo o que vem à mente.

O problema é que, quando termino, trata-se de uma caricatura de uma ruiva usando shortinho e saltos altos, trabalhando sob o capô de um carro. Olho pro desenho com revolta e o atiro na mesinha de centro. Eu e minha maldita imaginação fugindo de mim mais uma vez.

Um minuto depois, recebo uma mensagem de texto da Harper. Gostaria de não sentir uma fagulha de possibilidade quando vejo seu nome.

A fagulha se apaga friamente quando leio o que ela escreveu:

Café com o Jason no sábado à tarde. A gente se encontra depois?

É oficial! Foi um beijo com base num desafio e, com certeza, não conta. Na verdade, é como se nunca tivesse acontecido. Sendo assim, eu o arquivo na gaveta *não vai acontecer de novo*. Em seguida, respondo que sim pra Harper. Depois, finalmente respondo pro Spencer, fazendo planos pra vê-lo no próximo fim de semana. Isso vai neutralizar sua irmã do meu sistema solar.

Capítulo 8

— E SE UM DOGUE ALEMÃO CRUZAR COM UM ESQUILO?

Olho em volta, expressando descrença ante a pergunta que meu irmão faz na manhã seguinte, enquanto esmigalhamos uma pilha de folhas caídas no caminho do Central Park. O outono chegou a Nova York e as cores são muito bonitas. Por um momento, examino uma folha cor de amora, que está no chão, imaginando como usaria aquela cor numa animação. É algo que sempre fiz. Pra mim, é uma segunda natureza pensar em cores, tonalidades e todas as permutações possíveis.

— O dogue alemão teria um rabo peludo ou o esquilo teria pernas compridas? — Wyatt prossegue.

— Cara, você sabe que não é assim que isso funciona — digo pro meu irmão, com o mestiço de pinscher miniatura que conduzo me puxando pela correia, querendo perseguir um esquilo.

— Ou um esquilo e um pinscher miniatura? — O Wyatt aponta pro roedor.

— De novo, você está fugindo do foco do jogo de mistura de raças de cães — eu o lembro, enquanto o chihuahua cabeludo, branco e marrom, tenta pegar a cauda do meu cachorro. Bem, não é o *meu* cachorro. Ele é de uma organização de resgate de animais abandonados que estou levando pra passear. Os caras são especializados em encontrar lares para cães apropriados pra apartamentos pequenos. Nós dois somos voluntários da Little Friends.

— Iguana e terrier — o Wyatt sugere, tentando mais uma vez. Então, seu amigo peludo se equilibra nas duas patas dianteiras, ergue uma pata traseira e faz xixi na grama.

— Handstand faz xixi! — meu irmão grita, fazendo um pequeno movimento de vitória perto da árvore.

Faço um gesto de aprovação com minha mão livre, pois essa é uma vitória séria em nosso *outro* jogo canino: bingo de cachorros. Somos multitarefas. Podemos disputar dois jogos ao mesmo tempo.

— Dez pontos. Belo trabalho. — Porém, gosto muito de competir com o meu irmãozinho e, mesmo que nossa caminhada já esteja quase no fim, ainda tenho a chance de vencê-lo. — Mas não se um caminhão de bombeiros passar e o meu cachorro uivar.

Ele me lança um olhar duvidoso e prosseguimos nosso caminho pra sair do parque.

— Ah, não conte com isso. No bingo de cachorros, seria como achar um unicórnio ou um pote de ouro no fim do arco-íris.

— Algum dia eu vou conseguir.

Afinal, cães que uivam, sobretudo os muito pequenos como estes dois, são adoráveis. Eis por que são cinquenta pontos em nosso critério de pontuação das atividades caninas aleatórias e não planejadas. É a nossa versão do bingo de carros que jogávamos quando crianças. Pontos também são concedidos a posições de ioga de cachorro, em homenagem ao nosso pai, que é o sujeito mais despreocupado do mundo. Atribuo isso ao fato de ele ser professor de ioga e de minha mãe mantê-lo bem alimentado. Alimentado de comida, quero dizer, pois de outro modo não quero nem pensar.

Enfim, o Wyatt e eu adoramos cachorros. Crescemos com um monte deles ao nosso lado e também com uma irmãzinha, a Josie. Os cachorros nos impediram de nos matar uns aos outros. Amo o meu irmão loucamente, mas ele também é um pé no saco. Os irmãos mais jovens são assim, ainda que sejam apenas cinco minutos mais novos.

— Cruzamento de corgi com mastim. Quem ficou por cima?

— O mastim — respondo sem titubear, quando voltamos pro nosso *outro* jogo a respeito de cães. Porque quem fica por cima marca ponto no jogo de cruzamento de raças caninas.

— Ai!

— Sim, imagine como o corgi se sentiu. Galgo com bassê?

— Galgo. E agora seus filhotes tentam correr com patinhas curtas e os dedos virados para fora. — O Wyatt sorri.

Deixamos o parque e seguimos pro norte, onde a Little Friends divide espaço com um canil.

— Ei, você conhece a garota que administra o centro de cães? — ele pergunta, mudando de assunto.

— A Penny?

O Wyatt faz que sim.

— Ela perguntou se eu ajudaria a consertar uma sala do prédio do resgate.

Antes de conseguir responder, vejo uma mulher do outro lado da rua, de cabelo ruivo comprido desmanchado pela brisa, entrando no meu prédio. Seu cabelo é como a cor daquela folha: vermelho com uma tonalidade dourada.

— Caramba! — o Wyatt exclama, detendo-se de repente na faixa de pedestres e esquecendo totalmente da Penny. Seu companheirinho também se detém. — Quem é a pequena e sexy encantadora de serpentes que entrou no seu prédio?

Dou-lhe um cascudo na nuca.

— Sério, cara. Isso não é legal.

— Ai! — O Wyatt fricciona a cabeça enquanto um ônibus passa rugindo.

Eu o fuzilo com o olhar.

— Isso não doeu. Pare de fingir.

— Foi uma pergunta legítima. Desde quando não tenho permissão pra...? — Por um instante, o Wyatt se cala, e seus lábios se ovalam. — Oh! Oh! Oh! Oh! — ele repete, como se fosse o refrão de um rap. E dá um soco no meu braço. — Você tem algo com a chapeuzinho vermelho?

Merda! Esse é o meu irmão. Meu irmão gêmeo, fraterno, sem filtros e que não sabe o significado de não falar o que não deve. Empurro os óculos pra uma posição mais alta em meu nariz e dou uma olhada no sinal de passagem de pedestres. O homenzinho agora está verde.

— Você gosta dela? — o Wyatt prossegue enquanto atravessamos a Central Park West.

— Não. — Chacoalho a cabeça, mantendo a distância todas as imagens persistentes do beijo que não contava. — Ela é minha amiga. Assim, é grosseiro falar desse jeito.

— De que jeito? — ele pergunta, desafiador.

— Sei o que você ia dizer, Woodrow — digo, usando seu nome do meio, que ele detesta. — Que você queria transar com ela.

Seguimos adiante. O Wyatt me encara e zomba de mim:

— Ah... E olhe pra você, sendo todo protetor. Isso é muito meigo.

Então, ele dirige o olhar pro meu edifício quando alcançamos a calçada.

— Espera! — o Wyatt exclama.

Acompanho seu olhar e vejo a Harper sair do meu prédio e pegar o celular, com uma grande sacola de compras no braço.

— Randall Hammer — meu irmão diz, também usando meu nome do meio, uma vez que eu também odeio o meu —, o Spencer sabe que você está a fim da irmã dele?

Fodeu! Ela está a meio quarteirão de distância agora. Os olhos da Harper se iluminam quando ela me vê. Ela deixa o celular cair em sua bolsa e, então, acena. Tudo em que consigo pensar é que agora seria um momento excelente para um carro de polícia ou caminhão de bombeiros passar a toda, com as sirenes tocando. O Wyatt pode ganhar todos os pontos que quer e muito mais se seu cachorro uivar.

— Não estou a fim dela. Ela é uma amiga. Além disso, o esquilo ficou por cima do dogue alemão — afirmo, para distraí-lo. Às vezes, temos de jogar um osso pra um cão.

Isso o faz rir e me concede um alívio temporário. Então, a Harper chega e cumprimenta primeiro o meu irmão.

— Oi, Wyatt. Faz tempo que não te vejo. Tudo bem? — ela pergunta, e ele se move para dar um abraço.

Com a mão ainda agarrando a correia do cachorro, o Wyatt passa os braços em torno da Harper e, em seguida, ergue as sobrancelhas sugestivamente pra mim e balbucia *Encantando minha serpente*.

Ele é um sacaninha.

— Você tem um cachorro agora? — A Harper pergunta logo que se separa dele.

Juro que respiro com mais facilidade agora que os braços do meu irmão não estão mais em torno dela.

— Isso faz você me querer? — ele devolve com outra pergunta.

Harper sorri, balançando a cabeça.

— Vejo que você ainda não fez a cirurgia.

— Aquela pra instalar um filtro entre meu cérebro e minha boca?

Ela assente com um gesto de cabeça:

— Essa mesma.

O Wyatt faz que não com bastante ênfase:

— Não. Mas o cirurgião tem um horário na próxima semana.

— Ótimo. Vou visitá-lo no hospital. — Em seguida, a Harper aponta para os cachorros. — Quem são os fofos?

— Eles são da Little Friends, uma organização de resgate de animais abandonados — informo.

Meu irmão se intromete na conversa, repousando o cotovelo sobre o meu ombro, agindo de maneira casual e serena.

— Você sabia que o Nick e eu saímos pra passear com os cães da Little Friends duas vezes por semana?

Os olhos da Harper cintilam, mas ela desloca seu olhar pra mim.

— Isso é muito lindo.

Meu coração bate mais forte e estou de volta à noite passada, do lado de fora do prédio dela.

O beijo não aconteceu, seu babaca.

— Foi ideia minha. Eu sou o irmão fofo. — Wyatt abre seu sorriso matador.

— Ei! — me intrometo. — Você não disse que precisava falar com a Penny sobre consertar não sei o que pra ela?

Então, o Wyatt pega a correia que estou segurando.

— Me dá seu coleguinha. Vou levar os cachorros de volta — ele diz.

A Little Friends não é longe daqui. Eu me curvo pra baixo e faço carinho num cão e depois no outro. Quando me ergo, o Wyatt faz uma mesura para nós e dá um adeus teatral.

— Vou deixar vocês dois voltarem aos seus joguinhos.

Quero bater nele, mas isso é rotineiro.

Depois da partida do Wyatt, volto-me pra estrela dos meus sonhos sórdidos. A Harper está sorrindo e parece agradavelmente surpresa.

— Não sabia que você faz isso com cachorros, Nick.

— Gosto deles. Também gosto de ajudar. — E essa facilidade de comunicação me recorda que o beijo também não aconteceu pra ela. Então, está tudo bem entre nós.

— Gosto disso. Não, eu *amo* isso — ela afirma, e sua expressão é emotiva, livre da habitual tendência ao sarcasmo. Sua afabilidade é tanta que me sinto aquecido, e não apenas excitado por ela. — Colaboro com a Sociedade Protetora de Animais de Nova York. Ajudo a arrecadar fundos.

— Sério? Não tinha ideia.

— Sim. Junto com outros voluntários, também organizo corridas pra arrecadar dinheiro pra abrigos de animais, espalho notícias pelas mídias sociais, planejo eventos... Algum dia vou ter um cachorro. Por enquanto, faço o que posso.

— Isso é incrível. — Adoro tomar conhecimento desse novo detalhe sobre ela. Nós nos conhecemos há muito tempo, mas não somos amigos íntimos. Assim, descobrir essas coisas é uma experiência totalmente nova.

— De que raça você gostaria de ter?

— Da que ri de todas as minhas piadas.

Abro um sorriso.

— Parece perfeito. Eu também gostaria desse tipo de vira-lata.

A Harper pigarreia e exibe a sacola de lona.

— Você pode estar se perguntando por que estou aqui.

— Sim, fiquei curioso. Mas então achei que estivesse me trazendo comida. Por favor, me diga que há um pote de sorvete de menta com chips de chocolate e duas colheres.

Ela faz beicinho.

— Droga. Realmente fiz uma besteira. Mas agora sei o que pegar pra você da próxima vez. Por enquanto, tenho só este presente: uma caixa de sabão em pó. Estava indo deixá-lo com o porteiro. — E olha na direção do meu prédio.

Mas a Harper não o deixou com o porteiro. Ela ainda está de posse dele, e segurava seu celular um minuto atrás, talvez tentando me ligar e me dizer que estava aqui. Droga, talvez a Harper quisesse um pretexto pra me ver. Antes que meus pensamentos ficassem fora de controle, assumi uma postura de descrença mental.

Sim, certo. Se a garota estivesse a fim de você, ela estaria falando em dialeto e balbuciando.

Mas não está. De fato, ela é a controlada e confiante Harper. Portanto, estou interpretando algo em nada.

Pego a sacola e agradeço.

— Não precisava ter se incomodado, Harper. Eu ia comprar um sabão em pó hoje, depois do trabalho.

— Mas assim posso convertê-lo à minha marca. É de uma empresa cujos produtos não são testados em animais.

— Ah, que bacana!

— Quer saber o que é tão bacana quanto? Tem um cheirinho muito bom. Suspiro.

— Vou ficar com cheiro de lavanda ou algo feminino?

— Acho que não. Eu o uso. Quer sentir o meu cheiro?

Fiquei atônito. Um milhão de pensamentos indecentes tomaram conta de mim. Adoraria farejá-la, inalar seu aroma, passar o nariz ao longo de seu pescoço, pelos seus peitos, pela sua barriga. Então tomo uma decisão: foda-se. Essa garota pediu para que eu a ensinasse a namorar. Ela precisa descobrir que as coisas que escapam às vezes de sua boca são loucamente safadas. Pouso a mão em seu ombro.

— Você tem consciência de que sua pergunta soou absurdamente sacana? Diga-me que sabe disso. Preciso entender até onde seu treinamento deve ir.

A Harper olha em volta, exprimindo descrença.

— Credo, eu não estava tentando ser suja! Apenas cheire. Tem perfume de primavera. Cheira muito bem. — E ela puxa a camiseta turquesa com gola em V, que está debaixo de uma jaqueta leve.

Como se eu estivesse dizendo não pra isso... Curvo-me pra frente e encosto o nariz no tecido. A Harper tem um cheiro fantástico e eu estou tentadoramente próximo de seus seios. Mais perto do que já estive alguma vez. Tão perto que se, digamos, a pessoa que andava atrás de mim me desse um esbarrão, poderia jogar meu rosto contra o peito da Harper. Minha boca saliva, meu pulso acelera e nunca rezei tanto em minha vida pra alguém esbarrar em mim.

Entretanto, isso não acontece e, sem dúvida, não posso passar o dia inteiro aqui cheirando as roupas da Harper. Qualquer um me chamaria de louco. Então, ergo o rosto.

— O cheiro não é bom?

Eu a encaro. Não tenho nenhuma resposta espirituosa. Nenhuma réplica esperta.

— Sim.

Por algum motivo, ganho um sorriso. Só que esse parece diferente do que ela ofereceu ao Gino ontem à noite ou do que ela deu ao meu irmão. Este parece durar mais do que um sorriso amigável. Ele perdura e me faz lembrar da noite passada e de como o nosso beijo também pareceu mais do que simplesmente amigável.

— Mas eu já sabia que seu cheiro é agradável — acrescento, com os lábios se contraindo. Talvez eu esteja deixando a Harper saber que sou um cara maneiro em relação a tudo. Talvez eu esteja flertando.

Harper arregala os olhos e mordisca o canto do lábio.

— E agora que suas roupas podem ficar tão perfumadas e você vai lavá-las hoje, poderei sentir seu cheiro quando o encontrar amanhã.

Logo que a Harper se afasta, encontro uma mensagem perdida que ela me enviou cinco minutos atrás. Como eu esperava. Travo uma luta muito difícil pra não ler nada nela, lembrando-me de que amanhã a Harper tem seu primeiro encontro romântico com um cara.

E esse cara não sou eu.

Espero que a Harper não vá cheirar o Jason. Também espero que ele não a cheire, pois não quero que ninguém saiba que o sabão em pó dela é um poderoso afrodisíaco.

Capítulo 9

APÓS UMA SESSÃO DE *BRAINSTORMING* DURANTE TODO O dia com os roteiristas do programa, volto pra casa. Junto as roupas pra lavar e pego meu novo sabão em pó da sacola de lona. Minha mão roça num papelão no fundo. Examino o interior da sacola e encontro um "passageiro clandestino". O sabão em pó não está sozinho. Tem companhia.

Retiro uma caixa de lápis Blackwing.

Um laço de cetim preto com bolinhas cor-de-rosa adorna o meio da caixa. É o laço mais feminino que já vi, mas é completamente adorável porque é dela. Enfiada sob a fita, há uma folha de papel branco, dobrada em quatro partes, que eu retiro e desdobro.

Nick, você sabia que o slogan para esses lápis é "Meia pressão, velocidade em dobro"? Suspeito que há uma incrível piada suja aí, mas acho que precisamos de mais pressão, certo? Em todo caso, quero lhe agradecer antecipadamente por toda a sua ajuda. E nada como uma caixa de lápis pra você como prova de gratidão. Apenas não enfie nenhum no seu nariz. Bem, até que aprenda a como fazer isso corretamente. Então, sem dúvida, enlouqueça.

Beijinhos
Harper

Maldita seja. Sorrio de orelha a orelha. Adoro esses lápis. São do cacete. Pego uma folha de papel e desenho um cachorrinho sorrindo, como se ele estivesse rindo de uma piada que seu dono contou. Tiro uma foto e envio pra ela. Conservo o laço, colocando-o numa gaveta da cozinha. Não sei por quê. É muito pequeno para ter qualquer uso no quarto. Porém, mesmo assim eu o guardei.

Visto às pressas um calção de basquete, deixo meu saco de roupas pra lavar e o novo sabão em pó com o porteiro pra mandar pra lavanderia e me encaminho até a academia a poucos quarteirões de distância. Ali, suo percorrendo diversas milhas na esteira e praticando uma série longa de musculação. Após uma hora e meia, abro a porta do meu apartamento e o meu celular apita com uma resposta dela, com o novo apelido que dei pra Harper em meus contatos.

Princesa: Que bom que você gostou dos seus lápis novos! Eu, por meu lado, estou saboreando um sorvete de menta com chips de chocolate. Está muito, muito gostoso!

Olho pro teto e suspiro. Não porque o texto é sacana, mas porque estou visualizando a Harper tomando sorvete e imaginando o gosto de sua boca.

Casquinha ou copinho? Preciso do visual completo da lambida.

A resposta de Harper chega logo:

Princesa: Estou lambendo uma colher neste momento.

Menta com chips de chocolate também é gostoso lambido de outras coisas.

Princesa: Trata-se de uma aula on-line de como tomar sorvete?

Na realidade, essa é a sua primeira aula de namoro. Começando esta noite. Como enviar uma mensagem de texto de paquera... Sorvete de menta com chips de chocolate é muito gostoso se você o lamber de alguém que você gosta...

A Harper não responde de imediato. Então, deixo o celular sobre o balcão da cozinha, mas não consigo parar de pensar nela, no sorvete e na maneira como a menta e a doçura do chocolate se misturavam em sua língua. Como seu gosto seria diferente daquele após o Speakeasy, mas ainda tão sedutor quanto. Como eu poderia enlouquecê-la com um beijo interminável que deixaria seus joelhos bambos e umedeceria sua calcinha. Um beijo que a excitaria tanto que ela o interromperia pra lamber meu peito. Depois, alcançaria meu calção e o arrancaria. Faria aquele ar de espanto sexy, umedeceria os lábios e, em seguida, se familiarizaria muito intimamente com meu pau.

No caso de haver alguma pergunta, respondo: sim, meu pau está duro como uma rocha neste momento.

Na realidade, se quisermos falar em termos mais técnicos, tenho certeza absoluta de que é a definição do manual de como armar uma tenda. Meu pau anseia por atenção. Sinto-me muito excitado por querer essa garota que não posso ter e esta ereção não perderá o vigor docilmente durante a noite.

Desvisto as roupas da academia e me dirijo direto pro chuveiro, procurando deixar a água o mais quente possível. No limite do suportável para mim. Considerando que acho mesmo sexy seu ar de espanto, preciso tirar a Harper do meu sistema. Uma masturbação sem remorsos, sem limitações, fará o serviço.

O ajuste da potência do jato d'água funciona melhor pra isso. Ajusto o seletor e a água jorra a cântaros, molhando meu cabelo, deslizando pelo peito, correndo sobre as tatuagens em meus braços.

Como não terei a Harper de verdade, quem sabe não fique tão excitado o tempo todo se praticar uma transa completa com ela na minha mente? A Harper já esteve no chuveiro comigo algumas vezes, fazendo um boquete incrível em mim. Com seu corpinho maravilhoso e sua boca esperta e sexy, ela desempenhou o papel principal em uma dezena de punhetas no chuveiro nos últimos meses. Talvez mais do que uma dezena. Uma centena seria mais realista. Ou dez vezes isso.

Mas quem fica contando quando a mão está cheia?

Não eu, com toda a certeza.

À medida que o vapor toma conta do banheiro, envolvo minha ereção num abraço de mão agradável, longo e demorado.

Solto o ar com força.

Uma sucessão de imagens se manifesta diante de mim e isso é muito fácil, pois enxergo o mundo em imagens. As mais quentes surgem diante dos meus olhos conforme minha mão se fecha com mais força.

A Harper rastejando de quatro na minha cama, usando aqueles óculos insinuantes.

Ela desabotoando a blusa, abrindo-a, revelando-me seus seios deliciosos. Seios que eu adoraria provar.

Excitado, sinto um arrepio quando uma imagem específica abre caminho à força e ganha destaque. Impulsiono o pau pra cima e pra baixo entre aqueles seios deliciosos. Ela junta os seios com as mãos, criando um vale quente pro meu membro. A língua dela se projeta, lambendo a cabeça do meu pau em cada investida.

Ofegante, deslizo a mão ao longo de meu cacete, vendo os lábios da Harper ao redor dele. Esta noite, eu gostaria que ela, ajoelhada, deixasse escapar obscenidades da sua boca pintada de vermelho enquanto chupasse meu pau e lambesse minhas bolas.

Solto um gemido e o som é tragado pela batida implacável da água quente nos azulejos. Masturbo-me mais rápido e com mais vigor, com o desejo inflamando meus músculos, deslizando sobre a minha pele, enquanto vejo a Harper em toda a sua beleza despida, dando-me prazer. Então, do nada, as imagens mudam.

Ela não está mais me servindo.

O que me deixa mais excitado é a perspectiva de ver a Harper gozar. Os sons que ela faria. A maneira como seus lábios se entreabririam em um "O". Como suas costas se arqueariam. Porra, adoraria muito sair do chuveiro, entrar na sala de estar e encontrá-la nua no meu sofá, com as pernas abertas, enfiando uma mão entre elas e afagando os seios com a outra.

Me arrepio inteiro à medida que a imagem se intensifica, tornando-se mais nítida e parecendo mais real. Os músculos das minhas pernas se contraem e deixo a fantasia prosperar. Nossa, sempre quero pegá-la se masturbando, flagrá-la se dando prazer, no momento próximo do clímax.

Harper geme e se contorce enquanto seus dedos percorrem a xoxota úmida sobre a deliciosa elevação do grelo. Ela se acariciou e está desesperada, rogando por alívio.

Ela abre os olhos. Nem precisa me implorar para acabar com aquilo. Aqueles olhos azuis, brumosos de volúpia, revelam-me o quanto a Harper precisa da minha boca.

Deslizo as mãos pelas suas coxas e separo ainda mais suas pernas. Enterro o rosto em sua umidade perfumada e, puta merda, o início de um orgasmo toma conta de mim enquanto eu a saboreio; ela move-se rápido através de mim enquanto eu a devoro; envolve meu corpo enquanto eu a faço gritar e gozar intensamente de encontro ao meu rosto.

Estou ali junto dela, masturbando-me cada vez mais rápido. Então, um gemido selvagem escapa da minha garganta no momento em que gozo.

Ofegante, permaneço ali por alguns minutos, com a água quente caindo sobre as minhas costas, com meus ombros subindo e descendo com a intensidade do orgasmo alimentado pela Harper.

Pouco depois, estou recém-saído do banho, bastante limpo e deitado nu na cama.

Ponho as mãos na nuca. Sinto-me um homem satisfeito. Sim, vim, vi e venci minha luxúria. Missão cumprida. A Harper Holiday desapareceu dos 99,99% do meu cérebro dedicado ao sexo e agora sou capaz de me concentrar e ajudá-la amanhã sem que nem mesmo um mero pensamento devasso se meta no meio.

Sem dúvida, não quero mais fodê-la.

Não, nem um pouco. Nem mesmo quando meu celular apita. Nem mesmo quando abro a mensagem dela. Nem mesmo quando vejo a foto que a Harper enviou: uma *selfie* dela em close lambendo o sorvete de uma colher.

Fecho a tela e juro que não sonho em lamber um sorvete de casquinha de menta com chips de chocolate durante toda a noite.

Capítulo 10

NA TARDE SEGUINTE, EM UMA CAFETERIA, OUÇO MÚSICA com fones de ouvido e trabalho no próximo enredo de *As aventuras de Mister Orgasmo*, após a intensa sessão de *brainstorming* de ontem com os roteiristas do programa. Nesse episódio, nosso herói tem de invadir uma casa mal-assombrada de trezentos anos pra resgatar uma mulher que está sendo perseguida pelo Fantasma dos Orgasmos Passados.

Algo nas animações que o roteirista principal me enviou não me agrada, mas não sei direito o que é. Fecho meu laptop, guardo-o em minha bolsa e pego um caderno. Preciso descobrir o que está errado. Às vezes, o melhor jeito de fazer isso é desenhar o que vejo se desenrolando na minha mente.

Ponho o braço ao redor da folha de papel e logo vejo que gosto do jeito como o conceito está tomando forma. Ainda tem o humor indecente que o programa precisa e eu sei que isso parece estranho, mas também tem coração. Isso é fundamental. No fim de cada episódio, o Mister Orgasmo é, no fundo, um bom sujeito, que ajuda o mundo.

Olha, eu sei quem sou. Não tenho ilusões. Não estou curando o câncer nem salvando as baleias, mas tenho certo orgulho do fato de que, quando as pessoas assistem ao meu programa, elas dão risada. Às vezes riem tanto que chegam a fazer xixi.

Sim, recebi cartas de fãs nesse sentido. Alguns telespectadores se divertem depois de ver o programa. Talvez riam, talvez transem e talvez façam xixi, mas acho que não brigam. *As aventuras de Mister Orgasmo* não é um programa violento e, no fundo, o herói utiliza suas habilidades e seu cérebro pra salvar a situação, mas nunca seus punhos.

É por isso que desenho um balão perto da boca do herói e escrevo as seguintes palavras: "Sou um amante, não um lutador."

Continuo desenhando, passando pra outras imagens que rodopiam nos cantos da minha mente. Coisas aleatórias: uma banana ninja, um cachorro andando sobre as patas dianteiras, um trio de marionetes apresentando um show safado. Quem sabe consiga pôr isso num episódio... Todo o mundo gosta de marionetes safadas. Com o lápis correndo sobre o papel, esboço uma história no show de marionetes, protagonizado por uma mecânica tesuda, que lava seu carro sob o sol, com uma regata justa agarrada em seu peito suado. Ela afasta do rosto o cabelo ruivo e o puxa pra trás num laço...

Merda, merda, *merda*.

Com o canto do olho, percebo a abertura da porta. A Harper vence a distância e eu dobro o papel em 4 partes, em 8 ou em 64, para que ela não se reconheça no meu desenho.

E eu a desenhei *assim*. Porque ela é muito sexy mesmo em um esboço.

Ao enfiar a folha de papel no meu bolso, me amaldiçoo silenciosamente. Minha mente se descontrola sem aviso prévio em relação a essa garota, embora me lembre claramente de tê-la tirado da cabeça ontem à noite. Por que diabos ela está invadindo meus desenhos de novo?

A Harper faz um ar de espanto quando me alcança. Tiro os fones de ouvido a tempo de ouvi-la perguntar:

— Segredos de Estado?

Faço que não com um gesto de cabeça.

— Nada disso. Apenas o enredo de uma história pro programa — digo, em meu experiente tom sereno e casual.

— Ah, então é melhor manter isso longe de mim, pois tenho a fama de revelar todos os segredos do Mister Orgasmo se consigo colocar minhas mãozinhas gananciosas neles. — Harper projeta os dedos, como se fosse agarrar meu ombro e, depois, meu antebraço.

Caramba, ela tem mãos muito rápidas.

Ora, ela ganha dinheiro com elas.

Arregalo os olhos quando a Harper faz um movimento na direção do bolso do meu jeans. Mas foi um movimento falso. Ela ri e ergue as palmas das mãos em rendição.

— Só estava provocando. Nunca tentaria bisbilhotar suas ideias para o programa — ela afirma, pegando o assento em frente ao meu, no lugar que escolhemos pra fazer o download relativo ao seu encontro romântico. — Mas quero ver quando estiver pronto. Vi todos os episódios.

Inclino a cabeça.

— Você viu?

Ela assente e estala os lábios.

— Assisti a todos os episódios e amei cada um.

O calor se espalha em meu peito e não tem nada a ver com o desejo por ela desta vez, mas sim com o orgulho pelo trabalho bem-feito.

— Fantástico. Adoro ouvir isso.

Harper traz a cadeira pra mais perto e eu me preparo pra ouvir todos os detalhes de como o Jason está se comportando. Em vez disso, ela aponta pro caderno de desenho.

— Qual foi a primeira história em quadrinhos que você gostou?

Respondo sem pestanejar:

— *Get Fuzzy*. Adoro. Aquele gato, o Bucky, me impressionou.

— Também adoro — a Harper revela, sorrindo. — O que mais? — Põe o cotovelo na mesa e descansa o queixo na palma da mão, parecendo relaxada e feliz enquanto conversamos. — Desde que te conheço, nunca te vi ler um gibi como *Super-Homem* ou *Homem Aranha*. Pra você, tudo se resume a cartuns e tiras cômicas, certo?

— É verdade. Super-heróis não são a minha praia. Mas sempre gostei de desenho e comédia. Hoje, meus preferidos são *Uma família da pesada* e *American Dad*, por causa do humor. E quando era mais jovem, não perdia um álbum de *Far Side* e *Calvin e Haroldo*.

— Por isso você tem um tigre tatuado no peito? Em homenagem ao Haroldo?

Ergo o rosto, curioso.

— Como você sabe sobre o tigre?

— Talvez tenha notado... — A Harper dá de ombros, num gesto de indiferença. Ela pega o celular, abre a galeria de fotos e procura uma delas. Então, mostra-me uma do verão no Central Park. Lembro-me de que ela tirou fotos de mim naquele dia em que aprontamos com o Spencer.

— Ampliei a foto naquela noite — A Harper se cala, chacoalha a cabeça e tenta rir. — Isso parece realmente pervertido, né?

Fico muitíssimo tentado a dizer o seguinte: *Você não faz ideia do que é perversão, baby. Um dia vou te contar sobre as coisas que você faz no meu chuveiro.*

Tem certas noites em que você é tão flexível! Nossa, como você fica obscena, na minha mente, quando se inclina na beira da minha cama e me chama pro seu corpo nu perfeito...

Contudo, não consigo resistir ao ataque:

— Só parece pervertido da melhor maneira possível.

Apesar das bochechas tomadas pelo rubor, a Harper não esconde o rosto, nem desvia o olhar. Em vez disso, diz:

— Fiquei curiosa. Por isso, ampliei a imagem. Foi quando notei a tatuagem no seu peito.

Lutar contra um sorriso nunca foi mais difícil em minha vida: porque a Harper não descartou minha foto. A confissão dela acionou um interruptor em mim e a luz agora pisca como resultado da possibilidade.

— Por assim dizer, o Haroldo é minha inspiração — afirmo, mas agora *eu* sou o curioso. A Harper não tem nenhuma tatuagem visível, mas e se ela tivesse uma escondida em algum lugar? Algum lugar íntimo? — Você tem alguma tatuagem?

A Harper nega meneando a cabeça. Seus olhos se arregalam:

— Eu gostaria de fazer uma, mas não consigo de jeito nenhum.

— Por quê?

— Você vai rir, mas sou uma completa covarde quando se trata de agulhas — revela. — Tenho medo delas. Odiava injeções quando criança, mas agora sou obrigada a aceitá-las e me conformar com elas ao doar sangue a cada oito semanas.

— Você odeia agulhas, mas mesmo assim doa sangue?

— Até que consigam achar outra maneira de tirar sangue de mim, simplesmente relaxo e penso nos deliciosos biscoitos que ganharei no fim — ela afirma.

Fico impressionado da Harper fazer isso com regularidade, sobretudo pelo fato de ela sentir medo de agulhas.

— Mas você sabe do que eu não tenho medo, Nick?

Mordo a isca.

— Do quê?

— Canetas. Não quer desenhar o Bucky em mim?

Ergo a sobrancelha sugestivamente:

— No seu peito? Neste momento? Sim, tire sua blusa.

A Harper abre um sorriso atrevido.

— Que tal no meu braço?

— Também funciona.

Trago a cadeira da Harper pra mais perto. Então, ela arregaça a manga da blusa xadrez vermelha e azul e estende o braço. Nossos joelhos quase se tocam quando seguro seu antebraço como uma tela de pintura, na cafeteria. Uma máquina de café *espresso* assobia no balcão e *No One's Gonna Love You*, da Band of Horses, toca ao fundo.

— Amo essa música — a Harper sussurra.

— Eu também.

Dirijo o olhar para seu braço e começo a desenhar o corpo do gato. Ela fala primeiro, perguntando:

— O que você faria se não conseguisse desenhar?

Paro, estremeço e a olho nos olhos. Pressiono meu dedo na sua boca:

— Nunca diga algo tão horrível de novo.

— Não, estou falando sério — ela insiste, enquanto volto ao seu braço.

— Não sei, Harper. Isso parece a própria definição de inferno. Prefiro morrer. — Começo a desenhar o rabo. — E você? O que faria se não conseguisse fazer mágicas? — Ergo o olhar por segundos.

A Harper aperta os lábios.

— Também preferiria morrer — ela responde.

Gosto do fato de não termos de explicar por que nos sentimos assim. Estamos em sintonia quando se trata do fogo interior que nos move.

— Como você soube que queria ser mágica? — Agora adiciono mechas desordenadas de pelos na barriga do gato.

— Sei disso desde os cinco anos de idade, quando ganhei de Natal um kit de mágicas. Aprendi todos os truques em cada livro que achei em bibliotecas e livrarias — a Harper informa, e eu passo pro focinho do bichano. — Fiz minha mãe e meu pai me levarem a todo show de mágica de que fiquei sabendo. Estudei arte dramática e oratória na faculdade, pra que fosse capaz de me sentir à vontade no palco. Sinceramente, não consigo imaginar não fazer truques de mágica. O que parece idiota, porque é uma das profissões mais estranhas de se exercer. Não saberia te dizer quantas pessoas já me perguntaram: *Você é mesmo uma mágica?*.

— Ninguém acredita que você se sustenta nesse trabalho? — Agora desenho os bigodes.

— Cada um que encontro pela primeira vez duvida disso. Sempre tenho de provar e, como te disse antes, as pessoas estão sempre me pedindo pra lhes mostrar truques. Como o Jason — ela diz, quase como algo secundário.

Fico calado por um instante. Quase esquecera que a Harper tinha ido a um encontro e que eu deveria ajudá-la a analisá-lo ou algo assim.

— Você fez o truque das cartas de baralho pro Jason?

— Sim. E ele quis saber como eu o fiz, mas é claro que não contei.

— Por causa do código? A norma 563 do *Manual de segredos dos mágicos*, né? — provoco, lembrando o que ela disse na livraria.

A Harper dá uma risada e se reposiciona um pouco na cadeira, com seus joelhos agora tocando os meus.

— Sim. O código. Aliás, não há um código *oficial*, mas se trata de uma regra implícita. O segredo de um truque nunca deve ser revelado, a não ser para uma estudante de mágica, que também presta esse mesmo juramento — a Harper fala num tom grave, como o de uma professora. Então, seu tom volta ao normal, embora ainda sério: — Você não pode revelá-lo. É completamente reprovado pela comunidade dos mágicos. Vai contra tudo o que fazemos, que é induzir as pessoas a suspenderem a descrença.

Somo todas as vezes que a Harper me contou como ela realizou um truque. O resultado é oficialmente zero. Deixo isso se estender um pouco mais: guardar segredos é com ela. Mas a Harper os guarda porque ela tem de guardá-los, não porque é uma pessoa sorrateira.

— Também é parte disso — digo, distraidamente, colocando uma boca bem rabugenta no gato.

— Parte do quê?

— A troca. Quando você disse que seu trabalho era uma troca. Isso limita sua capacidade de conhecer pessoas e ainda por cima você tem de manter constantemente uma máscara.

— Alguns dias é tudo uma ilusão — ela afirma, baixinho, com um suspiro suave. Mas se recupera rápido. — Do que você tem medo?

Eu a encaro:

— Não de agulhas.

— Do que então? Aranhas? Espaços abertos? Que a fábrica de lápis Blackwing encerre as atividades?

Aponto o dedo para ela e pisco.

— Disso, sem dúvida.

— Sério, Nick — ela pressiona, usando aquela entonação que é vulnerável, sem sarcasmo, que me toca. Aquela que revela que a Harper quer me conhecer mais.

Paro de desenhar e me concentro nela, despindo o meu medo mais profundo:

— Que tudo desabe: o trabalho, o programa, o sucesso. Tenho tido muita sorte. A maioria dos cartunistas mal consegue se sustentar e eu alcancei um sucesso incrível. As estrelas estão todas alinhadas. Mas o sucesso pode ser muito efêmero. Tudo pode ir embora amanhã, num piscar de olhos.

— Você realmente acredita nisso?

— Tenho de acreditar. Preciso ficar atento. Manter-me concentrado em fazer o melhor programa possível. É por isso que me submeto ao papo furado do Gino. Porque quero que tudo isso continue. — Dou um tapinha no desenho no braço dela. — Quero continuar fazendo isso o máximo de tempo possível.

— Você gosta disso. — É uma afirmação simples e óbvia, e mesmo assim ressoa dentro de mim.

— Gosto mais do que banhos de chuveiro. E eu gosto muuuuito de banhos de chuveiro — digo, completamente sério. Nesse momento, não quero dizer *banho de chuveiro* como um eufemismo. Quero dizer a grandiosidade completa e absoluta de tomar um belo banho após uma boa e intensa sessão de malhação, ou pouco depois de acordar, ou após uma tarde longa e cheia de suor na cama com a mulher dos seus sonhos.

A Harper dá risada:

— Isso é incrível. Eu também adoro um banho de chuveiro.

A fim de não me estender na zona de banho de chuveiro por muito tempo, disciplino meus pensamentos, retorno ao projeto e me forço a ser seu tutor.

— Como foi o seu encontro?

— Bom. O Jason é simpático. Nós conversamos.

— Sobre o quê? Como seu orientador, é importante que eu tome conhecimento dos detalhes.

— Boliche. Faculdade. Trabalho.

— Parece com aquilo que acabamos de falar. Menos o boliche.

— Não — ela contradiz, num tom firme. — Eu e você falamos sobre coisas mais profundas, não acha?

Olho nos olhos da Harper, tentando interpretar sua expressão. Mas esta é uma mulher que precisou aperfeiçoar a arte da não revelação. Não consigo dizer o que ela está pensando, sentindo ou querendo e isso começa a me deixar maluco, porque suas palavras parecem mais significativas do que o habitual.

— Sério?

Harper não desvia o olhar. Seus olhos azuis permanecem fixos em mim e ela afirma de maneira simples:

— Sim. Você não concorda?

E a Harper tem razão. Faço que sim com a cabeça.

— Você gosta dele?

— O Jason me convidou pra sair na semana que vem. Pra jantarmos.

Meus músculos se contraem e agarro o braço dela com mais força.

— O que você disse?

— Aceitei o convite. Não é o que eu deveria dizer? Você não me disse pra tentar com ele, professor? Assim, posso aprender a como namorar e não ser uma completa palhaça.

Ri da escolha da palavra.

— Dificilmente eu chamaria você de palhaça.

Harper endireita os ombros e faz uma pausa.

— Como foram seus encontros com a escritora de romances?

— O assunto agora não sou eu, princesa que não é uma palhaça. Estamos falando de você. Está começando a gostar dele? Você não respondeu à pergunta. Me ajudaria a prepará-la pro seu jantar se eu soubesse a verdade.

Harper torce a boca desajeitadamente, refletindo.

— Não tenho aquela sensação de loucura dentro do peito quando olho pro Jason ou converso com ele. Suponho que deveria ter se gostasse, né?

— Ela me encara.

Meu peito maluco e excitado me dá a resposta.

— Não é um mau começo. — Então, porque pelo jeito sou insaciável por autopunição, prossigo: — Você se sente assim quando está com o Simon?

Harper arregala os olhos e encolhe os ombros, em sinal de dúvida.

— Anda, vai direto ao assunto — ordeno, ríspido. Eu gosto de bancar o durão.

— Não estive mais com ele. Você me deu ordens pra não vê-lo — a Harper recorda. — Mas conversei com o Simon por telefone no começo desta semana.

81

Paro de mover a caneta. Um ciúme fodido toma conta de mim. Ainda bem que estou olhando pra baixo, porque não quero que a Harper veja minha expressão ou perceba que o fato de ela gostar dele me deixa louco.

— Ah, é? — pergunto, da forma mais serena e casual que consigo, e volto para as linhas azuis em sua pele. — Como foi a conversa?

— Agradável. Só falamos da festa da Hayden daqui a duas semanas.

— E você conseguiu falar?

— Sim, mantive o poder da comunicação oral. — Ela ri. — Além disso, é mais fácil, para mim, usar o celular. Sobretudo mensagens de texto.

— Bom saber. — E termino o desenho em seu braço.

Movo a mão alguns centímetros pra cima, erguendo o antebraço da Harper pra lhe mostrar meu trabalho. Quando deslizo os dedos pela sua pele, sinto-a tomar fôlego. O menor som alcança meus ouvidos, quase como um pequeno suspiro, e isso parece fantástico. Remete-me ao momento do nosso beijo. Ao leve murmúrio que escapou dos lábios dela quando os rocei com os meus. Quero encontrar nela o botão que controla esse ruído, que o aumenta, que o torna música em meus ouvidos e apertá-lo. Nós nos entreolhamos e não estou inundado por pensamentos loucos, indecorosos. Estou pensando em como a Harper é bonita, no quanto mais desejo conhecê-la e em como não quero que este tempo com ela termine. Consigo ouvi-la falar de cartuns e sonhos, trabalho e paixão — todas essas coisas mais profundas e também todas as coisas mais simples — por todo o tempo que a Harper quiser compartilhá-las comigo.

Falar com a Harper é tão fácil, tão agradável... É como respirar. Meu coração bate forte enquanto tento memorizar a expressão em seus olhos, a minúscula faísca dançando através de todo aquele azul-safira, o que me faz acreditar que ela deve sentir o mesmo.

Seus lábios se entreabrem minimamente e essa pequena mudança é o detalhe que eu desenharia na imagem de uma garota que estivesse começando a gostar de um cara.

Meu pulso acelera enquanto ela mantém cativo meu olhar. Não há fãs nos encorajando. Não há truque que estejamos tentando executar. Podemos estar cercados por pessoas, mas esta é uma cafeteria cheia de ruído de fundo. Neste momento, somos apenas a Harper e eu, e seus ombros se projetam pra frente, como se houvesse uma atração magnética entre nós.

Harper se inclina na minha direção, chegando cada vez mais perto, como se quisesse terminar o que começamos na rua. Nesse caso, quero tudo, mas a iniciativa deve partir dela, pra eu saber que não é apenas outra ilusão. Cada segundo até nossos lábios se encontrarem precisa ser vencido por ela. Quero saber se isso está tudo na minha mente ou se essa eletricidade crepitante entre nós é tão bidirecional quanto quero que seja.

Um copo ressoa em algum lugar atrás do balcão e o som dele batendo no chão quebra o feitiço. Eu me endireito, ela se retrai, e nós dois desviamos o olhar. Quando me atrevo a retornar meu foco pra ela, a Harper está observando o seu braço. Assim, não há nenhuma chance de eu poder encontrar uma resposta. Essa escorre pelos meus dedos como fumaça.

— Adorei — Harper diz, baixinho, olhando o desenho. — Quanto tempo vai durar?

— Até você tomar banho.

— Mas eu adoro tomar banho.

— Então não durará muito. Assim, a menos que você planeje ficar sujinha esta noite, amanhã terá desaparecido.

— Agora quem é que está dizendo uma coisa absurdamente sacana? Sorrio.

— *Touché!*

— Posso te fazer uma pergunta séria?

— Claro.

— Você acha que o Jason vai querer... transar?

— Talvez. O protocolo do segundo encontro sugere que ele poderia tentar beijá-la. — Procuro me manter concentrado na questão, e não na minha própria reação a ela: que o Jason é um *puta de um sortudo*. — O primeiro encontro é pra ver se você realmente quer um segundo encontro. Então, você passou no teste. O segundo é pra ver se existe uma química de verdade. Assim, você se qualifica pra um jantar e, provavelmente, pra um beijo de teste. E o terceiro encontro é... — Não termino a frase e ela faz um ar de espanto.

Harper sussurra, toda conspirativa:

— Espera. Não fala. Me deixa adivinhar. O terceiro encontro é pra... — Ela se cala por um instante, umedece os lábios, chega lentamente mais perto de mim, me olha no fundo dos olhos e ronrona: — ...sexo quente e devasso.

Sinto meu pau endurecer na hora.

Não há espaço entre nós pra outras pessoas. Suas palavras são entre ela e mim. Meu cérebro para de funcionar, o desejo toma loucamente conta do meu corpo e digo a primeira coisa que me vem à mente:

— Não — afirmo, também sem pressa, porque este é o meu território. Conheço palavras sujas e sexo nos mínimos detalhes e se a Harper quer me encarar, estou nessa para aquecê-la. — É pra sexo quente e devasso que dura a noite toda.

Eu a peguei desprevenida. A Harper pisca, engole em seco e solta o ar com força.

Sinto-me tenso, querendo que ela comece a falar em dialeto como fez com o Simon. Algo pra confirmar que ela também está a fim de mim. Em vez disso, ela morde o lábio e diz:

— Aposto que é o melhor tipo de sexo.

— Sem dúvida, princesa! — exclamo.

Os olhos da Harper se turvam quando digo essa última palavra, com minha voz assumindo um tom que usaria com ela na cama.

Obsceno. Áspero. Faminto.

Esse é o problema.

Se continuar persistindo nesse território, acabarei participando de um espetáculo solo não muito bom pro meu ego.

E realmente preciso tirá-la da cabeça, ainda mais porque vou ver seu irmão amanhã.

Capítulo 11

— BOND. JAMES BOND. — SPENCER AJUSTA O PUNHO DA manga e olha-se com aprovação. Ele me dá uma olhada quando termino de pôr a gravata-borboleta. — Não consigo evitar. É obrigatório: não se pode usar um smoking sem dizer isso. Porque eu pareço com o Bond.

Dou uma risada.

— Você e todos os homens do mundo se acham o próprio na mesma situação.

Estamos na loja de trajes de gala pra última prova pro casamento dele, certificando-nos de que as medidas estão corretas. A mulher delicada de cabelo preto que dirige o estabelecimento que abre mesmo aos domingos, ao ajustar as lapelas do meu paletó, diz:

— Caiu bem em você. Está pronto.

Inclino a cabeça na direção do Spencer, começando a tirar a gravata-borboleta.

— Há algo que melhore a situação dele? Um saco de papel, talvez?

Ela sorri e se volta pro noivo para cuidar dos ajustes finais. Troco-me, voltando a vestir as minhas próprias roupas. Então, o Spencer fareja o ar.

— Por que você está com o cheiro do sabão em pó da minha irmã?

Fui pego em flagrante. Inúmeras desculpas ficam presas na minha garganta. Então, digo a mim mesmo pra me acalmar. Muita gente utiliza o mesmo produto e só porque a Harper me deu o sabão não significa que estou usando um cartaz que diz "Quero transar com a sua irmã".

Mas sinto como se estivesse. Como se cada pequena coisa — até a mais inócua — revelasse minha intenção. Preciso conseguir me recompor, ainda mais porque tenho um jantar com o Spencer, a Charlotte e a Harper em poucos dias.

Faço cara de paisagem.

— Do que você está falando? — Olho pro Spencer como se ele fosse o louco.

O Spencer se inclina ainda mais na minha direção, ergue uma sobrancelha e cheira de novo.

— Hum...

— Cara. — Me afasto um pouco. Essa palavra transmite tudo: é uma *zona de exclusão aérea*. Contudo, por dentro, entro em pânico, porque... caramba, quão bom é o nariz desse sujeito a ponto de ele poder dizer que estou usando o mesmo sabão em pó que sua irmã?

— Além disso, que gato simpático... — o Spencer afirma.

Meu pulso acelera ao máximo.

— Que gato?

— No braço da Harper — ele acrescenta. — Esta manhã, ela saiu com a Charlotte pra pegar os vestidos das damas de honra.

Ah. Certo.

A prova em forma de tinta. No braço da Harper.

Lembrete pra si mesmo: Descubra por que diabos a Harper não tomou banho hoje.

— Ah, é? A Charlotte gostou do Bucky?

O Spencer sorri.

— Sem dúvida. Se o negócio da TV não der certo, você pode começar a imitar o trabalho de outro cartunista pra ganhar a vida.

Olho em volta.

Spencer fica mais sério.

— O que está havendo? A Harper disse à Charlotte que vocês têm saído mais. Que ontem vocês tomaram café e ela lhe deu uma caixa de sabão em pó porque derramou algo em você e sujou a sua camisa. Não entendi nada, mas tudo bem.

— É, chocolate quente. Por toda parte. Como se fosse um novo desenho — digo rapidamente, já que essa é a verdade. Além do mais, não há nada de errado no fato de a gente tomar uma bebida de vez em quando. E então, como uma frigideira na cabeça do Pica-Pau, isso me atinge, porque a Harper contou pra Charlotte a pura verdade. O fato de estarmos saindo não é algo que a Harper tem que esconder.

Eu sou aquele que tem o grande segredo; ou seja, sinto-me completamente tentado pela irmã do meu melhor amigo.

O desejo não correspondido é terrível. Não deixe ninguém dizer o contrário.

A senhora do smoking dá um tapinha no ombro do Spencer, dizendo:
— Acabei. Está pronto.

Ele agradece e, aí, me olha pelo reflexo do espelho.
— Você só está saindo com ela como amigo, certo?
— Sim — respondo honesta e displicentemente, sentindo um aperto no peito.
— Ótimo — O Spencer parece aliviado. Parte de mim quer perguntar por que diabos não sou bom o suficiente pra ela. Ele dá um tapa nas minhas costas. — Porque a Charlotte quer que você conheça a irmã dela no casamento. A Natalie é solteira e bem bonita.
— Ah... — Fico surpreso, porque não era essa a resposta que eu esperava. Procuro manter a cabeça fria. — Olha pra você, bancando o cupido...
— A ideia não é minha. É da minha noiva. E o que ela quer, eu quero.
— Sem dúvida. Ficarei feliz em conhecê-la. — Talvez a Natalie e eu combinemos e ela consiga tirar da minha cabeça a pessoa que preciso muito esquecer.
— As conexões em casamentos são incríveis, não são?
— São as melhores — respondo.
— E se houvesse algo mais acontecendo entre você e minha irmã do que amizade, sabe muito bem o que eu faria com você, não sabe?

Passo a mão pelo cabelo.
— Está sabendo que nem eu nem o meu cabelo temos um pingo de medo de você, né? Você é a própria definição de *não assustador*, cara.

O Spencer ri.
— Posso ser aterrorizante, meu chapa. Pergunta pra minha irmã.

Mas não quero falar com a Harper acerca de seu irmão. Quando mais tarde, neste mesmo dia, pego o celular pra enviar uma mensagem pra ela, descubro que ela já me enviou uma.

Capítulo 12

DEVO TER DEIXADO ESCAPAR SUA MENSAGEM QUANDO chegou, mais cedo.

Princesa: Oi. A Charlotte sabe que você tem cheiro de primavera, e a culpa é minha. Ela viu meu desenho do Bucky. Eu podia ter fingido que era minha iniciação para ingressar numa nova gangue de aficionados do felino fodão, mas, em vez disso, contei a verdade. Porém, não falei que você é como o meu médico para problemas amorosos ou algo assim. E que você está prescrevendo receitas para mim.

Ri da capacidade da Harper de debochar de si mesma. Enquanto relaxo no sofá, respondo:

Essa não é a questão importante. O que eu quero saber é o seguinte: você agora desistiu de tomar banho? É algum tipo de protesto ou algo assim?

Sua resposta chega rápido:

Princesa: Então... Não ria! Mas é que eu gostei tanto do desenho! Assim, não lavei o antebraço esquerdo esta manhã. Imagine isso. Fiquei com ele fora do boxe pro desenho não apagar.

Encosto a cabeça na almofada do sofá. Sim, estou imaginando isso perfeitamente. Quase como imaginei um milhão de vezes antes. A água quente escorrendo por seu cabelo, as gotas deslizando por seus seios e, em seguida, escorregando pela sua barriga e entre as suas pernas...

Sim. Capto essa imagem muito bem. Mas uma foto sempre ajuda.

Não consigo resistir, mesmo sabendo que não há chance de ela me enviar uma foto bem safada. Na realidade, nem sei se ela vai responder, já que meu celular está em silêncio há alguns minutos, tempo suficiente pra eu pegar o jornal e procurar as palavras cruzadas de domingo. É só por isso que compro jornal. O passatempo vai me ocupar durante toda a semana, mas quase sempre consigo terminá-lo.

Quando acho as palavras cruzadas, meu celular apita.

Traz uma imagem.

Droga. Deus existe. Espere. Transforme-o numa deusa.

Completamente vestida, a Harper está em sua banheira com o rosto erguido pro chuveiro, que não está ligado, tirando uma *selfie* em que reencena seu banho daquela manhã. É uma imagem excitante e meu pau vai agradecer mais tarde por esse retrato, quando eu puder dedicar algum tempo a ele. Apesar de não estar despida, a camiseta com gola em V possibilita um vislumbre fantástico da fenda entre os seios. Quero beijar aquele volume, mordiscar o mamilo, sugar com força, fazendo-a gemer, se contorcer e sussurrar meu nome. Como seu pescoço é longo e convidativo, aposto que ela gosta de beijos ali. Também aposto que quer a minha boca por toda a sua pele. Posso fazer coisas pra essa garota que a fariam pirar de prazer.

E eu realmente estou louco pra...

Abro a mensagem e escrevo de volta:

Difícil de ver. Acho que eu teria uma ideia melhor se você ligasse o chuveiro.

Bem, ela usa uma camiseta branca. Ah, qual é... Um homem precisa tentar!

Recebo a resposta:

Princesa: Falando sério. Contei pra Charlotte que você e eu saímos algumas vezes. Ela disse algo pro Spencer?

E eu dou uma murchada.

Sim, mas não há nada com que se preocupar e logo o Spencer mudou pro assunto seguinte: ele quer me apresentar pra uma garota no casamento.

Meu celular fica em silêncio e não tenho nenhuma notícia dela. Nem um pio durante muitas horas. Talvez a Harper esteja com ciúme. Seria maneiro se estivesse.

Faço as palavras cruzadas, com pausas pra conversar com o Tyler, meu advogado, malho na academia e preparo o jantar. Enquanto janto, desenho, voltando pros cartuns da marionete devassa que esbocei ontem e pra história da mecânica ruiva tesuda, que está flertando com um rapaz que acabou de deixar seu carro pra um serviço de troca de óleo.

O que posso dizer? Eu gosto de humor vulgar. Fecho o caderno de desenho e volto às palavras cruzadas. Quase na hora em que o anoitecer toma conta de Manhattan, meu celular apita uma vez mais. Estou preenchendo os quadradinhos para uma palavra de dez letras equivalente a "gosto especial". Escolho "predileção".

Princesa: Oi... Então... Quero te fazer uma pergunta... Sobre namoro. Já que você é o médico do amor.

Vá em frente. Sou um livro aberto.

Princesa: É a respeito do primeiro, segundo e terceiro protocolos do encontro de que você falou.

Sim. Conheço bem o assunto. Estou pronto pra responder. Manda brasa.

Princesa: Você beijou a escritora no seu segundo encontro?

Essa é a segunda vez que ela pergunta. A Harper parece querer mesmo saber o que eu fiz. Do meu lugar no sofá, reflito sobre o que dizer. O celular apita de novo.

Princesa: A propósito, fiquei na festa o dia todo. Uma multidão de seis anos de idade. Simplesmente ARRASEI!

O que significa que a Harper não está chateada com o fato de o Spencer querer que eu conheça uma garota. Ela estava apenas ocupada. Droga! Passo a mão pelo cabelo. Queria tanto que ela estivesse com ciúme! Então, me repreendo, porque minha missão é ser seu orientador.

Sim. E no primeiro encontro também.

Passo pra outra dica, e, em segundos, a Harper responde:

Princesa: Isso é bastante injusto! Você está propondo regras diferentes pra mim. Seja como for, o que mais fez em seus encontros com ela?

Hum... Na realidade, não namoramos muito. Nós nos conhecemos, nos beijamos, transamos. Transamos repetidas vezes. Ela me pediu para amarrá-la na geladeira e transarmos de pé, pra ela poder testar e praticar um *bondage* leve pra uma cena de seu livro. Concordei. Ela quis que eu a fodesse sobre sua escrivaninha, pra ter certeza de que sabia como todas as "peças" se alinhariam. Prestei meu serviço. J. Cameron insistiu pra que transássemos na janela, onde ela poderia pressionar as mãos no vidro da sua cobertura da Park Avenue pra que eu a comesse com força por trás.

Suspeito que o capítulo em seu romance também foi bastante fiel. A relação foi, ao mesmo tempo, incrível e completamente absurda.

Quando começo a responder, chega outra mensagem

Princesa: Estou apenas tentando descobrir tudo isso. É por esse motivo que estou perguntando.

Logo a Harper e eu passamos a trocar mensagens num ritmo de pingue-pongue.

Não foram encontros totalmente tradicionais, no sentido de drinques, jantares e filmes.

Princesa: Ai, meu Deus! Gostaria de saber o que isso significa. Você passou muito tempo com o traje com que veio ao mundo?

É uma maneira de se dizer.

Princesa: Que tipo de coisas vocês dois fizeram? É muito insolente perguntar? Estou curiosa. Muuuito curiosa. Ok, talvez eu esteja sendo muito abelhuda. :)

Olho pra tela, contemplando as profundezas da curiosidade da Harper. Gostaria de conseguir entender por que ela está perguntando: se isso é parte do seu esforço pra compreender o homem moderno ou se há algum sentimento oculto. No entanto, tenho de aceitar o fato de que simplesmente não sei. E, porra, se o sexo está em sua mente, então pelo menos temos isso em comum neste exato momento. Bem-vinda ao meu comprimento de onda. Vamos passar algum tempo juntos.

Quer mesmo saber?

Princesa: Sim, acho que sim. Você disse que é um livro aberto. Até certo ponto, quero saber.

Até certo ponto? Só até certo ponto?

Princesa: Tudo bem. Quero MESMO saber. Mesmo, mesmo, mesmo. Quero saber pra caramba. Acredita em mim agora?

Quase...

Princesa: Quero entender o protocolo. Os detalhes indecentes...

Certo. A Harper quer o essencial. Essa é minha especialidade. Isso eu posso fazer. Não sou o cara tímido e calado que ela conheceu no colégio. Estudei as mulheres. Aprendi do que elas gostam.

Começo a digitar, pra contar pra ela acerca da geladeira, da escrivaninha, da janela. Para dizer que minha ex-namorada gostava de ser amarrada com cordas, lenços de pescoço e, certa vez, com a coleira do seu pug. Mas quando releio aquelas palavras, *não consigo* enviar aquilo pra Harper. Não tenho coragem de contar pra ela o que a minha ex gostava na cama. Não é justo com a J., não é justo comigo e não é justo com a Harper. Mas não quero perder esse momento, com todas as suas possibilidades. Assim, escrevo outra coisa:

Ah, princesa curiosa... O sexo é o meu assunto favorito em todo o universo... Mas e se tentássemos reformular isso? Eu ficaria feliz em responder a uma pergunta mais genérica. Como, por exemplo, se você perguntasse "de que tipo de coisa você gosta?", eu responderia.

Princesa: DE QUE TIPO DE COISA VOCÊ GOSTA?

Agora estamos chegando a algum lugar. E eu estou ficando excitado só de pensar no que direi pra deixar isso mais excitante.

Imagine um cardápio em um restaurante. Um desses restaurantes que têm de tudo. Café da manhã, almoço, jantar, sobremesa, bebidas, à la carte, acompanhamentos, entradas. Estou olhando pro cardápio. Então eu peço tudo o que há. GOSTO DE TUDO.

Princesa: Sério? TUDO? Isso é bastante extenso. Tudo???

Se estivéssemos tendo esta conversa cara a cara, eu passaria o dedo pela sua sobrancelha, porque sei que está ceticamente curvada.

Princesa: Pode ser. Mas "tudo" abrange coisas demais. Você deve ter algo que curte muito. Você tem uma posição preferida? Uma preferência? Uma predileção?

Um sorriso toma conta de mim quando leio essa última palavra.

Predileção foi uma das respostas para as palavras cruzadas de domingo.

Princesa: Você faz as palavras cruzadas de domingo?

Tento. É uma predileção minha.

Princesa: Estou impressionada. Quero ver uma cópia finalizada. Você fica nu enquanto faz as palavras cruzadas?

Para responder à sua pergunta velada: estou usando jeans, cueca bóxer e camiseta.

Princesa: Que tipo de cueca bóxer? Você tem cheiro de primavera?

Cueca bóxer curta preta. Sim, tenho. Quer me cheirar?

Princesa: Aposto que você cheira muito bem. Agora me fale mais de suas predileções. Você gosta de policiais tesudas? Bibliotecárias sexys? Mulher-gato? Colegial asiática? Dominatrix?

Ri do último tipo de mulher. Embora uma policial tesuda funcionasse bem pra mim, não tenho nenhuma dúvida do que prefiro:

Bibliotecária *sexy*.

Princesa: Você gosta de transa ao estilo cachorrinho? Mulher por cima? Homem por cima? Inclinado sobre a cama? (Você disse que eu poderia perguntar qualquer coisa! Estou perguntando.)

Puta merda. Tesão da porra. Sou tomado de um desejo intenso só de ler aquelas palavras. A Harper não brincou quando disse que enviar uma mensagem de texto era mais fácil pra ela. Sua mensagem se torna uma imagem na minha mente. Eu a vejo diante de mim, de quatro no meu sofá, com o traseiro empinado. Deslizo a mão em suas costas, abro bem as suas pernas e mergulho nela. Então, enquanto a penetro fundo, suas tetas deliciosas balançam e seus quadris se movem em círculos frenéticos. Troco de posição e agora eu a fodo com rapidez e intensidade, com suas pernas enganchadas em torno dos meus ombros. Em seguida, ela se curva sobre a extremidade do sofá e minha mão pega seu cabelo, puxando-o com força.

Não só gosto de tudo isso como também amo tudo isso. Mas você se esqueceu de algumas posições. Um 69 me deixa louco. Uma mulher sentada sobre o meu rosto é fantástico. Transar contra a parede é ótimo.

Princesa: Você gosta mesmo de provar todo o cardápio.

Não consigo pensar em nada melhor do que um bufê completo, em que se tem de tudo para comer.

Princesa: Mas você não tem mesmo uma preferência?

Que tal eu listar algumas delas?

Princesa: Faça isso.

Meus dedos pairam sobre o teclado. Estou morrendo de vontade de contar tudo para ela, expor tudo para ela, mas, se eu fizer isso, estaremos nos nivelando. Deixaremos pra trás mensagens de texto práticas, passaremos pra mensagens de paquera e chegaremos a mensagens completamente obscenas.

E, ao pensar desse jeito, isso só me faz digitar com mais rapidez e clicar no botão de envio com vontade.

Beijar. Lamber. Tocar. Saborear. Beijar. Sentir. Tocar. Morder. Foder. Comer. Dar palmadas na bunda. Beijar. Acariciar. Beliscar. Mordiscar. Foder. E beijar. Beijar sempre.

A Harper não responde de imediato. Enquanto espero, com o celular agarrado na mão, com o meu pau em estado de prontidão máxima, com a pele totalmente arrepiada, tenho plena consciência do quanto quero fazer todas essas coisas com ela. Desloco a mão sobre o jeans e me detenho sobre minha ereção, olhando pra tela, e me pergunto se a mão da Harper está entre as pernas, deslizando dentro da calcinha. Se as costas estão curvadas e os lábios, entreabertos. Se os dedos se movem tão rápido que ela vai gozar antes mesmo de me responder.

Escrevo mais uma mensagem, porque não consigo me controlar. E porque quero inserir essa imagem na mente dela:

Na verdade, o que mais gosto é de fazer uma mulher gozar até ela enlouquecer de prazer.

Meu celular apita.

Princesa: Isso é tããão excitante...

É muito melhor do que parece.

Princesa: Só posso imaginar.

Imagine...

A resposta da Harper é suficiente pra alimentar um milhão de fantasias:

Princesa: Estou imaginando. Neste exato momento.

Foda-se a fantasia. A realidade é sensacional. Porque aposto um milhão de dólares que a Harper está na cama, com uma das mãos segurando o celular e a outra dentro da calcinha.

Desta vez, sei que desempenhei um papel em levá-la até ali. E também tenho certeza de que, se ela me quisesse da mesma maneira, não seria capaz de recusá-la.

Capítulo 13

POSSO DECOMPOR E ANALISAR ISSO DE MIL MANEIRAS, mas não há como negar que enviei mensagens de texto picantes pra Harper. Ou que ela me respondeu com mensagens de conteúdo afim.

E isso não parece estar parando.

Na manhã seguinte, pego o metrô pro prédio da Comedy Nation, na Times Square, para um encontro promocional. No vagão, abro o aplicativo e envio uma nova mensagem:

> Chega de falar de mim. Do que você gosta? Você tem alguma preferência?

Deixo a pergunta em aberto, para que a Harper possa responder como quiser. Com um substantivo. Um verbo. Uma posição. Droga, ela pode até mencionar seu grupo alimentar preferido, se for mais fácil. A Harper é uma das pessoas mais destemidas e confiantes que conheço, exceto quando se trata de amor, sexo e romance. Não a chamaria de tímida nessas áreas, sobretudo não depois de ontem à noite. Mas ela é mais como uma pessoa que calçou patins de gelo pela primeira vez, que vacila enquanto tenta se mover sobre as lâminas afiadas.

Princesa: Nunca fui de ter uma coisa preferida...

Então você não tem?

Princesa: Não é que não tenho. E que não sei ainda qual é.

Interessante. Isso me diz que sua experiência no quarto pode corresponder à sua experiência de namoro. O metrô faz uma curva no túnel enquanto respondo:

Tudo bem. Vamos descobrir. Fale-me do que você gosta num cara.

Princesa: Gosto dos músculos abdominais. Firmes, sarados.

Olho para o meu abdome. Aprovado.

Do que mais?

Princesa: De braços musculosos.

Ah, sim. Aprovado também. Antes que eu consiga perguntar algo mais, meu celular apita de novo.

Princesa: Gosto de cueca bóxer curta preta.

Enrugo a testa quando o trem para na próxima estação. Bem, isso é interessante. Tenho certeza de que é exatamente o que eu disse pra ela que estava usando ontem à noite. Saio pra plataforma, juntando-me às multidões de Nova York que se empurram pra pegar as escadas pro trabalho, curvadas sobre seus celulares.

Adorando as suas respostas. O que mais você aprecia?

Princesa: Caras inteligentes.

Agarro o aparelho com mais força enquanto me dirijo pra Forty-Second Street, resistindo ao impulso de fazer um comentário a respeito de caras inteligentes de óculos. Porque, você sabe, não são os óculos que tornam um cara inteligente. É aquilo que está dentro do cérebro. Porém, a sociedade decidiu que óculos são um símbolo de inteligência. Assim, se a Harper quiser me ver como um símbolo de inteligência, tudo bem. Quero dizer, símbolo sexual. Qualquer um é bom pra mim.

Mais. Me diga mais.

Princesa: Gosto de lábios carinhosos e beijos gulosos. Montes de beijos.

Quando recordo as mensagens da noite passada, sinto um calor se apossar de mim. Sobretudo aquela sobre foder, beijar e beijar mais ainda. Talvez eu esteja dando a isso um significado maior do que de fato tem, mas é como se a Harper estivesse retribuindo, sabe? Como se ela quisesse exatamente a mesma coisa: o próximo capítulo daquele beijo que começou fora da sua casa. Assim, eu respondo:

Que tipo de beijos?

Princesa: Beijos que me fazem derreter.

São o melhor tipo.

Não quero que esta conversa acabe. Cobiço mais de suas palavras. Assim, não deixo a peteca cair.

E assim são os beijos intermináveis.

Princesa: E beijos que param o tempo.

Esses são excitantes.

Princesa: Que excitam mais. Que começam suaves e lentos e, em seguida, podemos senti-los pelo corpo todo. Em toda a pele. No fundo dos ossos.

Minha garganta está seca e minha mente, imersa na memória daqueles quinze segundos e a possibilidade do que poderia ter acontecido se os segundos se estendessem por minutos. Talvez apenas mais uma mensagem...

Que tiram seu fôlego.

Princesa: E te enlouquecem.

Algo metálico atinge minha coxas e um resmungo de dor e surpresa escapa da minha boca. Simplesmente bati numa lata de lixo. Guardo o celular no bolso e tento não pensar em beijos que a fazem derreter, já que prefiro não conhecer mais latas de lixo nesta cidade.

* * *

NÃO SÓ NÃO PARAMOS COMO ACELERAMOS. MUDAMOS
de faixa. Nos revezamos. Mudamos de rumo. E enviamos mensagens de texto convencionais e também picantes e escrevemos ainda mais.

Na noite seguinte, abri uma cerveja e me acomodei à mesa onde faço a maioria das minhas animações digitais. Bebo uma garrafa, passo algum tempo com meu tablet de desenho e, depois, escrevo para Harper:

Então, temos braços, músculos abdominais, cuecas, cérebros e lábios. Você gosta de mais alguma coisa?

Juro que consigo sentir o sorriso da Harper na resposta de uma palavra que chega imediatamente.

Princesa: Olhos :)

Ok, pode ser o emoticon que está me dando o aconchego. Ou talvez apenas ela quando adiciona outra mensagem:

Princesa: Quero olhar nos olhos de um cara e sentir que ele me conhece, me entende. Quero que ele veja minhas "loucuras" e me aceite, e não tente mudá-las. Quero saber como é isso.

Merda, as palavras da Harper são intensas e tão... puras e simples! Algo nessa telinha faz com que ela se abra e revele partes de si pra mim. Os lados que a Harper não mostra pra ninguém. Mas mostrou pra mim no Speakeasy, e depois na cafeteria, e agora é como um desvelamento. Os pedaços que a Harper esconde dentro de sua cartola, ou atrás do cachecol vermelho, ou mais além de uma piada ou gracejo espirituoso. Na maior parte do tempo, ela faz o *jogo do achou*, mostrando e escondendo. Mas essa é uma parte totalmente nova dela. Tire a voz, o rosto e a linguagem corporal. Apoie-se apenas nas palavras e ela... floresce.

Afasto-me da mesa, ando pelo apartamento, chego à cozinha e, então, dirijo-me à janela. Observo o céu noturno de Nova York, com os arranha-céus e os néons me encarando. Não quero dizer a coisa errada e muito menos enviá-la de volta pra terra da Harper Velada. Assim, pego o celular e escolho uma resposta segura, mas que reconhece todas as "loucuras" dela.

Você merece tudo isso. Quero que você tenha isso.

Princesa: Eu também quero.

E as "loucuras" nunca devem ser mudadas. Mantenha todas as suas "loucuras", Harper. Eu gosto delas.

Princesa: O mesmo pra você, Nick. Também gosto das suas.

* * *

ME VICIEI NO MEU CELULAR. ISSO É ALGO QUE SEMPRE

tentei evitar; mas, como nunca sei se a Harper vai me enviar algo que me excita, acabou acontecendo.

Só que, como quase todas as mensagem dela me excitam, estou vivendo num estado de desejo em suspensão.

É fantástico e terrível ao mesmo tempo. Parece incrível e também completamente insensato. Porém, essa sensação vertiginosa e inebriante de querer está no comando agora, e isso me governa. Gostaria de achar que essa paixão recente pelos textos da Harper é boa pro meu programa. Porque esse próximo episódio está chegando como um sonho e depois que deixo uma reunião com o animador principal, no dia seguinte, pego o caminho pro elevador e posso partir pro encontro com o Tyler, no escritório da Nichols & Nichols.

— Senhor Hammer.

A voz atinge meu estômago como um soco.

— Olá, Gino.

O chefe da rede de TV avança até mim e endireita o paletó de seu terno risca de giz.

— Estive pensando em *As aventuras de Mister Orgasmo* — ele diz. — Gosto do fato de que tenho muitas coisas em comum com o herói.

Engulo em seco com tanta força que quase engasgo.

— É mesmo?

O Gino puxa a gravata.

— Eu mesmo sou um tanto mulherengo.

— Aposto que sim, senhor.

— E, você sabe, eu criei um programa nos velhos tempos.

Claro que o Gino tem de mencionar seu breve flerte com o outro lado.

— Ouvi dizer que era fantástico — minto.

O Gino faz um gesto com a mão do tipo "sou muito humilde".

— Era um programa muito bom. Mas é o seguinte: não era tão audacioso quanto o seu. O que me levou a uma possibilidade... — O Gino enruga a testa. Suas sobrancelhas são como duas lagartas dançando. — E se *As aventuras de Mister Orgasmo* fosse um programa, digamos, mais familiar? Gostaria de saber se poderíamos ampliar o leque, torná-lo menos ousado e alcançar uma audiência ainda maior — ele diz, dando-me uma "chicotada" com suas ideias do tipo Mister Orgasmo se encontra com *A Família Dó-Ré-Mi*. — Pense nisso.

O Gino dá um tapinha nas minhas costas e parte. Coço a cabeça quando saio pra ver meu advogado. O Uber que pedi aguarda junto ao meio-fio. Entro no carro, cumprimento o motorista e retorno ao meu passatempo preferido — minhas mensagens de texto. E, alegria imensa, já tem uma esperando por mim.

Princesa: Pensei em outras coisas que gosto.

Conte-me. Agora.

Princesa: Lingerie bonita, rendada.

Passando a mão pelo rosto, afundo no assento de couro. Como se isso escondesse o problema. Solto o ar com força. Como se isso fizesse o vergalhão de aço em minha calça desaparecer antes de eu entrar no escritório do meu advogado. Há certas palavras que acionam o interruptor que corresponde à ereção e ela acabou de usar uma delas: lingerie.

Que tipo? Que cor? Que estilo?

Princesa: Branca. Preta. Roxa. Com um lacinho. Na parte de trás. Imagine uma calcinha rendada, com uma fita bem pequena no traseiro, que pode ser desamarrada.

Ergo o rosto e olho pela janela. Talvez haja uma loja em algum lugar com uma banheira cheia de gelo. Talvez eu possa sentar nela por duas horas pra fazer o desejo se dissipar. Lacinhos na calcinha que podem ser desamarrados?! Brincadeira, né? Nenhum homem é forte o bastante pra resistir a essas palavras. Sobretudo não um homem que recebeu um laço de cetim preto com bolinhas cor-de-rosa.

Uma onda de calor me assalta enquanto balbucio *puta merda*. Quando a Harper me enviou a caixa de lápis amarrada com a fita, foi como se ela me desse uma pequena dica antes mesmo de eu saber do que se tratava. Uma pista pra todos os seus desejos, pra suas fantasias secretas. É como uma mulher se despindo enquanto caminha pelo corredor, olhando pra trás em sua direção, com seus olhos dizendo *siga esta trilha*.

E eu seguirei.

Como um laço de cetim preto com bolinhas cor-de-rosa?

Princesa: Sim. Você gostou?

Não sei se vou voltar a olhar pra ele da mesma maneira.

Princesa: Gostou de desamarrá-lo?

Meu Deus! Puxo a camisa. Não serei capaz de chegar até o fim dessa reunião. Mas não há jeito de eu conseguir parar.

Sim. Adoro desamarrar lacinhos. De fato, "desamarrar" é minha nova palavra preferida.

Princesa: Também gosto de palavras sujas. É outra coisa que aprecio.

Já te disse que sou um dicionário humano de palavras sujas?

Princesa: Você não tem que me dizer. Descobri isso sozinha.

Então me conhece muito bem...

Princesa: Às vezes, sim. Às vezes, não. Também gosto de deixar rolar. E adoro quando um cara tem tanta vontade de me fazer sentir bem que acabo querendo fazer o mesmo por ele.

Temendo deixar escapar um gemido alto, aperto o alto do meu nariz. O carro sobe a avenida. Sou capaz de jurar que a Harper pode ler a minha mente. Umedeço os lábios e agarro o celular com mais força.
Você assiste pornô?

Princesa: Tumblr conta?

Sim. O que você assiste ou gosta de olhar?

Princesa: Difícil de descrever.

Não, não é. Tente.

Princesa: Você quer saber que tipo de gifs ou fotos eu gosto?

É. Isso seria incrível. Aliás, faria valer o meu dia. Deixaria o meu dia maravilhoso.

A resposta da Harper terá de esperar, pois cheguei ao escritório da Nichols & Nichols, onde uma recepcionista loira jovem e bem penteada se ergue de trás de uma mesa elegante e me cumprimenta pelo nome:
— É bom revê-lo, senhor Hammer. — Ela esboça um sorriso jovial, luminoso. — Vou avisar ao Tyler que o senhor está aqui.
— Obrigado, Lily.
Antes mesmo de eu conseguir me acomodar num sofá de veludo vermelho na recepção, o chefe do escritório abre a porta de vidro.
— Nick Hammer — ele diz com sua voz grave, aproximando-se, e me dá um tapinha nas costas.
Fico de pé. O homem é pura classe — Clay Nichols, com seu terno escuro, sua camisa branca e a gravata de seda roxa.
— O Tyler me disse que você estava vindo. Não poderia perder a oportunidade de cumprimentá-lo e parabenizá-lo por todo o seu sucesso.
— Digo-lhe o mesmo. Adoro o seu novo bar. E diga pra sua mulher que ela não precisa me oferecer bebida de graça.
Ele ri e balança a cabeça.
— Tem algo que você precisa saber sobre a minha mulher: ela não recebe ordens de ninguém. — O Clay me conduz até o escritório de Tyler.
— Meu cliente favorito! — o Tyler exclama e me cumprimenta.
Conheci o Tyler na Escola de Design de Rhode Island; eu estudava animação lá, e ele, história na Universidade Brown, cujo campus é contíguo ao da minha faculdade. O Tyler progrediu rápido em direito especializado em entretenimento, e não apenas porque o Clay é seu mentor. Ele é realmente muito bom.
— Aposto que você diz isso a todos os seus clientes.
Ele sorri para mim.
— Apenas pra aqueles que me fazem rir.
— Então tenho uma história engraçada pra vocês.
O Tyler e o Clay se sentam no sofá. Pego a poltrona confortável, inclino-me pra frente, tomo fôlego e dou a pausa significativa de imbecilidade que isso merece.
— O Gino quer que eu torne o programa mais saudável.

O Tyler arqueia uma sobrancelha, fazendo ar de espanto. O cara é a imagem perfeita de seu primo: cabelo escuro, olhos castanhos, queixo quadrado. Se eu não soubesse das coisas, acharia que ele era seu irmão mais novo.

— Isso é insano. Não se pede ao Seth MacFarlane pra deixar o *American Dad* menos inapropriado. — Tyler estica suas longas pernas pra frente.

— Veja bem, não sou uma prima-dona. Pra mim, tudo se resume a dar aos telespectadores o que eles querem. Mas não entra na minha cabeça o que o Gino quer de mim.

— Deixa essa história com a gente. É nosso trabalho descobrir o que o Gino quer e se isso se alinha com o que *você* quer — o Tyler afirma.

Nos trinta minutos seguintes, nos aprofundamos no plano de como eles querem conduzir a renovação do contrato no fim deste mês, a menos de duas semanas de distância. Tudo parece razoável pra mim e, sinceramente, eis por que trabalho com eles. Ao terminarmos, pergunto o que os dois irão fazer esta noite.

— Tenho um encontro com minhas duas garotas preferidas. Minha mulher e minha filha estão me esperando no parquinho dentro de algumas horas. — Batendo no ombro do primo, o Clay afirma: — Este homem está tentando recuperar um antigo amor.

O Clay me põe a par rapidamente da difícil situação romântica do Tyler. Sinto um calafrio.

— Ai! — E então, olho nos olhos do meu advogado. — Boa sorte com isso, amigo. Negociar com o Gino talvez seja mais divertido.

Tyler dá risada.

— Ah, pode acreditar que eu sei. O que o Mister Orgasmo faria pra recuperá-la?

Aliso a barba rala que tomou o meu queixo.

— Além de enviar no seu lugar um cartunista rico, fogoso, bem-sucedido e bem-dotado pra conquistá-la?

O Tyler semicerra as pálpebras e me encara, desconfiado.

Sorrio pra ele.

— É provável que o Mister Orgasmo dissesse pra mulher o quanto ela significa pra ele e, depois, fizesse com que se sentisse uma rainha.

— Palavras mais do que verdadeiras — Clay apoia.

Então, me despeço, deixo o escritório e enfrento o ar frio de uma tarde de fim de outono em Nova York.

Contudo, ao entrar no vagão do metrô pra me encaminhar pro centro, não estou mais pensando na mulher do Tyler. Penso, isso sim, na mensagem que a Harper acabou de me enviar. Na realidade, *penso* é a palavra errada. *Sinto* é a única que se encaixa. Ao abrir a nova mensagem e observar as fotos, alcanço quinhentos graus centígrados em questão de segundos.

Afundo no assento de plástico do vagão e meus olhos se tornam reféns daquelas imagens. Alguém pede desculpa quando tropeça em mim, mas mal presto atenção. *Não consigo* olhar pra nenhum outro lugar. Não é possível. Não é factível. Só há essas fotos no universo e não sou capaz de tirar o sorriso safado do rosto.

Essa mensagem é o filão principal das fantasias da Harper.

Dizem que uma imagem vale mais que mil palavras, mas talvez essa expressão deva ser revisada. Uma foto vale mais do que mil batimentos cardíacos, porque é o que está acontecendo comigo ao olhar pra esta série loucamente sexy que ela me enviou.

A primeira foto é de uma mulher de calcinha preta, que está amarrada com um lacinho de bolinhas cor-de-rosa no alto do traseiro. Suas pernas são lisas e esculpidas. Na seguinte, uma mulher usa meias-compridas com cinta-liga de babados retrô no alto das coxas. Ela está se curvando, abrindo a cinta-liga, com a traseiro à mostra. Passo a mão na nuca e solto o ar com força enquanto o vagão trepida ruidosamente no túnel.

Daí em diante só fica mais quente, e já estou num inferno, queimando no transporte público, cercado por homens de ternos e mães com crianças, por *hipsters* e turistas, por toda e qualquer pessoa, mas não me importo.

Porque essas fotos são tudo o que vejo. A próxima exibe uma mulher deitada de costas, estendida na cama, nua, com os lábios num O, enquanto o rapaz que está com ela devora sua xoxota com a boca. Ele segura o traseiro dela com as mãos, apertando-o, enquanto lhe enterra o rosto entre as pernas. Ela está numa espécie de êxtase selvagem.

No entanto, a mulher seguinte está num paraíso profano. Ela usa apenas sapatos de salto alto e está curvada sobre um balcão de cozinha. Seu amante, ajoelhado, tem a língua na sua xota e os dedos apertando suas nádegas enquanto a chupa gulosamente.

Fecho a mensagem e também os olhos, absorvendo o que a Harper acabou de me dizer sem palavras.

Nessas fotos, acabo de saber que ela tem uma fixação total por bundas.

Isso pode ser uma nova linha divisória em minha vida. Não há nenhuma possibilidade de eu voltar atrás e não ter conhecimento dessa predileção loucamente excitante da Harper. Não posso voltar a um momento da minha vida em que não pensasse no que seria fazer isso com ela. Com essa mulher, que é bastante corajosa pra me dizer que não sabe o que os homens querem e também pra me mostrar o que *ela* quer.

E o que eu quero. Verdadeiramente. Loucamente. Profundamente.

Mal sei como vou conseguir jantar com a Harper e seu irmão amanhã.

Então, fico de coração partido quando o metrô para na minha estação com um solavanco. A Harper está saindo com o Jason esta semana. E ela não me fez nenhuma pergunta, nem me contou coisa alguma a respeito de como está se sentindo em relação a ele — se começou a gostar do cara ou se está também enviando fotos pra ele.

Ou se sou apenas um aquecimento pro encontro que ela de fato quer.

E por conta disso, enlaço a tela do celular com os dedos e quase a trituro.

Capítulo 14

HARPER ESTÁ ATRASADA, MAS NÃO ESTOU CHATEADO com isso.

Nem irritado.

Nem nervoso.

O que faço enquanto ela não chega é saborear uma cerveja India Pale Ale no pub preferido do Spencer e da Charlotte, no Village, não muito longe da casa deles, ouvindo a Charlotte falar de seu casamento.

— ... e o nome da florista, por incrível que pareça, é Rosinha — a Charlotte revela, com os olhos cheios de vida.

— Essa já veio ao mundo com o destino traçado — comento, achando graça da coincidência.

— Não vou usar buquê de rosas, mas de centáureas. — Ela põe a mão no braço do Spencer e inclina a cabeça pra olhar pra ele. — Eu já lhe disse isso, passarinho?

De vez em quando, eles chamam um ao outro desse modo, e eu nunca perguntei o motivo; nem quero saber.

— Não, você não me disse. Diga-me agora — o Spencer pede, com o olhar totalmente fixo nela.

Sim, a Charlotte o fisgou sem dó. Mas ele está se casando com ela; então, é como deve ser.

— Na Idade Média, acreditava-se que uma garota que usasse uma centáurea sob a saia poderia ter qualquer solteiro que desejasse — ela informa, com um brilho nos olhos apenas pro Spencer. — E eu consegui o homem que desejei.

— Sim, você conseguiu. — E ele se move pra beijá-la.

O beijo dura muito mais do que deveria. Consulto o relógio, contemplo as fotografias em preto e branco penduradas na parede dos caminhões antigos nas estradas do país, examino o cardápio. Quando termino, as bocas dos dois ainda estão unidas, sem indício de que pretendem se separar.

— Já começou?

Endireito-me ao som da voz da Harper. Até que enfim ela está aqui, e puxa uma cadeira, sentando-se ao meu lado. É a primeira vez que a vejo em dias e ela parece... comestível. Está usando um suéter vermelho com pequenos botões pretos na frente e algum tipo de corpete preto rendado debaixo dele. Seu cabelo está solto, longo e sedoso, caindo sobre os ombros.

Não falo com a Harper desde que enviei ontem minha resposta a respeito daquelas fotos, dizendo-lhe que o meu celular tinha explodido por causa do calor, depois disso não nos falamos mais. Tive de me esforçar muito pra me manter na minha.

Não consigo aplacar esse desejo indomado por ela. Tenho de trancá-lo num baú e jogar o filho da puta do alto de um penhasco sobre o mar. É o único jeito de conseguir sobreviver a este jantar e aos eventos do casamento do próximo fim de semana — ainda por cima tendo de ensiná-la a aproveitar a solteirice e não querer, ao mesmo tempo, atacá-la de surpresa e estrangular cada cara de quem ela gosta.

Engulo em seco e encolho os ombros casualmente:

— Sim, sem dúvida será assim pelos próximos cinco, dez anos. — Suspiro e olho pro teto.

Harper sorri para mim e, finalmente, seu irmão e sua noiva descolam as bocas.

— Por favor, não parem por nossa causa. — Harper abana a mão. — Tenho um monte de coisas pra pôr em dia com o Nick. Assim, vocês dois devem continuar competindo pelo prêmio de melhor beijo de recém-casados do ano.

— Ei, ainda temos duas noites até virarmos recém-casados — Spencer assinala. Então, fique de pé e abrace seu irmão. — É muito bom te ver — diz, baixinho.

No espaço de tempo em que essas cinco palavras são pronunciadas, sinto um aperto no peito. Um sentimento de culpa se apossa de mim. Sem dúvida, ainda mantenho tecnicamente a superioridade moral, já que nunca toquei *oficialmente* na sua irmã. Nunca transpus os limites reais. Mas o Spencer a ama loucamente e não posso ficar estimulando a Harper a me enviar fotos de meias-compridas e lacinhos pedindo para serem desatados e... *pare*. Tenho de parar. Mesmo que aqueles lacinhos sejam capazes de pôr um homem adulto de joelhos.

Depois do abraço da Harper na Charlotte, ela me abraça de modo muito rápido e amigável. Sinto o leve aroma de laranja no seu cabelo e o cheiro de cítricos é uma nova forma de tortura, porque provoca a lembrança daquele beijo de quinze segundos fora do seu apartamento. Preciso me manter forte. Devo combater esse desejo. Ele está me prendendo no chão, dominando-me à força, tentando me fazer sucumbir. Detesto fazer isso, detesto mesmo, mas invoco a imagem do Gino me perseguindo no corredor — e, sim, isso soluciona o problema.

É como um spray contra a luxúria.

Harper se acomoda na cadeira ao meu lado.

— Desculpem o atraso — ela diz a todos. — Eu tinha um jantar amanhã à noite, mas precisei remarcar o compromisso pra hoje. Foi preciso encaixá-lo antes do nosso encontro. Em vez de jantar, tomei um drinque.

Cerro os dentes de tanta raiva.

Maldito Jason.

Mas espere. Lembro a mim mesmo que não me importo com o Jason. O desejo indomado está no baú no fundo do mar.

Não pergunto por que ela mudou de comida pra bebidas. Não pergunto como foi. Não vou perguntar se ela o beijou.

Porque eu não me importo.

— Como foi? — a Charlotte indaga com doçura.

Quero esticar o braço através da mesa e enfiar a questão de volta na sua boca. Ela também não se importa. Ninguém se importa.

— Foi bom — A Harper esboça um sorriso meigo.

A garçonete aparece e pergunta se ela quer uma bebida.

Após a Harper pedir uma taça de vinho, as duas mulheres passam a discutir sobre flores mais adequadas e o Spencer e eu nos envolvemos numa conversa sobre cervejas. O desejo inapropriado, o baú no fundo do mar e os lacinhos em calcinhas desocuparam as instalações.

Pouco depois de o jantar chegar, a Charlotte aparenta excitação, agita as mãos e aponta para mim:

— Ah, meu Deus, vi que o livro da J. saiu esta semana. Já baixei no meu Kindle.

A Harper arregala os olhos e me encara:

— J.?

Droga. Não fazia ideia de que o livro estava saindo agora. Como as mulheres sabem dessas coisas?

— J. Cameron. Ela escreve romances bem apimentados. O Nick e a J. costumavam ficar juntos — a Charlotte explica.

— Eu não diria que ficávamos juntos — afirmo, tentando minimizar a importância disso.

O Spencer finge tossir:

— Se com isso você quer dizer que era a inspiração dela, Nick, então sem dúvida... — Ele se detém pra desenhar aspas imaginárias com os dedos e prossegue: — ..."Eu não diria que ficávamos juntos" funciona.

— Você era a inspiração de *J. Cameron*?! — A Harper se espanta ao tomar conhecimento do nome que nunca lhe revelei antes; os livros da J. são muito populares.

Chacoalho a cabeça:

— Não. Eu não era a inspiração dela.

O Spencer solta uma gargalhada.

— Não, de modo algum...

A Charlotte assume as rédeas:

— Ela é talentosa demais e muito bonita. Mas você não está mais com ela, né?

— Não. Acabou. Acabou há meses — digo, sentindo-me de repente acuado num canto.

— Ótimo! — A Charlotte sorri de modo conspiratório. — Porque mal posso esperar pra apresentá-lo oficialmente à minha irmã neste fim de semana. Ela vai gostar muito de você. Como poderia ser diferente? Você é lindo, Nick. Ele não é lindo, Spencer? — Cutuca o noivo.

Ele engasga:

— Se por lindo você quer dizer...

A Charlotte solta o braço do Spencer e cobre sua boca com a mão.

— Natalie vai gostar do Nick. Não acha, Harper?

O Spencer finge mastigar a mão da Charlotte.

— Claro — a Harper diz, indiferente.

— Como não gostar? Ele é bastante atraente, não é? — A Charlotte encara a Harper, esperando uma resposta.

A Harper entreabre os lábios pra falar, mas o Spencer morde a mão da Charlotte.

— Ai! — ela exclama e, em seguida, golpeia o ombro dele e dá um sorriso.

Os dois se beijam mais uma vez.

A Harper não responde.

Também não ouço falar dela após o jantar. Nem lhe mando mensagens.

Capítulo 15

NA TARDE DE SEXTA-FEIRA, ARRUMO MINHA BOLSA DE viagem e me dirijo à Estação Grand Central. Vou ao encontro dos meus pais, e também do Wyatt, da Josie e da Harper, pra que possamos pegar um trem pra New Haven, pro casamento. Ao caminhar pela estação, uma nova torrente de culpa me atravessa — por ignorar os esforços da Harper pra entender os homens por causa do meu próprio ciúme. Pisei na bola em relação ao seu projeto e me sinto um idiota completo por isso. Depois que fiz o desenho em seu braço, tudo se resumiu a mim e ao meu apetite voraz de descobrir suas preferências pessoais.

Não sei se consigo conversar com a Harper no trem. Assim, ao me aproximar do grande relógio dourado dentro da estação, digito uma mensagem curta para ela:

Como foi seu encontro com o Jason? Alguma pergunta? Algo em que eu possa te ajudar?

Sua resposta é imediata:

Princesa: Você estava enganado acerca do segundo encontro.

Me dirijo à plataforma cerrando os dentes, muito tentado a perguntar *como enganado?*. Jogo a bolsa mais alto em meu ombro e embarco no trem prateado com destino ao próximo estado, examinando a multidão em busca da minha família. Meu celular apita e sinto medo do que verei a seguir. A Harper me dirá que seu segundo encontro foi incrível e que está apaixonada pelo Jason.

Princesa: Ele nem sequer tentou me beijar.

Um peso enorme sai das minhas costas. Tenho certeza de que sou até capaz de voar neste exato momento. Desvio os olhos do celular quando um homem muito magro passa por mim e localizo meus pais. Minha mãe acena de uma fileira de assentos. Meu pai está ao lado dela, com o Wyatt a algumas fileiras de distância, pois é difícil pegar assentos juntos numa sexta-feira. A Josie também está aqui, com o cabelo com listras cor-de-rosa trançados no alto da cabeça e mantido no lugar por algo que parece um pauzinho. Ela sorri largo quando me vê. Dou um beijo na minha mãe, outro na minha irmã e digo oi pro meu pai. Então, viro-me de forma brusca quando a Harper diz olá. Ela está do outro lado deles e bate no assento mais próximo. Jogo a bolsa no bagageiro e me sento.

— Ele nem sequer tentou? — indago num sussurro que só ela pode ouvir.

A Harper faz que não com um gesto de cabeça e dá um sorriso radiante.

— Não. O Jason é muito fofo. Mas sinto-me contente por ele não ter me beijado. Não queria beijá-lo.

Não consigo evitar. Isso me deixa... feliz. Então fico *muito* feliz quando a Harper acrescenta:

— E disse pro Jason que, apesar de gostar de conversar com ele, não via aquilo indo mais longe.

— Você disse isso? — Reprimo um sorriso, adorando o fato de ela ter sido direta e honesta com ele. E mais ainda de o Jason estar fora do caminho.

— Sim. Ainda não sinto com ele aquela palpitação louca no meu peito e não acho que vou sentir. Melhor não enganá-lo, né?

Concordo imediatamente, com meus pensamentos divagando em mil direções. Quero dizer muitas coisas, mas me limito a falar a respeito da minha função com ela:

— Então, como deveria ajudá-la a descobrir como namorar?

A Harper encolhe os ombros, em dúvida.

— Não sei. Não quero falar de outros caras neste momento.

— Do que quer falar? — pergunto, baixinho, com o coração aos pulos, e sentindo calor só pelo fato de estar perto dela.

A Harper mostra o celular e dá um tapinha na tela:

— Disto. — Ela aponta pra nossa sequência de mensagens.

— O que tem isso?

— Não curtiu as fotos que te mandei? — ela sussurra.

Fico de queixo caído.

— Está brincando comigo? Eu adorei!

— Você quase não disse nada — ela afirma, sem mostrar o mínimo sinal de mágoa em sua entonação. — Só me mandou uma resposta.

Droga. Eu ferrei tudo. A Harper se abriu pra mim com as fotos e eu a ignorei por causa do meu maldito ciúme. Essas fotos deveriam ter sido o início de uma nova troca de mensagens de texto apimentadas, e não o fim.

— Desculpa — falo honestamente. — Eu deveria ter escrito de novo. — E prossigo, baixando a voz ainda mais: — Mas as imagens fizeram meu sangue fluir a todos os lugares, exceto pro cérebro.

A Harper sorri.

— Só queria ter um retorno seu. Pra saber se você queria mais.

Ergo o rosto, olhando-a nos olhos. Parecem do jeito que ficaram quando eu lhe mostrei o desenho em seu braço na cafeteria: famintos, dispostos, carentes. Iguais aos meus, tenho certeza. Então, digo a próxima coisa, a coisa que me incendeia:

— Quero muito mais.

Harper umedece os lábios, que começam a formar o que parece um suave *eu também*, mas esse processo é interrompido de forma brusca quando a Josie aparece fora do seu assento, cutuca meu cotovelo e me pede pra trocar de lugar com ela.

— Você já monopolizou a Harper o suficiente. Minha vez! — Ao sorrir, minha irmã revela suas covinhas. A Josie tem quase a mesma idade da Harper e as duas passam todo o trajeto até Connecticut pondo os assuntos em dia.

Wyatt torna-se meu companheiro de viagem das próximas duas horas.

Ao chegarmos ao hotel, todos nós fazemos o *check-in* juntos, a Harper logo depois de mim. Em seguida, nós nos espalhamos pelos quartos, em andares diferentes.

No jantar de ensaio do casamento, a Harper é requisitada pela família e, em seguida, é sequestrada por sua amiga Jen pra tomar um drinque. Jogo bilhar com meu irmão, lhe dou uma bela surra, e essa vitória marca o fim da minha noite.

* * *

— E EU OS DECLARO MARIDO E MULHER. VOCÊ PODE BEIJAR a noiva.

Sorrio de pura alegria pro feliz casal de meu lugar próximo do noivo e a Harper se mostra radiante bem na minha frente. Seu vestido é elegante, simples e azul-royal. Alcança suas panturrilhas e mostra seus ombros, destacando seu cabelo de um modo maravilhoso. Os cachos ruivos estão amontoados no alto de sua cabeça e mechas soltas caem pelo seu rosto.

Enquanto os recém-casados percorrem o corredor entre as filas de assentos com os convidados no imenso salão com vista para os jardins do hotel, a irmã da Charlotte enxuga uma lágrima e agarra seu buquê. Conversei com a Natalie no jantar de ensaio ontem à noite e ela é esperta e divertida. É loira, como a Charlotte, com grandes olhos azuis e pernas a perder de vista.

Acho que deveria conhecê-la melhor, mas, depois do beijo dos noivos, somos todos arrastados pra diversas fotos de casamento e festividades. Assim, não há tempo pra conversas. Mais tarde, a dança começa e, depois que o Spencer e a Charlotte têm sua primeira dança, o DJ toca algumas músicas mais rápidas. A Harper e sua amiga Jen vão pra pista, enquanto o Wyatt e eu observamos do *open bar*. Então, a Natalie se junta às mulheres. Uma música lenta começa a tocar e as garotas se separam. Dando voltas, a Natalie avança na nossa direção.

O Wyatt bate no peito.

— Ela me quer.

A Harper e a Jen se dirigem ao banheiro feminino e não consigo resistir à possibilidade de vencer o Wyatt. Então, falo primeiro:

— Quer dançar, Natalie?

— Parece ótimo.

Ofereço-lhe a mão e a conduzo para a pista. Então, começa outra música lenta e dançamos da maneira mais pudica possível, com o máximo de distância entre nós que consigo gerenciar.

— Ouvi dizer que minha irmã queria nos apresentar — a Natalie afirma.

— Sim, queria.

— Ela tem corações nos olhos hoje em dia — a Natalie acrescenta, mas não há nenhum flerte em seu tom, apenas diversão.

Eu deveria estar desapontado. Mas não estou.

— É previsível — digo, e nos movemos num pequeno círculo, com minhas mãos em sua cintura, com as dela sobre os meus ombros, com os nossos corpos a muitos centímetros de distância.

Pergunto-me se ela também sente isso: essa falta de atração. Não porque ela não seja bonita. Não porque não seja inteligente. É apenas isto: a faísca existe ou não existe. E não há faíscas entre Natalie e mim.

Ela entreabre os lábios pra dizer algo, quando sinto um tapinha no ombro.

— Posso interromper?

Como alguém que pegou o controle remoto e mudou de canal no meio de uma cena, meu pulso acelera.

— Fique à vontade — a Natalie diz com um sorriso.

E então a Harper está em meus braços e, sem pensar duas vezes, quase não há nenhuma distância entre nós. Apoio as mãos em seus quadris e ela passa os braços em torno de meus ombros. Há uma multiplicação de faíscas. Ela está muito mais perto do que a Natalie. Alguns centímetros mais e nossos peitos se tocariam. Um pouco mais e estaríamos dançando com os rostos colados. Mais do que isso e seríamos presos por atentado ao pudor.

— Esta é a dança obrigatória entre padrinho e dama de honra? — pergunto de brincadeira.

— Uma dança entre dama de honra e padrinho não seria mais obrigatória?

Balançamos, nos movendo minimamente.

— Você impediu que isso acontecesse. — Indico com a cabeça a direção da saída de Natalie. — Sentiu que eu precisava que você realizasse sua investida patenteada pra me salvar?

Harper dá uma risadinha.

— Ela não dava impressão de ser o seu tipo — murmura. — Muito jovem.

— Por que você continua dizendo...?

Mas a Harper me silencia e inclina a cabeça pra direita. O Wyatt já está dançando com a Natalie.

— Talvez eu tenha me sentido mal por causa do seu irmão. Ele não tirava os olhos dela e me sentiria terrível se você o derrotasse. Pobre Wyatt. Sempre o segundo melhor em relação ao seu irmão mais velho.

Dou risada e faço que não com um gesto de cabeça.

— Nunca brigamos por garotas. Por todo o resto, sim.

A Harper ergue os ombros, denotando indecisão. Então, agarro seus quadris com mais força, roçando seu osso. Por um instante, ela toma fôlego e esses são os instantes que convertem meu mundo com ela numa corrida de carrinhos de parque de diversões. Nunca sei se estamos indo ou vindo. Colidimos um contra o outro e, aí, ricocheteamos. Em seguida, voltamos a uma situação como essa: lacinhos, respirações irregulares e olhos brilhantes. É como a Harper está agora. Neste mesmo segundo, suas pupilas brilham de desejo, como se ela estivesse me mostrando como realiza um truque. Como se estivesse revelando a sua verdade.

— Além disso, acho que eu estava me sentindo territorial demais.

Sorrio ao ouvir isso e meu coração dispara. *Territorial* é minha nova palavra preferida.

— Sério? — indago, e giramos devagar.

Em algum lugar próximo está o meu melhor amigo. E eu não dou a mínima. Porque esta mulher está nos meus braços. Ela é tudo o que vejo, tudo o que escuto, tudo o que cheiro. A necessidade de estar mais perto da Harper me consome, obscurecendo todo o resto; principalmente a razão de ficar longe.

Harper leva a mão pra mais perto da minha nuca e brinca com o colarinho de minha camisa.

— Seu smoking está ótimo — ela comenta, ofegante e feliz como um garoto com seus presentes de Natal, eu também escuto o que ela não diz: *Você está ótimo.*

Há uma diferença entre os dois. Uma grande diferença.

As luzes dos refletores dançam sobre o piso de madeira enquanto a música vai chegando ao fim.

— Assim como o seu vestido. — Passeio os olhos sobre seu traje e, em seguida, volto ao seu rosto. Então, mostro-lhe como se faz.

A Harper me pediu para ensiná-la. Isso eu posso fazer honestamente: elogiá-la do jeito que ela deve ser elogiada. Eu a encaro e digo:

— E você está linda, Harper.

Seu peito arfa contra o meu e eu encaro sua boca. Os lábios dela se entreabrem, como se a Harper não tivesse pressa de dizer algo. Então, ela fala, e as palavras escapam numa confusão nervosa, embora ainda soem perfeitas:

— Você é um puta tesão.

Me encontro no meu limite. O mínimo espaço entre nós está carregado de luxúria. Está bem amarrado com desejo e, pela primeira vez, sinto confiança de que não é uma rua de mão única. Os olhos da Harper estão focados em mim, só em mim, e mesmo que ela não seja boa em ler os homens, deve saber o que está acontecendo conosco. Cansei de lutar contra isso.

É o meu limite.

Estou em brasas por ela. Em todos os lugares. Nas mãos, no peito, na pele. Quero muito esta garota. Corro os dedos por uma mecha solta de seu cabelo. Aproximo-me ainda mais e mergulho a cabeça em direção ao ouvido dela.

— Quer sair daqui?

A alguma distância, um garfo ressoa num copo. O pai do Spencer pigarreia.

— Obrigado por terem vindo.

Como se tivéssemos sido eletrocutados, nós nos desconectamos à força. É doloroso. Completa, absolutamente doloroso, sobretudo porque não tenho certeza de que minha ereção está indo embora. Mas quando miro o rosto do pai da mulher que quero embaixo de mim... Sim... Pronto... Foi embora.

Assassino instantâneo de pau duro!

Uau!

Ele brinda; em seguida, eu brindo; depois, a noiva e o noivo dividem o bolo que a minha mãe fez; e, em algum momento, meu celular apita baixinho no meu bolso.

Livro-me da multidão pra olhar a resposta de uma única palavra da Harper, contida em apenas três belas letras:

Princesa: Sim.

Capítulo 16

PERCORRO O CORREDOR BASTANTE ILUMINADO FORA DO salão de festas, esperando que ela apareça. Mas dois, três, quatro minutos depois de sua mensagem de texto, ainda não há nenhum sinal da garota de vestido azul.

Avalio minhas opções. Voltar pra festa e procurá-la. Enviar-lhe uma mensagem de texto perguntando o que está acontecendo. Ou seguir pro bar.

Antes de me decidir obviamente por um uísque, a luz da mensagem de texto pisca.

Princesa: Presa por uma Jen muito bêbada. Me dê alguns minutos. Que tal me encontrar numa escadaria escura? Na máquina de venda automática do segundo andar? Na biblioteca? Debaixo de uma árvore no jardim?

Sorrio. Muito Harper.
E eu vou ser muito eu agora:

Quarto 302.

Uma vez no quarto, livro-me da gravata-borboleta e desabotoo os dois botões superiores da camisa. Jogo o paletó de lado, descalço os sapatos e caio na cama.

Pego o controle remoto.

Nenhum momento melhor que este pra me ocupar em descobrir o que está passando na TV numa noite de sábado.

Clicando no menu do hotel, constato que não só posso assistir a um milhão de reprises, uma infinidade de programas de culinária e diversos filmes obscenos, mas também encomendar meu café da manhã continental pra manhã seguinte, planejar um dia de spa ou fazer uma excursão pelos jardins do hotel no mapa interativo.

Uau. Isso parece muito fascinante. Não garanto que consiga conter meu entusiasmo com a mera sugestão de uma excursão pela tela da TV do hotel.

Consigo, porém, golpear o botão de desligar. Em seguida, verifico o celular.

Com toda essa atividade, matei dez minutos, mas ainda não há nenhuma mensagem da Harper.

Abrindo alguns aplicativos, dou cabo de outros cinco minutos antes de voltar a consultar o meu aparelho.

É quando vejo o status de *não enviado* da minha última mensagem. Merda! Sento-me e me apresso pra reenviar a mensagem que não foi enviada por algum motivo qualquer.

Mas antes mesmo que eu consiga clicar, escuto uma batida na porta. Depois de cruzar alguns poucos metros, abro-a e encontro a Harper com o vestido azul, o cabelo meio solto e uma das mãos às costas.

Ela não perde tempo:

— Meu zíper está preso. E embora você não tenha dito onde queria me encontrar, me lembrei de ter ouvido o andar do seu quarto quando fizemos o *check-in*. Bati em algumas portas, me arriscando e, no corredor, alguém perguntou se eu estava trazendo os morangos com cobertura de chocolate pedido. Obviamente eu não estava, mas aquilo pareceu ótimo, e... bem, aqui estou eu, pensando em morangos e procurando seu quarto enquanto meu zíper está preso.

Sorrio por causa de tudo o que ela acabou de dizer, mas me fixo na última coisa.

— Seu zíper está preso?

A Harper se vira e me mostra: é uma confusão emperrada nas mechas ruivas do seu cabelo. Seguro seu braço, puxo-a pra dentro do quarto e a guio até a beira do leito. Ajudando-a a se sentar, examino o zíper.

— Seu cabelo está preso nele.

— Eu sei. — Ela bufa de raiva. — Você consegue arrumar? — pergunta de modo mais brando.

— Sim.

A Harper suspira de alívio.

— Como isto aconteceu? — Afasto algumas mechas soltas de suas costas. O vestido possui duas alças finas e os ombros dela estão expostos. Sua pele é clara e eu quero beijá-la.

— Eu estava no meu quarto — a Harper começou, enquanto mexo no zíper, puxando com cuidado alguns fios.

— Achei que a Jen tivesse te encurralado.

— Encurralou, mas eu consegui escapar. Como não tive mais notícias suas, fui pro meu quarto pra trocar de roupa e soltar o cabelo. Quando comecei a tirar o vestido, o cabelo prendeu no zíper.

— Minha mensagem não foi enviada. Nela, eu dava o número do meu quarto — digo, soltando-a aos poucos.

— Sério?! — ela exclama, e eu consigo perceber uma graça em sua voz.

— Sim. Depois que você me enviou sua lista de lugares de encontro.

— Seja como for, eu te encontrei. Queria muito te encontrar.

Ao ouvir isso, fico paralisado, com as mãos imóveis no zíper.

Me encontrar.

Era aí que eu desejava chegar com ela: a Harper se dar conta de que eu sou aquele que ela queria depois do apagar das luzes.

— Você é uma boa detetive. Se quiser, posso pedir aqueles morangos com cobertura de chocolate — provoco.

— Não os quero agora. Quero outra coisa.

— E o que seria? — E reinicio meu trabalho, quase prendendo a respiração com a esperança de ela querer o mesmo que eu.

— Que a noite com você não termine.

Capítulo 17

A HARPER VEIO ME PROCURAR... E SEU CABELO ESTÁ preso no zíper. Primeiro, preciso me concentrar na segunda parte. Sacudo o zíper de um jeito, de outro, repito a operação, até que finalmente os fios se soltam e o zíper pode ser aberto.

Não o abro. Ainda não. Em vez disso, afasto todo o cabelo da Harper de suas costas.

— Assunto encerrado — digo, pressionando os dedos em seu ombro nu.

— Suas mãos — ela murmura. — Você tem mãos boas. Sabe direitinho o que fazer com elas.

— Sei o que fazer com elas e o que *quero* fazer com elas. — Afago a beira do ombro de Harper. Mesmo esse pequeno toque me excita loucamente. — E eu quero tocá-la muito.

— Ah, meu Deus, me toque, por favor! — ela pede, com as palavras escapando numa torrente de tirar o fôlego.

Por toda parte, há faíscas. Simplesmente por toda parte, iluminando minha pele, se espalhando em mim como um incêndio. Passo a mão esquerda pelo braço dela. Seus pelos se arrepiam enquanto trilho sua carne macia, com meus dedos se dirigindo para o seu pulso. Coloco a mão sobre a dela e a Harper abre os dedos. Deslizo os meus entre os dela, e ela ofega.

Esse som me excita e não quero mais parar de tocá-la.

Aperto sua mão, e isso parece erótico e romântico ao mesmo tempo, e nunca em minha vida gostei tanto de segurar uma mão. É como se cada célula da Harper me procurasse e todo nervo dentro de mim ardesse por ela. Jamais tive tanta certeza da reciprocidade de um sentimento. Jamais.

A Harper envolve seus dedos com força ao redor dos meus e estou quase pronto. Roço os lábios em sua nuca e minha mente fica nebulosa de desejo.

— Ah... — ela geme.

A Harper tem um gosto muito bom. Com minha mão livre, enfio os dedos em seu cabelo macio e sedoso e roço o nariz em sua nuca, aspiro-a, deixando seu cheiro me inundar, como a melhor droga. A Harper não tem aroma de primavera. Ela, sim, me faz lembrar de mel, laranjas e todas as minhas fantasias. Mordisco sua pele, passando a língua sobre a ela. A vontade de beijá-la em todo lugar aumenta.

Seus ombros se movem para cima e para baixo, sua respiração se acelera e seus dedos me agarram com ainda mais força. Beijo-a em toda a sua nuca, arrancando gemidos e suspiros que me enlouquecem. Eles me revelam o quanto a Harper está a fim. O quanto mais ela quer.

Eu estava morrendo de vontade de beijar seus lábios, sentir seu corpo se moldar ao meu. Agora, ela está aqui, sozinha em meu quarto de hotel. Ela veio até mim e isso me deixa vacilante. É tudo o que eu queria e não acreditava que aconteceria.

— Harper?

— Sim? — ela murmura, como se estivesse sonhando.

— O que você faria se eu te beijasse neste momento?

Pergunto não por estar inseguro, não por temer que ela não queira, mas porque eu descobri que a Harper gosta de falar sobre beijos.

— Acho que eu derreteria — ela diz bem baixinho.

Ou talvez EU derretesse.

Solto sua mão e viro seu rosto para mim. Olho-a nos olhos, tão abertos, tão vulneráveis, tão prontos. Deslizo o polegar em seu rosto e ela treme. Seus lábios se entreabrem e eu quero comprimir sua boca na minha nesse instante, mas desejo prolongar a expectativa ainda mais. Porque em seus olhos eu vejo tanta vontade, tanto desejo, tanto de tudo que almejei dessa garota, tudo de que vi lampejos nas últimas semanas. Eu a quero pra sentir *tudo* isso. Pra experimentar cada segundo desse momento antes de beijá-la.

Mas não consigo esperar mais.

Assim, pressiono os lábios contra os seus e sinto a temperatura decolar em mim. Beijo-a com suavidade e carinho, enquanto toco seu rosto, com meus dedos a explorá-la. É muito urgente beijá-la em particular, sem ninguém vendo, para ter sua permissão por detrás de portas fechadas. É um privilégio conhecer essa sua parte, esse lado que a Harper raramente mostra. Seu lado onde ela me deixa entrar, onde ela se solta.

Combinamos muito bem, com nossas bocas ávidas e vorazes. Ao mesmo tempo, ela é tão carinhosa e tão gulosa. Em instantes, esse ritmo deixa de ser suficiente e deslizo a língua entre seus lábios. Ela abre a boca e é elétrico. Sua língua encontrando a minha. Nossas respirações se misturando. No mesmo momento, nós gememos, porque isso é muito intenso e bom demais. Eu a beijo com mais força, com mais intensidade, com mais avidez. Sugo sexy seu lábio inferior e suas mãos sobem de repente e abrem caminho pelo meu cabelo. A Harper está febril, cheia de ardor. Ela também é bruta, agarrando a parte de trás da minha cabeça e me trazendo pra mais perto, como se não conseguisse ter o suficiente com um beijo.

Também não consigo ter o suficiente dela.

Beijar nunca foi assim. Nunca foi tão bom, tão intenso. Sinto-me embriagado por ela, inebriado por seu sabor, sua língua, sua boca, sua doçura.

Harper adora ser beijada. E ela tem razão: ela se derrete. Derrete-se em mim e é aí que eu a quero, há muito tempo. Seu corpo quente e flexível é como água em meus braços, movendo-se comigo, deslizando contra o meu peito, pressionando-se contra cada centímetro de meu corpo rijo. Só consigo imaginar o que será ter a minha boca sobre todo o seu corpo, pra explorar cada centímetro dela, pra enlouquecê-la com a minha língua.

A Harper geme e eu engulo esse som. Ela se contorce ainda mais, com os seios se comprimindo contra o meu peito, enquanto suas mãos brincam com os cabelos em minha nuca. Em certo momento, ela me beija com tanta força que empurra meus óculos contra meu nariz.

— Ai! — sussurro, interrompendo o beijo.

— Desculpe...

Separo-me dela, coloco os óculos no criado-mudo e retorno a minha atenção pra Harper, passando os dedos pelos seus braços, fazendo-a se arrepiar.

— Quase nunca vejo você sem os óculos. — Ela me estuda.

— Pareço outra pessoa?

A Harper faz que não com um gesto de cabeça. Em seguida, pega meu rosto entre as mãos e passa os dedos na minha barba.

— Nada disso. Você se parece com você, e você está muito bem. E eu adoro te beijar. — Sua voz está límpida e cheia de um belo desejo, que aquece toda a minha pele.

Seus lábios se fundem com os meus e aquele ritmo frenético retorna. Esse beijo se inflama, ganha velocidade, alcança outro nível. Ela emite os sons mais sensuais enquanto geme e murmura, completamente dominada pela maneira como nos beijamos. Seus ruídos me fazem desejá-la ainda mais e eu não achava que fosse possível ansiar tanto por uma pessoa.

Mas anseio. Simplesmente anseio muito.

Seus dedos roçam minha barba enquanto nos devoramos. Levo as mãos aos seus quadris, erguendo-a até ela ficar montada em mim de pernas abertas. Estou muito ligado nela. Posso senti-la em toda parte e quero fazer tudo com ela.

Tenho certeza de que a Harper quer o mesmo, pois se impulsiona contra a minha ereção, esfregando-se em mim através de todas as malditas roupas que estamos usando. São muitas camadas estúpidas. Não sei aonde vamos esta noite, o quão longe ou o quão rápido, mas não consigo nem pensar. Quero estar no momento com ela. Cada segundo, incluindo este, no qual as minhas mãos encontram o caminho até a barra do seu vestido e eu as deslizo sob o tecido.

Interrompo o beijo:

— Meias-compridas — digo, como um homem hipnotizado.

— Você gosta de meias 7/8.

— Gosto, e você está me matando. — Meus dedos viajam pro alto de suas pernas e ela se balança contra mim.

À medida que a Harper se move, meu pau fica ainda mais duro. E mais ainda quando alcanço a parte de cima das meias. Elas estão na altura das coxas e eu quero vê-las, não tirar os olhos delas. Mas não afastarei a Harper de mim. Não há nenhuma chance disso. Não com ela respirando desse jeito tão rápido, com cada respiração vindo mais ofegante do que a anterior. Não com ela se esfregando no meu pau. E não comigo passando as mãos na sua bunda deliciosa, deslizando-as sobre o tecido de renda.

A Harper grita e seu rosto cai sobre o meu pescoço. Ela o enterra ali, gemendo, e eu aperto as suas nádegas deliciosas.

— Meu Deus... — a Harper murmura, com a voz tensa enquanto balança em mim e com a respiração muito irregular.

— Então você gosta disso? — lanço a pergunta retórica e agarro a sua bunda. Posso dizer que ela gosta. Posso dizer que ela adora.

— Muito! — A fala dela se quebra, seu tom se eleva e esse momento se consolida em suas possibilidades puras e perversas.

Agarro seu vestido na frente, junto o tecido num piscar de olhos e puxo-o com força até a sua cintura. Ela ainda está montada em mim, ainda me cavalgando, ainda investindo contra mim. Ponho as mãos de volta no seu traseiro e a conduzo, movendo seu corpo fogoso contra o contorno do meu pau duro como pedra. É apenas a Harper, com sua calcinha molhada, esfregando-se em mim.

— Me cavalgue, princesa — murmuro em seu ouvido. — Faça isso desse jeito até você gozar.

Sou recompensando com outro *Meu Deus!* e a Harper passa a se mover mais rápido e balançando com mais força, pegando o ritmo. Ela agarra meu rosto, aperta meu queixo e me segura, se esfregando em mim. Cada coisa a respeito dela me excita: sua necessidade, sua vontade, sua luxúria selvagem, seus sons e sua bunda. Que bunda espetacular: ao mesmo tempo firme e macia. Agarro as nádegas com força, do jeito que ela gosta, e a Harper deixa escapar um gritinho sexy.

— Sou louco pela sua bunda — digo bruscamente.

Ela geme algo ininteligível.

Enfio os dedos dentro da renda em seu traseiro, conduzindo seus movimentos, fazendo-a cavalgar minha ereção com mais rapidez e mais fogosidade.

— Você está muito perto, não está?

— Estou! — ela grita. — Ah, meu Deus, Nick! Ah, meu Deus!

São as últimas palavras que consigo compreender. O resto é apenas ruído: som puro e carnal, enquanto ela me cavalga até o limite, e então vibra, tremendo, gozando em mim. Intensamente. Mesmo vestida. A fricção em si foi tudo de que a Harper precisou pra gozar. Acaricio seu cabelo, com o orgulho se avolumando por todo o meu ser, enquanto capto o rubor em seu rosto, o tremor em seus ombros. Quero me lembrar de cada detalhe do que a fez se dilacerar essa primeira vez.

Verdade seja dita, de certo modo também quero desenhar uma imagem dela. Porque a Harper parece espantosamente linda desse jeito.

— Quero fazer você gozar de novo. Quero ver você pirar. Quero reduzi-la a pedacinhos — digo, com a Harper ofegando nos meus braços.

Ela passa os dedos no meu rosto e roça a boca na minha.

— E eu quero tudo isso.

Depois que seu barato se torna menos intenso, a Harper pisca. Seus olhos azuis revelam surpresa, como se ela começasse a entender o que fez: esfregou-se em mim. O que é totalmente incrível no meu manual, mas no dela, não tenho a mínima ideia. Fico tenso, esperando que a Harper vista aquela armadura que usa tão bem.

Em vez disso, ela passa os braços em torno do meu pescoço. Ok, isso é muito melhor. Então, me diz:

— Preciso te falar uma coisa.

Capítulo 18

RARAMENTE ESSA FRASE PRENUNCIA ALGO DE BOM. POR-tanto, é hora de eu vestir meu escudo de autoconfiança. Desembainho a espada do humor e a empunho, erguendo-a.

— Você quer me despir e praticar seu lado perverso comigo?

Sorrindo, a Harper faz que sim:

— Pode apostar.

Bem, vou simplesmente manter essa tática. Já que essa arma em particular, se é que você me entende, é o melhor caminho pro sucesso.

— Ótimo. Comece aqui. — E aponto pro meu cinto.

A Harper sorri. Então, segura meus ombros, baixando a voz, como se estivesse prestes a revelar um segredo:

— Mas... falando sério. Tenho uma confissão a fazer. Assim que eu soube o nome dela, li o novo lançamento da J. Cameron.

Suspirando, passo a mão pelo cabelo, sem saber por que estamos de volta a esse assunto.

— Leu, é?

Os olhos da Harper dançam com malicioso prazer.

— É tão gostoso. É tão quente. E isso me deixou curiosa — ela prossegue, e talvez eu não me incomode que a Harper traga a minha ex pra este momento. Não se esse livro a deixar excitada, em vez de aborrecida. Na verdade, talvez eu devesse presenteá-la com algum.

— Por que ficou curiosa?

132

A Harper se senta na minha frente, como se estivesse prestes a fazer um grande pronunciamento.

— Sei que isso pode chocá-lo. Afinal, você viu o quão legal eu posso ser, levando em consideração meu cabelo preso num zíper e falando em dialeto. — Então, cochicha: — Mas nunca fui amarrada na porta de uma geladeira, nem comida sobre uma escrivaninha.

— E você quer isso?

— Aí é que está. — Há um quê de excitação nas palavras dela. — Só sei o que gosto de olhar. O que gosto de ler. Faço uma ideia do que poderia apreciar. Mas... — E ela deixa a voz se perder.

— Mas o quê? — pergunto, porque estou morrendo de curiosidade de saber o que vem depois disso.

A Harper toma fôlego, faz beicinho e dispara:

— Fui virgem até os vinte anos. Só transei com dois caras e nenhuma transa foi inesquecível. Nenhuma foi num balcão, numa secadora de roupas ou mesmo numa cama de hotel. — Ela dá um tapinha no colchão.

Talvez seja a escuridão da noite, ou ela, ou o fato de que a única coisa melhor do que transar com a mulher que se quer é *conversar* sobre sexo quente com a mulher que se quer. Ou — o que é muito provável — a Harper estar se abrindo pra mim de verdade agora. Quem sabe seja por isso que me abro pra ela... e revelo um detalhe que não compartilho com muitas pessoas, porque é bastante pessoal:

— Eu transei pela primeira vez quando tinha vinte anos.

A Harper arregala os olhos.

— Está falando sério?

— Não, estou mentindo — afirmo com sarcasmo.

Ela empurra meus ombros, quase me derrubando na cama.

— Pare com isso. Quero saber a verdade.

— Eu estava no segundo ano da faculdade quando finalmente perdi a virgindade.

— Você desabrochou tarde — ela diz baixinho, com certa admiração.

— As garotas eram um mistério completo para mim antes disso. Eu não sabia como agir com elas ou o que dizer. Mais ou menos como você também se sente às vezes. — Agora percebo que talvez a Harper e eu não sejamos tão diferentes assim. Apenas superei minha falta de jeito em relação ao sexo oposto bem antes dela.

Ela me dá um sorriso carinhoso.

— Acho que temos isso em comum. Entre muitas outras coisas. — A Harper se aproxima de mim e me aquece. — Ela também era do segundo ano?

Dou risada e faço que não com a cabeça.

— Era aluna da pós-graduação, assistente de ensino em minha aula de animação.

Harper arregala os olhos.

— Ela te ensinou tudo o que você sabe?

Reflito sobre essa pergunta e a resposta é um grande "não". No entanto, ela começou a me educar a respeito das mulheres. Foi útil em me mostrar os truques do ofício, revelando-me cada coisinha que a enlouquecia. Fui um bom aluno. Segui suas orientações e foram as melhores aulas que tive na vida. Qualquer cara que acha que sabe de forma automática como agradar uma mulher é um idiota vaidoso. Cada mulher é única. Cada uma tem seus próprios estímulos e excitações. Da minha assistente de ensino aprendi os fundamentos: como escutar as dicas de uma mulher, como lhe dar o que ela quer, como fazê-la querer cada vez mais.

Não digo isso pra Harper. Gostei mais da conversa quando era sobre nós.

— Como você se sentiria se parássemos de falar de outras mulheres? — indago, ecoando seu sentimento a partir de nossa atividade até aqui.

— Eu preferiria falar do acabamos de fazer e de outras coisas que posso fazer pra você.

A Harper engole em seco e toma fôlego:

— Quando eu disse que tocar em seus braços no Central Park foi o máximo de ação que tive em anos, quis dizer exatamente isso. Não fiz *tanto*. Mas eu quero, Nick. Quero muito — ela afirma, com uma suavidade incrível. — Apenas sinto que não sei o que estou fazendo.

Ergo seu rosto pra que nossos olhares se conectem.

— Você foi incrível, Harper. Você me cavalgou como uma cavaleira campeã. Adorei cada segundo. Espere. Adorei cada milésimo de segundo. — Chacoalho a cabeça. — Melhor: adorei cada bilionésimo de segundo.

A Harper sorri, mas apaga o sorriso muito rapidamente.

— Cavalgá-lo foi fácil. Mas, acima de tudo, desejo saber o que é bom para você e o que *você* quer. E preciso saber do que eu gosto. Posso lhe dizer o que eu *acho* que gosto. Nossa, adoro olhar fotos pornô, fotos eróticas e gifs safados. Então, acho que tenho uma boa ideia.

— Se é assim, afinal de contas, você não fica só deitada com seu baralho de cartas à noite. — Faço um olhar de surpresa exagerada enquanto toco seus dedos. — Você está dizendo que se dedica muito a prazeres solitários em frente ao computador?

Aquele sorriso malicioso volta com força, brilhando à plena potência.

— Minha história na internet é uma homenagem aos feeds mais quentes do Tumblr — Harper confessa.

— Tenho de ver isso. Como parte de toda essa coisa de aulas de namoro. Preciso saber exatamente o que você tem olhado e olhar isso com você.

— É o que pretendo. — A Harper se detém pra tomar fôlego e projeta o queixo. — É por esse motivo que continuei te perguntando a respeito do que você gostava. E agora quero te perguntar outra coisa, já que pareceu gostar do que acabamos de fazer.

E aí a ficha cai. Dispara com numa pista de largada.

— Ensinar você! Você quer eu te ensine — digo, com a voz rouca, cheia de desejo.

As pupilas da Harper cintilam de safadeza.

— É isso aí.

Eu deveria ao menos tentar resistir a isso. Estamos no casamento do irmão dela e eu, de sacanagem com a *irmã do meu melhor amigo*. Por um breve instante, sequências de sentimentos de culpa lampejam como sinalização de advertência numa estrada. *Perigo à frente*. Mas, droga, é muito difícil não pensar nela quando a Harper está comigo. Verdade seja dita: também não é fácil no resto do tempo. É como se o meu desejo pela Harper monopolizasse o controle remoto e trouxesse todos os canais de volta pra ela.

Além disso, o Spencer vai pro Havaí amanhã e o que os olhos não veem, o coração não sente. Ainda mais porque a Harper e eu não vamos magoar um ao outro. Sabemos o resultado e todos ganham em nosso jogo.

Livro-me de qualquer dúvida.

Arrasto a mão pelo seu peito, segurando um seio perfeito.

— Você quer apimentar nossas aulas e aprender o que é bom para você.

— Sim. — A Harper passeia seus dedos ao longo da minha camisa. Caramba, isso é fantástico... — E o que é bom pra você.

— Deixe que eu cuido disso. — Suspiro, miro o teto e, então, a Harper de novo. — Pensei muito nisso... De modo longo e duro.

— Longo e duro. Foi o que senti quando estava te cavalgando como uma estrela de rodeio.

Faço um gesto compreensivo com a cabeça:

— Ah, é longo e duro. Sobretudo perto de você e da sua boquinha suja — afirmo, afagando seus lábios.

A Harper mordisca meu dedo.

— Também tenho uma mente suja. Só quero colocá-la em uso agora. De qualquer maneira.

— Você chegou ao homem certo e atingiu o orgasmo com o homem certo. E o atingirá muitas vezes mais.

A Harper experimenta um calafrio e começa a desabotoar minha camisa.

— Mas quero que você também goze.

— Não se preocupe comigo. E sim, sem dúvida, eu vou te ensinar qualquer coisa. — Só posso dizer "sim" para esta garota. É como uma aflição a quantidade de desejo que tenho pela Harper. Qualquer médico diria que o único caminho pra cura é tomar uma dose completa de remédio. No meu caso, é *ela*. Talvez eu tome diversas doses, só por segurança. Algumas aulas e estarei curado, pronto pra voltar à nossa condição de amigos.

— Vou ensinar qualquer coisa que você queira saber. Sob uma condição — digo, arqueando uma sobrancelha, pretendendo mantê-la curiosa.

A Harper arregala os olhos:

— Qual seria?

Pigarreio e adoto um tom professoral:

— Vou precisar de seu compromisso total com o plano de aulas da próxima semana — afirmo, exagerando na seriedade. — Concorda com isso, senhorita Harper?

De maneira séria, ela assente com um gesto de cabeça, entrando no papel neste jogo improvisado.

— Sou uma aluna muito aplicada. Do que mais o senhor precisa... *professor Hammer*?

Sorrio com aprovação quando ela me concede uma alcunha.

— Foco adequado. Dedicação ao dever de casa. Preparação minuciosa. E disposição de receber palmadas no traseiro se você se afastar do plano de aulas.

Ela se aproxima, enlaça os braços em torno de mim e diz num tom de boa menina deliciosamente sem-vergonha:

— Você pode dar palmadas em mim mesmo se eu não me afastar do plano de aulas.

Puta merda. Harper Holiday será uma aluna de grande destaque na minha escola de sexo obsceno.

— Até agora, estou te dando nota máxima — afirmo, com a voz empostada. — E espero que você ganhe estrelas de ouro no meu curso intensivo da próxima semana.

A Harper recua e fala consigo mesma:

— Mas só vai durar uma semana?

Mordisco seu pescoço.

— Quando o gato sai... — murmuro, esperando que minha intenção fique clara. Falo com minha própria voz. Ou seja, estamos sintonizados no mesmo canal. — É mais fácil pra gente fazer isso na próxima semana, né?

— Claro — ela confirma, sem pestanejar. — Faz todo o sentido, professor Hammer. Isso significa que o senhor vai me dar algumas marteladas?

Ela ri e eu a acompanho, porque, finalmente, a alusão ao meu sobrenome está sendo usada com a mulher certa.

— Garanto que sim, senhorita. De fato, acho que devemos começar seu curso neste momento, e tenho uma lição muito específica em mente.

— Qual seria? — a Harper pergunta, um tanto ofegante e muito ansiosa.

Me inclino pra mais perto dela e roço a barba no seu rosto.

— Quero deixar você nua, para poder saborear cada centímetro da sua pele. Quero abrir suas pernas e fazer você gozar na minha boca... — Trago sua mão pro meu queixo e finalizo o pensamento: — ...e em todo o meu rosto.

A Harper soluça, apertando as coxas contra as minhas pernas.

— Agora — é a sua ordem desesperada.

Retorno ao zíper em suas costas. Uma nova rodada de luxúria se apossa de mim enquanto o deslizo pra baixo, despindo-a pela primeira vez. Mas só abro o zíper alguns centímetros, pois escutamos um som estridente vindo da cama.

— Merda... — E ela estende a mão pra pegar o celular. — Quem será que resolve me mandar mensagem às duas da manhã? — A Harper desliza o polegar pela tela, cai na cama e joga o braço sobre a testa, resmungando: — Jen.

Ela passa o celular pra mim. Uma mensagem de texto pisca.

Tods já se mandarwm. Ach q to enjoada. Vomityndo muito. Sicorro.

Jogo-me pro lado, sentindo uma grande frustração.

— Melhor você ir cuidar da sua amiga — sugiro, embora tenha que admitir: a Jen está ganhando a medalha de ouro por empata foda. — Mas pra amanhã, Harper, sua primeira lição será desligar o celular. Aí você vai ter uma dose completa de orgasmos múltiplos. Entendido?

A Harper agarra o colarinho da minha camisa e me puxa para bem perto.

— Sim — ela responde. Em seguida, me dá o beijo de boa noite mais quente de todos os tempos.

Após a saída dela, eu me automolesto em sua homenagem.

Evidentemente.

Capítulo 19

NA TARDE SEGUINTE, NO TREM, A HARPER ROUBA MEUS olhares.

A família nos rodeia. Meus pais, os pais da Harper e meus irmãos estão espalhados nas primeiras fileiras do vagão. Assim como a Jen, a amiga bloqueadora de pica que ainda dá sinais de ressaca.

A Harper senta-se junto à janela, ao lado da minha irmã, e eu estou no assento que fica diretamente diante dela. Estar tão perto me enlouquece. Espalho o jornal de domingo sobre o colo, agradecido pelo fato de as palavras cruzadas servirem a um duplo propósito hoje: distração e acobertamento. Enquanto as resolvo, dou olhadinhas furtivas na ruiva tesuda que pretendo comer de diversas maneiras.

A Harper está curvada sobre seu leitor digital e mordisca o canto do lábio, com o trem percorrendo o litoral de Connecticut. Uma mecha de cabelo cai em sua testa, obscurecendo a lateral de seu rosto. Por instantes, ela olha pra mim e seus olhos estão nebulosos de luxúria.

Seu olhar me arrepia inteiro, me excitando. Assim, ajeito melhor o jornal sobre o colo.

Não me atrevo a enviar uma mensagem de texto pra ela agora, porque não sei quem espreitaria por cima do seu ombro e veria minhas palavras. Provavelmente o Wyatt.

Minha irmã digita em seu celular. O Wyatt se curva sobre o encosto conversando com meu pai, no outro lado do corredor. Minha mãe fala com a mãe da Harper, na fila atrás da nossa, discutindo quando o primeiro neto Holiday nascerá. No momento em que essas palavras alcançam minha audição, decido ignorá-las e coloco meus fones de ouvido. Clico no ícone de música, procurando algo pra me entreter durante a próxima hora, no trajeto do trem ao longo da costa, com destino a Nova York.

Quando a Band of Horses aparece na minha lista de músicas, paro, lembrando-me de quando a Harper, na cafeteria, disse adorar as músicas dessa banda. Olho em torno e confirmo que todos estão ocupados. Então, ergo o celular, lampejando a tela pra ela rapidamente.

Sou recompensado com um sorriso amável, enquanto ela balbucia: *Adoro essa banda.*

A Harper retorna ao seu livro e eu estou pronto pra continuar preenchendo as palavras cruzadas. Com a visão periférica, noto que ela desliza o polegar pela tela. Então, ela traz o dedo pra boca e o passa distraidamente pelo lábio inferior.

O desejo toma conta de mim, com força total. Faria qualquer coisa pra agarrar a mão da Harper, puxá-la pro banheiro do trem e cobri-la de beijos. Porque sei o que ela está fazendo. A Harper está se lembrando de como eu a toquei, de como a beijei, de como ela se deixou levar ontem à noite.

Ela persiste nas memórias e eu me pergunto se a Harper está mesmo plenamente consciente. Seus olhos se concentram na tela, mas ela se mexe no assento como se estivesse excitada.

Este trem é uma camisa de força. Tudo o que quero é tocá-la, conversar com ela.

A Harper volta a levantar o rosto e nos entreolhamos. Eu balbucio: *Você está molhada?*

Ela não responde com palavras. Apenas assente com um gesto de cabeça. Ao voltar a fitar a tela, dá um sorrisinho, do tipo *Sei o que fiz ontem à noite e adorei.*

Por um momento, a Harper volta a erguer os olhos pra encontrar os meus, ou talvez pra medir minha reação.

Após uma rápida verificação, pra ter certeza de que ninguém está nos olhando, umedeço os lábios uma vez, o suficiente pra deixá-la saber onde minha mente também está.

Com os ombros tremendo, a Harper pisca e, em seguida, parece forçar seu foco de volta pra seu livro.

Esse diálogo mudo é suficiente para a desintegração de qualquer resquício de concentração ainda existente em mim. Não consigo nem mesmo fingir que volto às palavras cruzadas. Não quando tudo em que sou capaz de pensar envolve sentir o gosto dela. Fecho os olhos, escuto música e deixo a cena se desenrolar na tela de cinema da minha imaginação. É a melhor exibição imprópria pra menores que já presenciei.

Uma hora interminável mais tarde, com uma ereção constante a me afligir, o trem entra na Grand Central e para na plataforma. Demora mais tempo do que desejo pra sairmos daqui, porque estamos todos juntos, ziguezagueando pela plataforma, perambulando pelo terminal, procurando por táxis no final da tarde de domingo. O pessoal se divide, com alguns se dirigindo para o centro, outros pro Upper East Side e outros pro West Side, como a Harper, a Josie e eu.

No táxi, deixo minha irmã sentar entre a Harper e mim, onde ela realiza uma recapitulação pós-casamento de seus melhores momentos. Atravessamos a cidade, com o trânsito misericordiosamente tranquilo, e chegamos à minha rua, a Central Park West. Desembarco primeiro, dou o dinheiro do táxi pra minha irmã e me despeço. Não lanço nenhum olhar persistente e ardente pra mulher que quero. Nada que me denuncie.

Quando entro no meu apartamento, tiro o celular pra digitar uma mensagem de texto pra Harper. No entanto, tenho de esperar mais um pouco, pois a Josie mora a cinco quarteirões de distância e ainda deve estar no táxi. Livro-me da bolsa de viagem, faço xixi, lavo as mãos e pego alguns preservativos. Aposto que a Harper não tem um estoque de camisinhas em casa.

Verifico as horas.

A esta altura, a Josie já deve ter desembarcado e a Harper está sozinha. Em outra situação eu não pensaria duas vezes pra lhe enviar uma mensagem de texto. Mas com tanta gente ao redor que são nossas conhecidas, precisamos tomar cuidado.

Vinte minutos pro início do show que você gosta.

Pegando as chaves, encaminho-me pra porta. Mas me detenho quando toco na maçaneta. Bufo enquanto faço uma mudança importante nos planos. Isso me dói. De verdade. Mas sou um homem paciente. Tiro os preservativos do bolso e os deixo no balcão da cozinha, deixando de lado a possibilidade de sexo.

A Harper quer aulas de sedução. Uma das mais importantes trata da espera. Além disso, há muitas outras maneiras de fazê-la gozar.

Chego ao seu prédio. A Harper me atende pelo interfone e permite a minha entrada. Toco a campainha de seu apartamento e ela abre a porta. Tenho certeza de que rosnei — grave e gutural como um animal — por causa da sua aparência. A Harper está com o rosto ruborizado e o cabelo desordenadamente solto. Além disso, já se trocou e agora usa um shortinho e uma camiseta branca.

— Oi — ela diz.

Não olho ao redor. Não capto a decoração de seu minúsculo apartamento. Fixo meu olhar na Harper, mas não é o novo traje que a trai. É o brilho rosado de sua face. Fecho a porta atrás de mim, levo o nariz ao peito dela e o arrasto até sua orelha, sussurrando de forma inclemente:

— Você se masturbou enquanto esperava minha chegada?

Afasto o rosto pra observá-la e a resposta positiva é evidente em seus olhos. Eles têm aquela expressão de *pega em flagrante*. Ah, o que eu não daria pra ter chegado alguns minutos antes...

A Harper engole em seco.

— Você está louco por mim?

Agarro seus pulsos, prendendo-os aos lados do seu corpo e a empurro contra a parede perto da porta. Pressiono o corpo contra o dela.

— Pareço louco?

— Seu pau está duro.

Pressiono-a ainda mais e um gemido escapa de sua boca quando ela sente com força a minha ereção.

— Jamais ficaria chateado com você pelo fato de você ter gozado. Mas me diga uma coisa: por que não esperou? — pergunto, sem raiva, apenas como curiosidade. Quero ouvir sua resposta. Esfrego a pélvis nela.

Com as pálpebras cerradas e trêmulas, a Harper geme.

— Fiquei tão excitada no trem... Só conseguia pensar nisso.

Mergulho a cabeça em seu peito, soltando um pulso pra puxar sua camiseta. Roço os lábios em seus seios e, em seguida, mordisco sua pele macia.

— Em que você pensava ao desembarcar do trem?

— Em você.

A maneira como a Harper diz isso desencadeia uma corrente de desejo em mim.

— O que eu fiz em você?

— O que eu fiz em você.

Essa resposta me detém. Ergo o rosto.

— O que você fez em mim?

Num instante, a Harper projeta as mãos e aperta minha ereção, segurando meu pau através do meu jeans. Solto um zumbido surdo. Porra, isso é muito bom.

— Fiquei de joelhos e comecei a beijar seu pau — a Harper responde, e meu membro está praticamente pronto para se livrar da proteção.

O que eu dizia mesmo sobre ser paciente?

Quero ficar dentro dela pelo resto da noite. Quero usar um, dois, três preservativos ou mais. Ela é um puta tesão e a minha mente está nadando num mar de luxúria.

— Há algo que você queira fazer? Algo que quer que eu inclua no nosso plano de aulas? — Abro o botão do seu shortinho e, em seguida, puxo o zíper.

Os quadris da Harper se contorcem.

— Sim. Muito. Quero te dar tudo exatamente como você quer. Quero fazer todo o meu dever de casa.

Nunca esperei com tanta ansiedade pela realização de uma tarefa. Porque ter a língua dela num boquete é tudo de que preciso.

Mas não agora.

Eu a encaro.

— Bom saber. Agora você terá de esperar por ele. Porque eu disse que iria cuidar de você primeiro e não vou mudar de ideia, princesa, só porque você está tão excitada por mim.

— Estou muito excitada. — A Harper segura o meu rosto e passa as mãos na minha barba, como ela fez naquela noite na rua, diante de seu prédio. Pergunto-me se ela me tocou numa exploração, como está fazendo agora, com fogo em seus dedos, com luxúria em seu corpo, com essa mesma dose de hormônios que sinto.

— Você já gozou mais de uma vez?

— Em um dia?

Dou uma breve risada.

— Não. Presumo que você tenha se masturbado mais de uma vez num dia. Digamos, num período de trinta minutos. Mas... e uma logo depois da outra?

A Harper faz que não com a cabeça.

— Acho que não consigo.

— Há uma primeira vez para tudo. — Puxo seu shortinho até os joelhos e ele cai no chão.

A Harper se livra dele e eu recuo um pouco pra observá-la. Meu queixo cai. Ela é estonteante. Suas pernas são longas e saradas. Sua calcinha é de renda preta com um lacinho rosa na frente — delicada e sexy ao mesmo tempo. E é pra mim.

Sinto um grande calor tomar conta do meu corpo.

— Então, você se sentia tão estimulada que não podia esperar — afirmo, como se estivesse refletindo sobre o assunto. Arrasto a mão por seu ventre e, em seguida, debaixo de sua camiseta. Meus dedos trilham sua barriga lisa.

Eu a acaricio e ela estremece.

— Estava tão molhada, Nick... — ela revela.

Respiro fundo e solto o ar com força.

— Aposto que você ainda está molhada. Aposto que está ainda mais molhada agora que estou aqui. Acertei?

A Harper engole em seco.

— Descubra — ela diz, contorcendo os quadris em mim, esfregando-se em mim.

Meu Deus, essa mulher é um fio desencapado. Ela está estalando em todo lugar. É como eu a quero. Pronta pra entrar em curto. Meus dedos se viram pro sul e eu brinco com o lacinho. Seus olhos ardem de desejo; uma carência quente, selvagem. Enfio um dedo dentro da calcinha, roçando os cachos de pelos pubianos. A Harper ofega enquanto deslizo os dedos entre as suas pernas.

O desejo se apossa totalmente de mim, como se estivesse invadindo todas as minhas células. Porque ela está muito molhada. Muito escorregadia.

— Olha pra você. Olha como está molhada, mesmo depois de gozar... — E deslizo meus dedos através do paraíso.

Enquanto acaricio sua doçura escorregadia, a Harper agarra meus braços, passando as mãos em torno dos meus bíceps. Sua respiração alcança o meu rosto. Sua umidade recobre meus dedos quando os deslizo pela sua xoxota e, em seguida, pela suave elevação de seu grelo. Quando eu a toco lá, seu gemido é desesperado.

— Você se sentiu assim quando tocou seu grelo há alguns minutos?

A Harper faz que não com a cabeça.

Esfrego mais rápido sobre seu grelo inchado.

— Assim?

Ela se contorce em minha mão.

— Não. De jeito nenhum.

Eu a exploro mais com os dedos, deslizando-os sobre seu calor sedoso. O fato de ela estar tão excitada me deixa louco.

— De quanto tempo você precisou? Quando você chupou meu pau há alguns minutos?

— Não muito — ela ofega, com as unhas cravadas nos meus braços, com o corpo se contorcendo em mim.

Meu Deus, nem sequer enfiei um dedo nela e a Harper está chegando quase ao limite. Suas pernas tremem, sua respiração se acelera e seus olhos se fecham.

Depois de mais uma carícia, enfio o dedo, ela grita *Meu Deus!* e mergulha fundo nele.

— E que tal isto? — Adiciono outro dedo e o curvo pra direita, acertando o alvo capaz de fazê-la alçar voo. — Você se sentiu assim quando usou sua mão?

— Não, não, de jeito nenhum! — A Harper se contrai ao redor dos meus dedos.

— Delire em mim, Harper. Foda *minha* mão agora.

A Harper geme, agarrando mais ainda os meus bíceps, cavalgando meus dedos, fodendo-me num frenesi enlouquecido, febril. Ela se aperta ao meu redor, com muita força, com bastante tesão. É bom demais. Então, grita; um som selvagem, grandioso, que me faz querer baixar o jeans e enterrar meu pau nela exatamente neste segundo. Minha pica lateja, implorando para ser libertada do cárcere em que a aprisionei.

Mas a falta de preservativos significa que posso continuar fazendo minha coisa preferida — concentrar-me nela —, e não estou nem remotamente perto de terminar. Quando sua respiração ofegante arrefece e seus gemidos se transformam em murmúrios, a Harper abre os olhos. Pressiono a boca na dela, beijando-a pela primeira vez hoje. Ela tem um gosto tão bom quanto na noite passada. Talvez ainda melhor.

Ela interrompe o beijo.

— Meu Deus, Nick, o que você fez em mim?! — Sua voz está um pouco rouca e muito cadenciada. Seus olhos brilham com júbilo.

É o que sempre quis ver. Vi ontem à noite pela primeira vez e adoro a aparência dela quando a faço gozar: bela e em êxtase.

Com cuidado, removo os dedos, trago-os à boca e provo seu sabor. Doce e salgado ao mesmo tempo. É bom demais.

— Você queria saber do que gostava. Eu te mostrei que você gosta muito quando chego ao seu ponto G, princesa — murmuro, afagando o seu traseiro nu. Sou recompensado com outros murmúrios carinhosos enquanto a levanto. — Me abrace com as suas pernas.

A Harper obedece, apertando-as em torno da minha bunda.

— Você vai me comer assim?

— Tenho outros planos pra você.

O apartamento é muito pequeno. Então, eu a carrego até o sofá próximo, colocando-a com delicadeza na superfície roxa. A Harper afunda nas almofadas; seu corpo parece relaxado e cálido, provavelmente pelo fato de ela ter gozado com tanta intensidade. A tonalidade viva do roxo emoldura seu rosto. Travesseiros vermelhos e prata cobrem o sofá. Todas essas cores parecem perfeitas pra ela. Combinam com sua personalidade: radiante e vibrante.

No entanto, nesse instante, não é em sua personalidade que estou pensando, ao me ajoelhar no chão entre suas pernas, colocando uma mão em cada um de seus joelhos.

— Você conhece o cardápio de coisas que aprecio, Harper?

— O bufê completo?

Faço que sim.

— Gosto de tudo, mas se tivesse de escolher...

Capítulo 20

— TIRA A MINHA CAMISETA — PEÇO.

A Harper assente, projeta-se pra frente e agarra minha camiseta. Num instante, ela a tira pela minha cabeça. Sua ânsia por me despir gera um estímulo no meu peito, que logo se desloca pro meu pau. Ela joga a peça no chão e eu ponho meus óculos na mesinha de canto.

— Você é um puta tesão, Nick. — A Harper sorri e dá de ombros. — Já falei isso ontem à noite. Devo parecer um disco riscado.

— Diga de novo. Adoro ouvir isso de você.

A Harper se inclina adiante e pousa as mãos no meu tórax. Sinto um arrepio e fecho os olhos. Quero saborear este momento em que ela toca meu peito nu pela primeira vez. Minha respiração se intensifica enquanto suas unhas trilham meu peitoral, ao longo do contorno do tigre.

— Gosto muito de te olhar — ela sussurra. — Quando vi sua tatuagem na foto que tirei com meu celular, na hora eu quis tocá-la.

Abro os olhos ao ouvir a confissão de que ela já sentia atração por mim no verão.

— Você quis? Naquela ocasião?

A Harper diz *ahã* arrastando as unhas desde o meu peito até meus músculos abdominais.

— Assim está bom? — ela pergunta, com seus olhos encontrando os meus, com sua pergunta me lembrando da pontuação. Podemos ter uma conexão, mas estou aqui porque ela quer aprender o que gosta e o que os homens gostam.

— Nota dez. — E os dedos dela traçam linhas entre os sulcos do meu abdome. — Você está se saindo muito bem.

— Naquela noite, lembro-me de ter me deitado neste sofá, aberto minhas fotos e ampliado essa. Passei o dedo pela tela, lembrando-me de como tinha tocado você no parque apenas por diversão. Adorei a maneira como você reagiu, mesmo naqueles poucos segundos. Tudo o que eu queria era te tocar de novo. Para saber se você gostaria... — Ela passando as mãos pela minha cintura agora. Um prazer puro inunda meus sentidos.

— Eu gosto — digo, querendo experimentar este momento por um pouco mais de tempo, enquanto seus dedos suaves e talentosos exploram meu corpo. Quero ser o seu pátio de recreio. Mas quanto mais a Harper me afaga, mais vulnerável me torno e mais consigo me ver sentindo algo mais profundo por ela.

Estendo a mão, pego sua camiseta e a tiro pela cabeça.

Meu pau implora por liberdade agora, completamente enlouquecido e batendo nas barras da cela. Os seios dela estão a uma camada de cetim preto de distância de mim. Ela solta o sutiã e eu olho admirado seus seios, deixando escapar um gemido. Eles são sublimes. Não grandes. Nem pequenos. São simplesmente perfeitos. Pele leitosa e bicos rosados, projetados pra cima e pedindo a minha boca. Mergulho a cabeça em seu peito e sugo cada bico delicioso enquanto minhas mãos percorrem suas coxas.

— Vou passar muito tempo conhecendo estas belezas, mas, neste momento, preciso da minha boca entre as suas pernas. — E os meus dedos se deslocam de suas coxas para seu centro úmido e quente.

— Nick... — Ela se mostra nervosa. — Nunca gozei assim antes.

Essas são as minhas palavras preferidas. Pouca coisa me excita mais do que o terreno inexplorado do orgasmo feminino, sobretudo desta mulher. A chance de ser o primeiro a provar esse momento maravilhoso de dilaceramento é como um bilhete de loteria premiado. Do nada, um desejo de posse toma conta de mim e quero ser o único a conhecer essa parte da Harper. Quero que seu prazer me pertença, e só a mim.

— Bem, isso está prestes a mudar, não é?

A Harper sorri, e é um sorriso malicioso, cheio de prazer carnal.

— É o que eu pensei na primeira noite em que trocamos aquelas mensagens de texto sacanas.

Escutar isso ateia fogo em mim, com a memória em brasa me engolfando enquanto a Harper confirma o que suspeitei desde o princípio que ela estava tramando.

— Você não tem ideia de quantas vezes pensei em comer sua xoxota.

— Roço os dedos ao longo de suas coxas. — Mas há uma coisa que preciso que faça enquanto pratico sexo oral em você.

— O que você quer que eu faça? — Ela ofega, como se estivesse ansiosa por minha instrução.

— Quando você gostar de verdade de algo que eu fizer, quando isso a enlouquecer e a fizer querer implorar, terá de me dizer. Combinado? — digo, e Harper assente. — Sei que você gosta de falar sacanagem e quero ouvir todas elas. Quanto mais você ceder ao seu tesão, mais irá desfrutar de cada segundo do que vou fazer com você e o seu orgasmo será cada vez melhor.

A Harper faz que sim repetidas vezes.

— Gozar cada vez melhor é muito bom.

— Ah, acredite, será muito bom pra nós dois. Quero te dar algumas sugestões. Assim de cabeça — afirmo ironicamente, e ela dá uma risadinha. — Você pode dizer coisas como: *puta merda, que tesão, Nick!*; *nossa, que foda deliciosa!*; ou: *caralho, vou gozar na sua cara.*

Os olhos dela se iluminam, cintilando de safadeza. Dou um beijo ao longo da parte interna de uma coxa.

Ela se arrepia. Gosto dessa resposta.

Beijo a parte de cima da sua perna, com o cheiro inebriante da sua excitação ficando mais forte. Esfrego meu rosto nela, deixando-a sentir os pelos da barba em sua pele lisa.

— Isso — Harper geme, baixinho e longamente. — Gosto disso.

Sorrio ao deslizar as mãos sob sua bunda, segurando aquelas nádegas voluptuosas.

— Disso também — ela diz, num suspiro rápido.

Aperto sua bunda.

— Então, me diga que você gosta *disto*. — E sem poder esperar mais, beijo sua xota e ela se joga contra mim.

— Ah, meu Deus, que delícia!

A melhor resposta de todos os tempos.

Enfio a língua e, em seguida, dou uma lambida longa e deliciosa em sua carne rosada, desenhando seu grelo entre meus lábios, sugando-o.

Ela geme.

— Gosto de tudo. Sua língua, seu rosto, sua boca — ela murmura, ofegante. — Muito.

E eu também. Fico mais excitado do que nunca quando beijo seu centro úmido e quente. Juro que estou bebendo da Harper, lambendo sua umidade. Ela é a mulher mais sensacional que já tive e me deixa ainda mais louco quando acaricia meu cabelo.

A Harper inunda a minha língua e o desejo se apossa do meu corpo sem dó nem piedade enquanto cuido do seu grelo. Seu gosto é viciante. Ela é melhor, infinitamente melhor do que era em meus sonhos mais obscenos. É toda real, toda molhada, toda quente ao se contorcer na minha cara. Me agarra com mais força, investe com mais intensidade, e eu lambo, sugo, beijo e devoro sua deliciosa boceta.

Posso dizer que ela está quase lá. Posso dizer isso pelo modo como as suas pernas se abrem. Por quanto mais molhada ela fica depois de cada investida da minha língua. Por aqueles sons selvagens que escapam da sua boca. Uso de toda a minha força para me afastar por um segundo pra lembrá-la:

— Me diga. Me fala do que você gosta — rosno e, em seguida, volto pra sua xota.

É o momento em que a Harper deixa rolar. Ela agarra meu cabelo com força, abraça meu pescoço com as pernas, e fode, e fode, e fode.

— Vou gozar na sua cara! — ela grita. Assim que essas palavras sujas lhe escapam, ela chega lá. — Meu Deus, vou dar uma puta gozada!!!

E a Harper goza, nos meus lábios, na minha língua, na minha boca, no meu queixo. Meu rosto está enterrado nela enquanto ela vibra em mim, muito molhada, muito desvairada e, espero, muito satisfeita.

Isso também me descreve perfeitamente. Muito satisfeito, ainda mais observando passar o efeito do barato dela. Seus lábios se entreabrem, sua respiração está acelerada e ela passa uma das mãos pelo cabelo e a outra sobre suas maravilhosas tetas. Essa é uma imagem que poderei usar pra me masturbar repetidas vezes: a Harper, na minha boca, sem um pingo de inibição enquanto se apalpa.

Pensando nisso, tiro uma foto mental. Vou desenhar essa imagem mais tarde. Não me julgue. Desde sempre sou obcecado por capturar a expressão de orgasmo de uma mulher. E o da Harper é como o Santo Graal.

Então, decido fazer isso em dobro. Sem lhe dar chance de protestar — não que a Harper quisesse fazer isso —, meus lábios estão de novo nela e, de repente, ela está gemendo, suspirando e se contorcendo mais uma vez, chegando a outro orgasmo em questão de minutos. A julgar por seus sons selvagens e gritos ensandecidos, esse foi tão bom quanto o último. Quando olho pra ela, a Harper parece perdida num mundo de êxtase.

Excelente.

Pressiono a boca contra sua coxa, dando-lhe um beijo suave, carinhoso. Então, descalço os sapatos e me deito ao lado dela no sofá. Puxo-a para perto de mim, com meu braço ao seu redor. A Harper respira fundo.

— Acho que agora vou te chamar de princesa dos orgasmos múltiplos. Funciona para você?

A Harper dá um sorriso abobado.

— Desde que você continue ganhando o direito de me chamar assim...

Finjo desvestir uma cartola de mágico.

— Sou especializado no serviço. — Eu a puxo pra mais perto e beijo a sua têmpora. — Espere. Você não se importa por eu ter te beijado depois de tudo o que fiz? Afinal, estou lambuzado de você.

Harper dá uma risadinha:

— Nick... Eu travei sua cabeça como uma morsa até gozar na sua barba e você acha que me importo que esteja me beijando.

— Quando você coloca as coisas desse jeito...

A Harper muda de posição em meus braços e, então, pede, num sussurro:

— Me beija de novo.

Obedeço, muito feliz por ter meus lábios em qualquer lugar nela. Deixo escapar um gemido quando ela se apodera do beijo, seus lábios me caçando, sua língua procurando a minha boca. A Harper é voraz e me beija como se eu fosse seu jantar e, puta merda, isso me faz delirar. Suas mãos estão sobre os meus ombros e ela me prende, pressionando seu corpo deliciosamente nu em mim. Sua pele está muito quente e seus lábios, muito ávidos. Sua mão escorrega pelo meu peito, com as unhas passando rapidamente sobre os pelos do meu peitoral e, em segundos, sua mão está no meu jeans, desabotoando-o, abrindo o zíper e o movendo pra baixo.

Sou incapaz de resistir. Não que eu queira, veja bem. Nem fodendo. Simplesmente não consigo. Porque esta garota é quem comanda o barco. A Harper baixa meu jeans até os joelhos e, interrompendo o beijo, o arranca fora. E aí me contempla estendido no sofá:

— Por que você não me disse? — a Harper pergunta, num tom acusatório.

— O quê? — eu a encaro, confuso. — O que eu deveria ter dito?

A Harper enlaça meu pau duro com seus dedos macios e eu emito um zumbido surdo.

— Caralho... — gemo enquanto ela toca meu membro.

— Que havia toda esta enorme coisa tesuda à minha espera. — Ela sorri como a garota safada que é.

O que posso dizer? Jamais recebi reclamações do tamanho da "máquina". Fico feliz por ela gostar do que está sob o capô.

— Nossa! Achei que você estivesse... Não sei... Chateada com alguma coisa.

A Harper balança a cabeça de forma exagerada.

— Não estou chateada. Tente *excitada com alguma coisa*. — Ela corre a mão pelo meu pau num vaivém. — Louca pra trepar com você.

Sinto um arrepio percorrer meu corpo e agarro o rosto da Harper, enfiando a mão em seu cabelo.

— Você não precisa de lição alguma. Essa sua sem-vergonhice me deixa maluco. — Inclino a testa na direção do meu pau, bastante grosso em sua mão. — Sinta isso. Você sente como ele fica duro quando você fala sacanagem?

A Harper me dá um sorriso bem sexy.

— Todas essas coisas que quero fazer estão na minha cabeça. Agora quero experimentá-las. Com você.

— Podemos experimentar o que você quiser, mas eu não trouxe camisinhas.

A Harper faz beicinho, mas depois pega o ritmo, apertando a mão no meu cacete com mais força.

— Me diga como você gosta.

— Uma punheta?

— Ahã...

— Faz anos que nenhuma mulher bate uma pra mim. Mas ajuda se você der uma umedecida nele.

Por um instante, a Harper me solta e mergulha os dedos entre as pernas. Puta merda. A Harper está me lubrificando com... ela mesma. Jogo a cabeça na almofada do sofá, muito impressionado com essa garota. Ao recolocar a mão na minha ereção, ela espalha um pouco de sua umidade no meu membro.

— Gosta disto? — ela pergunta, ofegante e sexy.

— Demais. — E enfio meu pau dentro do túnel formado pelos seus dedos.

Não consigo me lembrar da última vez em que uma mulher me tocou uma punheta. Em certo momento da vida, você simplesmente se gradua em foder e chupar. Mas a maneira como a Harper agarra o meu pau, deslizando nele sua mão num vaivém, me deixa em brasa e me faz perguntar se eu estava sentindo falta.

De uma punheta...

Ou talvez quem sabe estivesse sentindo falta da Harper. Porque o jeito como ela olha pra mim, com os olhos vagando entre meu rosto e meu pau, como se estivesse avaliando seu trabalho e verificando minha reação, me faz querer entregar os pontos com ela também. Ceder a tudo o que a Harper quer fazer neste momento. Deixar que ela me toque a qualquer hora, em qualquer lugar.

— Me fala como você gosta de uma punheta, pra que eu possa te dar o que fantasiei. — Então, a Harper se senta, cutuca minhas coxas e, em seguida, ajoelha-se entre as minhas pernas. Ela não solta meu pau em nenhum momento e estou realmente grato por seu compromisso com a tarefa assumida.

Deixo escapar um gemido quando sinto que seu polegar está capturando uma gotícula na cabeça do meu pau. Em seguida, a Harper espalha o líquido nele, misturando sua excitação com a minha. É um tesão o que ela está fazendo. Me faz devanear muito.

— Também adoro uma chupetinha — afirmo, procurando recompor meus pensamentos. — É uma delícia quando você envolve seus lábios perfeitos e firmes no meu pau, chupando-o bem gostoso.

— Hum, que máximo... — a Harper sussurra, com os olhos ardendo de desejo enquanto me observa.

— Gosto de uma chupetinha bem abusada, se você conseguir.

A Harper solta o ar por causa da excitação.

— Até o talo?

A palavra *talo* faz a eletricidade tomar conta de mim.

— Puta merda! Sim! Quero alcançar o fundo da sua garganta.

A mão da Harper se mantém ocupada, movendo-se mais rápido agora, como um túnel apertado e quente. Cerro os dentes quando o desejo decola dentro de mim.

— E que tal isto? — E ela traz a outra mão até as minhas bolas, segurando-as e brincando com elas.

— Assim você me mata... Adoro quando você também chupa as bolas.

Sua mão me masturba ainda mais rápido, da cabeça até a base, e vice-versa.

— Mas você não gosta de uma punheta?

— Agora eu gosto. Gosto demais — afirmo, gemendo enquanto fodo sua mão.

Talvez tenha de reconsiderar minha opinião de que as bocas são melhores, pois a mão da Harper está acabando comigo. Contudo, quando meus olhos pousam sobre aqueles seus lábios vermelhos e obscenos, tenho certeza do que quero.

— Sabe o que torna uma punheta realmente incrível?

— O quê? — ela pergunta, muito ansiosa.

Agarro a parte de trás de sua cabeça, olhos nos olhos, e lhe digo:

— Quando você põe sua boca no pau.

Sem vacilo a Harper envolve a cabeça do meu cacete com seus lábios e eu gemo. Um gemido longo, faminto, que parece durar pra sempre. Ela segue minhas instruções, deixando seus lábios bem apertados e nivelando sua língua. Em um movimento rápido, ela vai fundo. O prazer se apossa de todo o meu corpo, descendo pela minha espinha, correndo pelas minhas veias e me animando em todos os pontos.

É como um ataque sorrateiro. Um orgasmo de emboscada. Não tive sequer tempo de lhe dar um alerta. Em poucos segundos, gozo na garganta da Harper.

— Caralho, Harper! — rosno.

Ao mesmo tempo, ela chupa com força e engole tudo. Dá uma lambida longa e vagarosa e, em seguida, afasta a boca. Mas — Deus abençoe seu coração perverso — ela mantém a mão no meu pau e dá uma última masturbada, fazendo todo o meu corpo vibrar. Deixo escapar mais um gemido. E a Harper sorri de satisfação.

Passo os dedos pelo cabelo, com as palavras saindo entrecortadas. O meu corpo zumbe com os efeitos secundários da melhor punheta, junto com uma finalização com boquete, que já tive.

— Ou... Sim... Isso também funciona. Tenho que admitir que adoro uma chupetinha feita desse jeito.

A Harper pigarreia.

— Isso significa que posso chamá-lo de príncipe que goza rapidinho?

Rindo, dou uma palmada no seu traseiro.

— Não vou ganhar esse título de novo. Além do mais, você me deixou todo excitado com essas suas mãos mágicas.

A Harper faz um gesto de *abracadabra*.

Nós dois rimos ainda mais e ela me abraça. Caramba, isso também parece bastante incrível: ela aconchegada em mim. Ficamos assim por alguns minutos. Quando seu estômago ronca, passo a mão em sua barriga macia.

— É hora de comer alguma coisa, mocinha.

A Harper concorda e penso que jantar fora com ela parece a maneira perfeita de fechar com chave de ouro uma noite quase perfeita.

Capítulo 21

— SEGUIMOS A ORDEM ERRADA — A HARPER DIZ, SUSpirando e chacoalhando a cabeça.

— Como assim? — eu a encaro.

A garçonete se afasta, com o bloco de anotações na mão. Estamos num restaurante italiano, a poucas quadras da minha casa. Está lotado, mesmo num domingo à noite, com os garçons, apressados, carregando pratos de massa.

— Nossa agenda de atividades seguiu a ordem errada. — E a Harper corre o pé pela minha perna. Ela está bastante carinhosa e eu estaria mentindo se dissesse que não gostei desse seu lado amoroso. A Harper se acomodou diante de mim, em uma mesa pra dois. O restaurante tem uma iluminação suave, com velas pousadas sobre toalhas de mesa xadrezes em vermelho e branco.

— Ah, você quer dizer que nos servimos da sobremesa antes do jantar?

— Sim.

— Não somos convencionais. Gostamos de variar — afirmo.

A Harper pega uma fatia de pão da cesta. Mechas soltas de seu rabo de cavalo emolduram seu rosto. Depois que nos arrumamos, ela se trocou de novo, vestindo suéter verde justo, jeans e botas curtas de salto alto. Durante nossa caminhada até o restaurante, o esforço pra não contemplar seu traseiro o tempo todo foi imenso. Desculpe informar, mas recebi nota baixíssima nesse teste.

Espere. Não devo desculpas. A vista valeu a pena.

— Também gosto dessa inversão. Gostei de tudo hoje — a Harper murmura. — Mas falando sério... — ela deixa a voz se perder: — O que me diz, Nick?

Tiro um sarro:

— Querida, tudo não foi mais que um tira-gosto. Mas adorei cada segundo de cada lance.

A Harper se alegra, com os olhos azuis brilhando.

— Quero que também seja bom pra você, porque para mim foi incrível.

— Também foi incrível para mim. — E me sinto tentado a deslizar a mão por sobre a mesa e segurar a dela.

Mas algo me impede. Talvez porque isso pareça muito uma coisa de casal. A Harper quer ser amante temporária, professora e aluna, e tudo o que pretendo é simplesmente tirá-la do papel principal que está assumindo em todos os meus voos solo. Algumas noites mais e decerto serei capaz de relegar Harper Holiday a um papel secundário; em seguida, vou reduzi-la a uma figuração e, bam!, antes que eu possa reagir, ela deixará de ocupar um imóvel muito precioso no lóbulo de pensamentos sujos do meu cérebro. Que, evidentemente, é o maior. Por enquanto, concentro-me na nossa aula.

— Vamos recapitular o exercício de hoje. Tivemos conversas obscenas. Acontece que você é um talento nato.

Sorrindo, a Harper mexe os ombros, revelando orgulho.

Aponto pra ela e afirmo:

— Você também aprendeu que pode ter orgasmos múltiplos, um após o outro.

—Tive quatro em uma hora — ela afirma, com um sorriso largo.

— Exibida... — provoco. — Espere, um foi solo.

— Estou incluindo na contagem, já que olhar pra você no trem foi meu estímulo preliminar.

E assim, estou pronto pra prosseguir. A Harper é uma gostosura sexy e quero mordê-la.

— E você também aprendeu que o ponto G não é um mito.

— Ah, acredito muito nele! De fato, vou construir um santuário pro meu ponto G. — A Harper pega um pedaço de pão e o morde. Após engoli-lo, abaixa o tom: — Quer saber mais uma coisa que aprendi sobre o que gosto?

— Quero. — Meus músculos ficam tensos, não de preocupação, mas de expectativa. Desejo conhecê-la. Saber o que ela gosta. O que não gosta. O que a faz se sentir bem.

A Harper me encara:

— Ver você se despir pra mim — diz, com a entonação vulnerável que ela usa de vez em quando.

Ela dá um sorriso tímido, que corta meu coração. Estamos falando de sexo, mas também não. A Harper emitindo outra mensagem, algo a respeito do que significa se abrir pra um homem, deixá-lo entrar. Talvez seja apenas uma viagem minha. Eu gostaria de ter aquele anel decifrador de códigos pra poder converter o que a Harper acabou de dizer naquilo que alguma parte de mim quer que signifique. Contudo, não sei muito bem como entrar em contato com essa parte. Por muito tempo, concentrei-me principalmente em uma coisa em relação às mulheres: deixá-las malucas. Com a Harper quero muito isso, mas também algo mais.

Maior.

Mesmo que eu saiba que não posso ter isso com ela, e não faça sentido insistir.

Também pego um pedaço de pão e o mordo, para me impedir de dizer algo muito revelador em resposta. A garçonete chega com uma taça de vinho pra ela e uma cerveja pra mim, levando a um fim aquele momento sério.

O resto do jantar é mais ameno. Conversamos primeiro de trabalho e filmes, concordando que *Os suspeitos* apresenta a reviravolta mais inesperada. Em seguida, falamos de livros, e concordamos que *Harry Potter* apresenta aquilo que mais gostaríamos de fazer. Ambos escolhemos o poder de aparatação.

— Transporte mágico e instantâneo. Chega de aviões, chega de carros, chega de espera. — E pressiono o dedo indicador na mesa pra enfatizar. — Poderíamos ir pra Fiji agora mesmo.

— Próxima parada, Bora Bora.

Falamos até de palavras cruzadas, e a Harper se surpreende quando lhe revelo que as termino quase todas as semanas.

— Todas as semanas?! — Ela arqueia uma sobrancelha.

— Quando você se inscreveu comigo pra fazer seu curso, achou que só encontraria beleza aqui? — Gesticulo pra mim mesmo e, em seguida, toco a têmpora. — Também há cérebro.

— As palavras cruzadas de domingo são bem difíceis.

Dou de ombros.
— Adoro um desafio. — *Como você. Às vezes, você é um mistério para mim.*
— Eu também.
Às vezes, temos tanto em comum que isso me assusta.

* * *

PASSEAMOS PELO CENTRAL PARK APÓS O JANTAR. O AR

noturno é fresco e a brisa carrega uma grande quantidade de folhas douradas para os nossos pés.
— Adoro o outono em Nova York. — Harper observa as árvores, com seus ramos explodindo numa profusão de cores, protegendo-nos enquanto eu a levo pra casa. — É minha estação preferida.
— Por quê?
— Gosto de roupas de outono e cachecóis — ela afirma, com as botas causando um ruído seco contra a calçada. — Também amo as cores do outono: laranja, vermelho e dourado. E o ar é revigorante, mas não feio. E acima de tudo, parece que Manhattan foi projetada pra essa estação.
— Como assim?
— É romântico. É como se... — A Harper faz uma pausa, como se estivesse dedicando algum tempo a seus pensamentos. Ela retarda seu ritmo e olha para mim. — É como se Manhattan e o outono tivessem química. Sabe o que quero dizer?
— Como se fossem feitos um pro outro?
— Sim. Exatamente. Nova York foi feita pro outono.
E então uma morena alta e um loiro ainda mais alto vêm em nossa direção, com o braço dele ao redor do ombro dela. A Harper e eu nos movemos um pouco pra direita e os olhos dela se fixam no casal por um momento.
— E o outono foi feito pra Nova York. — E passo o braço em torno do ombro de Harper. — Você está com frio?
Ela meneia a cabeça.
— Não mais.
No próximo quarteirão, permanecemos em silêncio. É estranho, porque em geral somos bastante loquazes. Mas é legal assim, caminhando pela cidade, Nova York se desvelando diante de nós em todo o seu esplendor

outonal, com prédios elegantes à nossa esquerda, uma joia de parque à nossa direita.

— Agora parece um namoro — ela afirma, baixinho, e minha pulsação dispara, batendo contra o peito. Porque realmente gosto de sair com ela. Mais do que deveria.

Mas enquanto processo suas palavras em minha mente, pergunto-me se passei dos limites com a Harper e cruzei uma linha que ela não quer cruzar.

— Está tudo bem?

— Claro — a Harper afirma, como se eu estivesse dizendo alguma besteira. — Isso ainda é uma aula de namoro, certo? Quero dizer, só porque adicionamos sexo à mistura não significa que estamos deixando pra trás as aulas de namoro, né?

Meu coração acelera, golpeando minha caixa torácica de forma cruel. Ordeno que ele se acalme, porque não posso deixá-lo passar dos limites.

— Sem dúvida — digo bruscamente, mas agora me pergunto se este jantar foi um compromisso romântico simulado. Ela também está praticando namoro comigo agora? Sexo é uma coisa, mas encontros românticos experimentais me atormentam. Não sei por quê. Simplesmente me atormentam.

— Acho que me comportei de modo impressionante no jantar com você esta noite. Não derramei nenhum molho vermelho em mim. Não contei nenhuma história embaraçosa e falei frases completas e inteligíveis o tempo todo — a Harper zomba de si mesma.

Consigo dar uma risada tímida, tentando me livrar de qualquer esquisitice que esteja perturbando minha cabeça.

— De fato, você se comportou de modo muito impressionante.

— Então, você sabe o que isso significa? — ela pergunta, com um sorriso de satisfação.

— Não.

— Por favor, tente.

Nada me ocorre.

— Nenhuma pista. Me deu um branco.

— Mas achei que você gostasse de charadas. — Ela pisca um olho, irônica.

— É verdade, mas não consigo solucionar essa — admito. Não sei como jogar seu jogo.

— Significa... — A Harper para, se aproxima, agarra o meu colarinho e prossegue: — ...que aquela última noite no hotel foi o nosso primeiro encontro e este é o nosso segundo encontro. E você sabe qual é o protocolo do terceiro encontro.

Schwing!

O anel decifrador funcionou! Entendi. A Harper vestiu a capa de princesa da insinuação esta noite e quer trepar amanhã. E é nisso que vou me concentrar. Não nessa besteira de namoro, que está me aborrecendo. Além do mais, não há necessidade de me irritar quando vou tê-la gozando em meu pau em menos de vinte e quatro horas.

Sinto-me muito melhor com essa imagem na cabeça. Muito obrigado, cérebro.

Enlaço a cintura da Harper.

— Eu sei. Sei muito bem qual é o protocolo do terceiro encontro e pretendo dar-lhe o tratamento completo e adequado.

Então, porque quero lhe dar uma prévia do que será amanhã, e talvez porque também quero lembrá-la de que consigo excitá-la num segundo, dou-lhe um beijo nas ruas de Manhattan, puxando-a para bem perto de mim. A Harper roça a pélvis contra minha ereção em desenvolvimento e me vejo a ponto de sussurrar palavras obscenas no seu ouvido sobre o quão molhada ela está ficando. Mas ainda não quero dar fim ao beijo, não quero parar, e ela me dá a mesma impressão.

Até que um ônibus passa rugindo, expelindo uma densa nuvem de fumaça, arruinando o momento.

O celular da Harper apita quando nos separamos e ela o pega em sua bolsa.

Sua boca forma um *O* de surpresa quando ela dá uma olhada na tela:

— É o Simon.

Cerro os punhos e desvio o olhar. Odeio o lembrete neste momento. Ele é o cara de quem ela realmente está a fim. Cacete, ele é o sujeito pra quem a estou treinando, certo? Por um momento, tudo o que desejo é que ele não goste dela, que a desaponte, que a magoe e que ela volte correndo para mim. Mas me sinto horrível querendo isso pra Harper.

— Como está o senhor Hemsworth? — pergunto, disfarçando a amargura na voz.

— É apenas uma confirmação da informação da festa — a Harper responde, gentil. — Será no fim desta semana. Sábado de manhã. — Então, ela me mostra a mensagem e não é como se eu precisasse vê-la. De fato, é apenas uma mensagem de trabalho e me sinto um babaca por deixar transparecer meu ciúme inapropriado.

Mas outra surge de repente na tela do celular:

Você gostaria de tomar um café antes? :)

O Simon usou um maldito emoticon. Não posso acreditar. Quero dar um soco no ar, em sinal de vitória, porque é o fundamento completo e absoluto pra revogação de sua condição de macho.

— Qual o motivo pra essa carinha sorridente?
— É fofo. — E a Harper soa um tanto sonhadora, como se gostasse dele.

É isso aí. Eu perco o controle:

— Não vá. Não transe com ele.

A Harper se afasta um pouco e me olha como se tivessem brotado duas cabeças em cima do meu pescoço. Cabeças de cobra, com base no amargor e ódio peçonhento do meu tom. Ela põe as mãos nos quadris.

— O que diabos isso significa, Nick?

Passo a mão pelo queixo. Procuro me libertar do ciúme, mas não à toa ele é um monstro de olhos verdes.

— Ainda não, ok? Não foda com ele enquanto nós estamos fodendo — peço, usando as palavras mais grosseiras possíveis. Não posso deixar que a Harper perceba que a simples ideia de qualquer outro homem tocá-la me come vivo.

— Eu nunca faria isso — a Harper diz, muito magoada.
— Bem, como eu saberia?

Ela me empurra com força.

— Cai na real, Nick. Sério. Eu te disse que não transei com ninguém por anos. Disse que mal sei o que estou fazendo na cama. Não vou transar com você e com outro homem ao mesmo tempo. Nem sequer vou namorar com ele neste momento. — Ela corta o ar com uma das mãos. — Jamais ficaria com você e com outro cara. Jamais.

E eu sou um imbecil.

— Eu também não. Quero dizer, também não tenho a intenção de ficar com nenhuma outra mulher neste momento e não tive a intenção de sugerir que você ficaria.

A Harper me olha e bufa. Sua expressão parece se suavizar, mas ela cruza os braços, em desafio. Ainda não fui perdoado.

Passo o braço em torno dela. A Harper me deixa segurá-la, mas não retribui o gesto.

— É que nunca conversamos sobre o que faríamos enquanto fazemos isso — digo. Seja lá o que *isso* for.

— Não achei que precisássemos. Não é óbvio que não vamos ficar com outra pessoa? Eu não vou. Você não vai. É simples assim. Não se trata de uma regra que temos de estabelecer.

Droga, o modo como Harper diz isso, tão certo e determinado, tão claro a respeito de quem ela é, me arrepia.

Essa garota é foda. Em todos os sentidos.

* * *

DEPOIS QUE VOLTO PRA CASA, ENVIO UMA MENSAGEM
para ela:

Me desculpa. Agi como um escroto.

Tomo banho, me enfio debaixo dos lençóis e pego o celular. Não há resposta e tudo no que consigo pensar é que pisei na bola feio.

Capítulo 22

ACORDO CEDO DEMAIS PRO MEU GOSTO. PEGO O CELULAR no criado-mudo com uma ponta de esperança se apossando de mim. Que é frustrada pela ausência de uma resposta.

Merda.

Visto um calção e um pulôver, calço os tênis e coloco os fones de ouvido. No Central Park, corro duro, com o celular na mão todo o tempo, enquanto o sol nasce, acordando Manhattan.

Nada ainda.

Passo na academia pra uma sessão rápida de musculação. Em seguida, volto ao meu apartamento e bebo um copo de água. Estou secando o suor da testa quando o celular apita. Respiro fundo. Realmente espero que ela não esteja mais chateada.

Desbloqueio o celular, vejo o nome da Harper e clico pra abrir sua mensagem.

Princesa: Bom dia :) :) :) :) :) :)

Dou risada do jeito como ela me alfineta com sua torrente de emoticons.

Tento responder na mesma moeda, digitando um *oi* e adicionando uma carinha risonha. Mas não consigo fazer isso. E, evidentemente, não preciso, pois outra mensagem chega depois de alguns segundos.

Princesa: Desabei assim que entrei em casa ontem à noite. Pelo visto, orgasmos múltiplos são a melhor receita pra uma boa noite de sono. A propósito, por que escroto é um insulto?

Torno a rir, me apoio na geladeira e respondo:

Essa é uma boa pergunta.

Princesa: Acho que um escroto deveria ser usado pro bem, e se referir a coisas positivas.

Isso faz de você uma embaixadora do escroto? Espalhando o boato acerca do uso injusto do apêndice masculino como um esculacho?

Princesa: Sim. Me faz. Vou começar a usar escroto como um elogio. Aqui vou eu: Nick, você é um escroto. Além disso, gosto do seu escroto.

E ela chegou com seu humor afiado, sujo. A minha Harper das mensagens de texto. A minha mágica safada. Digito uma resposta, sugerindo um novo insulto:

O que você acha de bunda? Espere. Apague isso. Bunda sofre do mesmo destino imerecido. Jamais deve ser um insulto. Além do mais, eu gosto da sua bunda. Embora amar possa ser um verbo mais apropriado pra expressar a intensidade da minha admiração por essa parte específica do seu corpo.

Envio a mensagem e, em seguida, adiciono outra:

Também, por favor, me deixa pedir desculpa por ontem à noite. Fui tão... babaca.

Princesa: Você disse que se arrependeu ontem mesmo. Tudo bem. Não estou chateada. Juro. Estou feliz de estarmos sintonizados no mesmo canal.

Nós estamos. Muito.

Princesa: Não haverá mais ninguém.

Pra mim também não. Além disso, Harper?

Princesa: Sim?

Às vezes, você me pergunta se algo que fazemos está ok e quero que saiba que você nunca fez coisa alguma na cama que não me excitou... Sua boca, seu rosto, seu cabelo, seu corpo, a maneira como me toca, a maneira como você reage... É tudo uma megaexcitação.

A resposta dela chega em segundos:

Princesa: Agora sinto um frio na barriga...

E eu sorrio como um idiota.

Vou levá-la para sair esta noite. O que você quer fazer? Jantar? Cinema? Aula de trapézio? Show? Museu? Passeio de carruagem?

Princesa: Nenhuma das anteriores. Mas tenho uma ideia. Adoraria planejar nosso encontro.

A Harper me envia mais uma mensagem, dizendo que enviará outros detalhes mais tarde. Enquanto me arrumo pro trabalho, eu lhe respondo com algo que fazia tempo que queria lhe dizer.

A propósito, ainda posso sentir o seu gosto...

Em um minuto, meu celular apita. Deixo escapar um gemido quando a luxúria se apossa de mim. A foto não poderia ser mais perfeita: uma imagem de suas pernas, com seus dedos no elástico de uma calcinha azul-clara que pende em seus tornozelos. Não sei se a peça de renda está subindo ou indo embora, mas uma coisa eu digo: vou precisar de mais alguns minutos a sós com esta foto antes de sair pra trabalhar. Na minha mente, a calcinha está, sem dúvida, indo embora.

Dez minutos depois, pego o metrô até o prédio da Comedy Nation, me sentindo muito bem, não só pelo fato de ter um encontro romântico, não só porque vamos nos envolver no protocolo apropriado, mas também porque a Harper sente um frio na barriga. Como eu.

* * *

ESSA SENSAÇÃO ALEGRE E CONFORTÁVEL ME ACOMPAnha ao longo do dia. Após uma exaustiva reunião com os roteiristas do programa e de um encontro com o pessoal de marketing, a Serena me puxa pro lado, na sala de reuniões.

— Quase me esqueço de te contar.

Nem mesmo seu prefácio padrão pra um pedido do Gino vai me deprimir.

— Haverá um coquetel no fim da semana, na sexta à noite — ela informa. Em seguida, me dá os detalhes. Sexta-feira é apenas alguns dias antes da conversa sobre a renovação do contrato que o Gino agendou com o Tyler.

— Vou aparecer. Alguma regra?

— Apenas use seu charme habitual. Mas não muito. Você sabe como é.

— Posso trazer uma namorada?

A Serena arregala os olhos.

— Ah, me conte mais! Quem é a sortuda?

— Não é algo sério. Mas ela é a garota que veio comigo pra jogar boliche há algumas semanas.

— Ah, *a eleita* — a Serena brinca, dando uma bela piscada.

— Eu não quis dizer isso.

— Lógico que não. — Ela me lança um olhar astuto.

— É apenas temporário.

A Serena passa a mão em seu ventre de uma gravidez já bastante avançada.

— Isso é o que eu costumava falar do Jared — ela afirma, mencionando seu marido. — Agora veja o quão permanentes estamos.

— Casal poderoso... E você deve estourar a qualquer momento — brinco, já que seu marido também trabalha numa rede de televisão.

— Nunca se sabe no que esses casos temporários vão dar.

Contudo, não posso considerar esses pensamentos. Se o fizer, o frio na barriga alcançará a minha cabeça e irá bagunçá-la. Antes de eu poder reagir, o Mister Orgasmo vai virar um bobalhão apaixonado no fim da temporada televisiva.

* * *

Pouco depois das seis, exatamente quando estou entrando no elevador, sinto os pelos da minha nuca se eriçarem.

— Segure o elevador! — o Gino grita do corredor.

Juro que o sujeito tem um dispositivo instalado pra me rastrear — e isso é assustador. Ele esboça um sorriso largo quando se junta a mim, dando um tapinha nas minhas costas.

— Nick Hammer. Exatamente o cara em que eu estava pensando.

Palavras que nunca quero ouvir saindo de sua boca.

— É mesmo?

O Gino assente com um vigoroso chacoalhar de cabeça e esfrega as mãos. O elevador começa a descer.

— Tenho pensado muito na nossa conversa da semana passada a respeito do programa. Acho que consegui chegar a uma fórmula capaz de dar uma boa ajustada em tudo.

A tensão toma conta de mim.

— Tudo bem. — Espero que ele diga algo mais.

— Mas sabe o quê? Vou esperar até o encontro com o Tyler Nichols na próxima segunda-feira e darei a ele os detalhes. Farei uma surpresa pra ele e também pra você. — O Gino arqueia as sobrancelhas com um brilho diabólico nos olhos. — Adoro surpresas.

— Como quando uma mulher usa uma camisola vermelha sob uma capa de chuva? Esse tipo de surpresa? — sugiro, impassível.

Gino dá risada.

— É por isso que nós te pagamos um salário gigante. — O elevador para no seu andar e o Gino sai, põe a mão na porta e enfia a cabeça dentro da cabine. — Não é verdade?

— Sim. Piadas sobre camisolas vermelhas — murmuro quando ele se manda.

Assim que chego ao saguão do prédio, ligo pro Tyler e lhe transmito a novidade.

— De que surpresa ele está falando?

— Vou encontrá-lo daqui a uma semana — o meu advogado informa, num tom tranquilizador. — Não tenho dúvida de que o Gino só está assumindo essa postura enquanto nos encaminhamos para as negociações. É o estilo dele. O cara é como um gato que gosta de brincar com a ração antes de comê-la.

Eu me encolho de medo.

— Você acabou de me comparar com ração pra gato?

Tyler ri.

— Eu me expressei mal. Mas escute, cara, confie em mim. Vá ao coquetel daqui a alguns dias, sorria, e eu cuidarei do seu programa ao encontrar o Gino dentro de uma semana.

Falar é fácil.

Porque o programa toma conta de mim. O programa me deu esse vidão em Nova York, o apartamento que tenho, até mesmo a camisa que estou usando. Me deu tudo, e não quero perder nada disso.

É quem eu sou. É parte de mim.

No entanto, quando a Harper me envia o local do nosso encontro, a última coisa na minha mente é o programa. Será que é porque vamos nos encontrar a um quarteirão da residência do Spencer e da Charlotte?

Capítulo 23

A HARPER ESPERA POR MIM NA ESQUINA DA CHRISTOPHER Street com a 7ª avenida, usando sapatos pretos de salto alto, uma jaqueta rosa-clara bem justa, saia cinza e meias 7/8 pretas. Imediatamente, decido que elas têm laços onde as ligas se fixam. Porque é claro que ela está usando ligas. É claro que vou ficar excitado a noite toda. E é claro que não quero ir ao apartamento do Spencer em nosso encontro.

Aproximo-me dela e ponho a mão no seu ombro.

— Lembra daquela vez em que eu disse que gostava de tudo? Vou corrigir isso. A única excentricidade que não curto é transar no apartamento do seu irmão.

A Harper dá uma risada zombeteira.

— Relaxa. Só tenho de alimentar o Fido. O prédio do Spencer é bem perto de onde planejei o nosso encontro. Assim, imaginei que poderíamos cuidar do Fido antes de... você sabe.

A Harper se vira e começa a caminhar pra residência do irmão. Junto-me a ela, vencendo o quarteirão familiar até o prédio do meu melhor amigo com crescente desconforto, enquanto passamos pela cafeteria descolada, pela loja de sapatos e pelas casas geminadas de arenito vermelho da vizinhança.

Na porta da frente, a culpa latente vai se apossando de mim. Ao entrarmos no elevador, se aloja no meu peito.

— Harper, eu me sinto um merda indo pra casa do seu irmão desse jeito.

— Desse jeito como?
— Você sabe. Uma vez que estamos fazendo essa *coisa*.
— O Spencer está curtindo a lua de mel dele. Vai ficar fora por uma semana. E nós não estamos fazendo nada de errado.
— Eu sei, mas você é a irmã do cara. E eu sou amigo dele. E estamos passando dos limites.

A Harper inclina a cabeça pro lado.

— Você quer parar? — ela pergunta, preocupada.
— Não mais do que quero bater um prego de cinco polegadas na minha cabeça.

A Harper recua quando o elevador para no andar do Spencer e as portas se abrem.

— Ai! Isso dói só de pensar. Mas estou curiosa: um prego de quatro polegadas faria diferença?

Suspiro.

— Não.
— Então por que estamos discutindo isso?

Ela tem razão. Muita razão, na realidade. Além do mais, este é um arranjo temporário. Apenas uma semana. Ainda assim, ao atravessarmos o corredor, imagino-me como um homem entrando numa sala de tribunal, pronto pra ser julgado.

— Porque você sabe como ele é. O Spencer gosta de te proteger.

A Harper assente e me lança um sorriso tímido quando alcança a porta do Spencer e pega a chave em sua bolsa.

— Eu sei, e amo o Spencer. Mas ele não é o patrão do meu corpo. Eu é que digo quem deve me tocar, não ele. Nem ninguém. Além disso, no Speakeasy, você e eu concordamos que isso ficaria apenas entre nós — ela afirma, lembrando-me da natureza deste relacionamento: ajudá-la a aprender as manhas do sexo e do namoro, e jamais contar pra ninguém. — Mas, mais do que isso — acrescenta, passando a mão pelo peito até o botão superior da jaqueta e o desabotoando pra revelar um pedaço de pele leitosa —, sou uma mulher adulta e me sinto completamente confiante de que consigo tomar minhas próprias decisões a respeito de para quem quero usar meias 7/8 pretas e um novo conjunto de lingerie de renda.

Me sinto hipnotizado. Fico sob seu feitiço, um personagem de desenho animado com olhos vidrados, seguindo o pedaço de carne que encontra no fim de uma corda. De forma alguma consigo resistir a ela com essa imagem plantada no meu cérebro. Seguirei a Harper, sua lingerie e sua atitude do cacete aonde quer que ela vá. A Harper é muito forte em suas crenças, em quem ela é, e isso é grande parte da sedução.

Harper abre a porta do apartamento do Spencer, e entramos. O Fido corre pra ela.

— Que tipo de lingerie?

— É uma surpresa pra mais tarde. Basta dizer que é tudo parte da minha *preparação completa* pro seu curso, como você pediu..., professor Hammer. — A Harper se demora no meu novo apelido, num tom completamente sedutor, enquanto se curva pra pegar o gato.

Sua saia se ergue, dando-me o vislumbre mais doce e atrevido da parte de cima das meias-compridas, bem onde as tiras da cinta-liga as seguram. Olá, ereção!

— Oi, garoto querido — ela arrulha pro gato ao ficar de pé. — Sentiu saudade de mim?

O Fido cumprimenta a Harper com um miado, oferecendo o queixo pra ela acariciar.

— Meu ursinho lindo... Eu disse que viria pra dar a sua comida especial de tigre. Jamais me esqueceria de você.

O Fido esfrega o focinho peludo no peito de Harper, e eu gemo. Puta sortudo! Em seguida, ele tem a audácia de esticar a patinha e descansá-la sobre a pele exposta do peito.

— Acho que o Fido está tentando bolinar você.

A Harper dá risada e passa as unhas no queixo do gatinho. Ele se aninha ainda mais junto dela. Cara, esse gato está apaixonado.

— Vem fazer carinho nele, Nick. O Fido é um doce — ela diz.

Eu me aproximo e lhe afago as orelhas. Enquanto acaricio o Fido, a Harper toca meu cabelo distraidamente. O gato para de ronronar. Ele nos olha, com a mão dela em mim, como se ele estivesse catalogando cada movimento que fazemos. Talvez eu esteja sofrendo uma alucinação, mas juro que ele semicerra seus olhinhos brilhantes, em avaliação.

A Harper coloca o Fido no chão, enche a tigela de ração e a põe perto dele. Enquanto o gato se alimenta, ela joga o lixo fora e lava as mãos. Depois de secá-las, afaga o dorso do gato. Ele forma uma corcova, sem parar de comer seu jantar.

— Viu? O Fido não vai contar o nosso segredo. Ele tem uma quedinha por mim e tudo o que quer é que eu volte amanhã.

Então, nos dirigimos pra porta, mas, quando olho de volta pro Fido, ele não está mais comendo. O gato se aproxima da Harper, miando alto e esfregando nela o flanco.

— Vou voltar logo, bonitão — a Harper lhe diz, e o Fido vira ao contrário e esfrega o outro flanco na panturrilha dela, com o rabo balançando alto no ar.

Arregalo os olhos. Esse gato está marcando a Harper com o seu cheiro.

— Cai fora — digo pra ele. — Ela é minha.

A Harper ri.

— Vocês dois vão sair na porrada?

— Sim, e eu vou ganhar.

Deixamos o apartamento e, no elevador, longe e a salvo do gato pervertido, dou um beijo no peito da Harper, onde estava a patinha dele.

— Está com ciúme de um gato? — ela pergunta.

Ciúme do Simon. Ciúme de um felino. Pelo jeito, sou bem territorial quando se trata desta mulher, e a minha possessividade não conhece limites.

— Estaria se eu não tivesse plena confiança de que vou despi-la de seus laços e ligas e pôr meus dedinhos sobre você esta noite — afirmo, com a voz grave e áspera.

A Harper deixa escapar um leve suspiro:

— Adoro tudo o que faz com suas mãos em mim.

Quando chegamos à rua, estico o pescoço pra verificar o sexto andar. Quem está ali senão o Fido, na janela, olhando para nós? Provavelmente preparando um relatório pro seu humano.

Juro, vou parar quando o Spencer retornar, daqui a uma semana. Vou sim, sem dúvida.

Capítulo 24

A HARPER SE VIRA, ANDANDO PRA TRÁS NA CALÇADA, com a travessura dançando em seus olhos azuis. Um ônibus passa rugindo, expelindo fumaça, e um táxi buzina ao trocar de faixa. Estamos no limite do Village.

— Alguma ideia de onde estou te levando? — ela pergunta, zombando, divertindo-se, brincando.

Levo um dedo aos lábios.

— Humm... Você planejou um encontro na farmácia? — Aponto pra uma, na esquina. — Comprar coisas para o lar, talvez?

— *Péééé!* Errado. Tenta de novo.

Examino as opções do outro lado da rua. Há um cinema; então, é uma possibilidade. Mas a atitude da Harper, do tipo: *tenho uma intenção oculta*, me diz que ela não procura o convencional. Por esse motivo, também excluo o restaurante japonês da esquina.

Então, avisto o lugar. Fica a algumas lojas de distância. Não consigo acreditar que errei o alvo. Eden, uma sex shop. Isso é muito Harper.

— Este deve ser o melhor encontro romântico que já tive na vida — afirmo, quando alcançamos a entrada. — O difícil vai ser não comprar uma unidade de cada item.

A Harper agarra minha mão e entrelaça os dedos nos meus.

— Será impossível pra você resistir.

— Topo o desafio. — E me viro na direção da porta.

Como um cão numa coleira, sou puxado para trás e quase tropeço nela.
— O quê? Não vamos entrar? — Indico a sex shop.
— Ah, meu Deus... — a Harper diz. — Esqueci que estávamos aqui.
— Então pra onde vamos? — pergunto, já que dois mais dois não são quatro, neste momento.

Ela aponta pro outro lado da rua, para o que parece uma imensa loja especializada em banheiros.

— Não queria levá-lo ao cinema, a um restaurante, ao boliche, a aulas de trapézio ou a um museu, ainda que eu saiba que seria ótimo também. Mas pretendia levá-lo a algum lugar onde você nunca esteve. Um lugar que é muito você.

Atravessamos a rua e alcançamos a entrada do *showroom* da Whiteman.

— E como tomar banho é a única coisa que você gosta mais do que desenhar — ela prossegue —, achei que talvez gostasse de conferir algumas das mais incríveis possibilidades do mundo.

Por vários segundos, fiquei muito surpreso pra reagir. Isso não estava na tela do meu radar. Eu não teria adivinhado, mas, olhando para as vitrines que expõem chuveiros, banheiras, azulejos, pisos, louças e metais sanitários, meu coração começa a saltar no peito.

E não porque gosto de banhos, mas porque me sinto desconcertado em relação à Harper. Seus lábios estão entreabertos e seus olhos, cheios de expectativa, como se ela estivesse esperando a minha aprovação. Posso dizer que ela alimenta um leve temor de que eu possa achar que isso é bobo, estranho ou muito diferente.

Não acho. Na verdade, é incrível.

— Nunca fui a um encontro num *showroom* deste tipo. — Abro a porta pra ela e nos dirigimos a um paraíso pra um viciado como eu.

— É como um pornô dentro de um boxe — a Harper diz ao passarmos pela primeira instalação, que possui uma cascata e ladrilhos de pedra lisa.

— Eu poderia passar um dia inteiro aí dentro. — Suspiro, feliz.

— Você poderia começar a tirar sonecas no boxe.

— Acredite em mim, já tentei isso.

A Harper dá risada e aperta o meu antebraço. Olho pra sua mão e me recordo de todas as vezes em que ela tocou o meu braço. Ela sempre fez isso *antes*, um tapinha amigável ou um tapão de vez em quando. Às vezes, brincalhão. Agora, é docemente carinhoso. Engraçado como a Harper possui todas essas maneiras distintas de me tocar.

A instalação seguinte expõe uma ducha com hidromassagem, que inclui iluminação suave, ladrilhos escuros e música ambiente.

— É aqui onde nos enxaguam depois de uma sessão de massagem com óleo?

— Exatamente — a Harper afirma, entrando no boxe e fingindo que está se ensaboando sob a ducha.

— Posso ajudar?

A Harper entra em alerta e encontra o olhar de uma vendedora bem-vestida em seu terninho azul-marinho. Seu cabelo preto liso está preso num coque.

— Sim, sim. — A Harper adota o tom de uma mulher de negócios. — Estou em busca da instalação de banho mais moderna, luxuosa e avançada do mercado, para um verdadeiro fã. O que recomendaria?

— Que faixa de preço você está considerando?

A Harper dá risada, como se aquela fosse a pergunta mais idiota que já ouviu.

— O dinheiro não é problema quando se trata das preferências de uma pessoa.

Ergo uma sobrancelha de aprovação pela escolha das suas palavras.

— Nesse caso, você vai querer uma sala de banho — a mulher diz, gesticulando pra que a sigamos.

— Sala de banho... — A Harper me cutuca. — Eu te disse que era melhor do que a sex shop.

Eu a enlaço pelos ombros.

— Sim, muito melhor.

Passamos por expositores de boxes sem portas de vidro, duchas com mais modos de funcionamento do que a varinha mágica de cinquenta velocidades da Harper e banheiras vitorianas, até chegarmos ao produto principal.

— Este é o nosso dez estrelas — a vendedora de terninho garante, apresentando um boxe maior que o meu quarto, que ostenta uma dúzia de duchas, duas em cada parede e quatro no teto. Ela fala acerca das opções de vapor e pressão de água e da qualidade do ladrilho, extraído de algum lugar da América do Sul.

Não dou a mínima pra esses detalhes, pois a Harper passa a mão pelo meu cabelo e pergunta:

— Você se apaixonou?

Sei que ela está se referindo à sala de banho. No entanto, quando respondo, me refiro a algo totalmente diferente e quero que ela saiba disso:
— Sim. É o encontro romântico mais legal que já tive.
— Sério?! — a Harper exclama, com os olhos cintilando.

Esta é a Harper e todas as suas peculiaridades: a maneira como ela escuta tudo o que digo, absorve todos os detalhes, presta atenção a cada nuança e, por fim, acha um jeito de ser brincalhona e divertida.

— Nunca mude seu modo de ser. — E a beijo.

A Harper se arrepia contra mim e a parte do *showroom* de chuveiros do encontro precisa terminar logo.

A vendedora ergue um dedo.

— Com licença. Há algo de que preciso cuidar. — E se afasta, apressada.

— Eu também — afirmo, mas estou falando com a Harper. Olhando pra Harper. Querendo a Harper. — Vamos pedir uma comida chinesa na minha casa.

Ela passa o polegar pelo meu queixo.

— Isso significa que você quer sair daqui agora?

— Sim.

Capítulo 25

JÁ NO MEU APARTAMENTO, A BOLINAÇÃO ENTRE NÓS ganha fôlego. Os lábios da Harper estão machucados de tanto que eu a beijei no táxi. Sua jaqueta está aberta.

Alcanço a barra do seu suéter com gola em V. Quero arrancar todas as suas roupas.

— Posso ver meu presente agora? Eu fui muito bonzinho.

— Você tem sido muito bonzinho. — A Harper se arqueia em mim.

Minhas mãos se detêm. Interrompo a apalpação, lembrando-me da minha missão e do motivo pelo qual tenho a sorte de ter as mãos no corpo dela neste momento: pra ensiná-la.

— Quase nos esquecemos da sua aula de hoje.

A Harper recua e balança a cabeça brevemente, como se estivesse limpando os pensamentos.

— Aula. Certo. Aula.

Não levo muito tempo pra bolar uma. Chamemos isso de plano de aula fácil. Chamemos isso de meu desejo egoísta de observar a Harper totalmente nua. Dar-lhe uma tarefa é a coisa mais fácil do mundo, porque eu a quero muito.

— Faça um *striptease* pra mim. — Jogo a minha jaqueta numa cadeira. Sento no sofá e ponho as mãos na nuca. — Faça-o de modo elegante e lento.

A Harper assente.

— Tiro tudo, professor Hammer?

Faço que não, fixando os olhos nela.

— Tira a jaqueta, o suéter e a saia. Deixa todo o resto. Essa é a aula. Como você pode enlouquecer um homem ficando seminua.

— Eu enlouqueço você? — a Harper pergunta, se juntando a mim na sala de estar e desvestindo a jaqueta.

— Você nem imagina — respondo, com a voz rouca e sem tirar os olhos dela, e aponto pra sua saia.

A Harper abre o zíper. Dedica algum tempo a baixar um lado da saia e depois o outro. Suspiro quando aparece algo da sua pele macia acima da calcinha.

— Mais? — ela indaga, de modo sedutor.

— Tira isso, Harper — ordeno. — Tira a porra da saia pra eu poder te ver.

— Já que é o que você quer... — ela deixa a frase morrer, e desce a saia até abaixo das coxas. Ela a deixa cair no chão e eu perco o fôlego.

Suas meias 7/8 são pretas e a cinta-liga as prende por meio de tiras elásticas com presilhas. Sua calcinha asa-delta é de renda preta. Cubro o rosto com a mão. Viro um inferno. Não, espere. Viro lava. Fundida. Respiro fundo e exclamo com a voz áspera:

— Meu Deus!

— Você gosta?

Faço que sim com a cabeça, pois não consigo falar. Minha garganta está seca. Giro a mão, indicando que também é hora de o suéter sair do caminho. A Harper cruza os braços na barra do suéter e, de modo lento e sedutor, ergue-o, revelando um sutiã do tipo que deixa as tetas empinadas.

— Escolhi a lingerie hoje. Comprei pra você — ela afirma, com a voz suave flutuando até mim.

— Você comprou para mim?

A Harper meneia a cabeça positivamente.

— Eu queria algo novo pra usar esta noite. Algo que achei que você gostaria...

Não digo nada. Caminho até ela e a beijo com intensidade, com possessividade, reivindicando sua boca exuberante na minha. Levo a mão ao seu traseiro e o aperto.

Ela interrompe o beijo com um *Ah!* excitado.

— Como devo te foder pela primeira vez? — Deixo a pergunta pairar no ar, como fumaça e calor.

A Harper arrasta as unhas pela minha camisa, abrindo os botões.

— Como você quer?

— Essa não é a questão. Quero dar pra você todas as suas fantasias. Estou quase tentado a examinar seu feed do Tumblr agora e investigar o que você viu esta manhã.

A Harper desabotoa o último botão. Abre minha camisa e passa as mãos no meu peito. Seu toque é elétrico. Seu dedo indicador trilha a tatuagem do Haroldo. Depois que ela tira minha camisa, deixando-a cair no chão, suas mãos percorrem os redemoinhos da tatuagem nos meus braços, as estrelas, as formas e as linhas abstratas. Seus olhos seguem seu toque e, então, ela pisca para mim.

— O que você acha que eu vi esta manhã?

Coloco um dedo sob seu queixo.

— Uma das suas fotos com uma mulher curvada, com a bunda pra cima. É assim que você quer.

A Harper arregala os olhos, entreabre os lábios e faz que sim.

— Foi o que imaginei. E como lembro claramente que você me disse que queria ser fodida no balcão, vou pegar uma camisinha e, quando voltar, gostaria de encontrá-la curvada, já pronta pra ser comida.

— Sim. — E ela mordisca o canto do lábio.

Dirijo-me pro quarto, pego uma embalagem laminada, tiro óculos, sapatos e meias e volto pra cozinha. A Harper fez exatamente o que mandei. Ela parece uma de suas fantasias, e minha também. Ela é toda pernas, bunda e costas niveladas. Venço a distância, coloco o preservativo sobre o balcão e tiro o jeans. A Harper olha pra trás e me observa o tempo todo.

Quando arranco a cueca bóxer e meu pau salta para fora, a Harper umedece os lábios.

— Eu quero você — ela diz num gemido.

Essa três palavras fazem um calor incrível se apossar de mim. Levo a mão ao pau e o acaricio. A Harper não tira os olhos. Então, seguro sua nádega redonda e perfeita com a outra mão. Ela ofega com o meu toque. Levanto a mão para dar uma palmada em seu traseiro, quando vislumbro algo se projetando da sua bolsa na mesinha de centro.

— Não se mexa — peço, e me afasto pra pegar uma varinha preta da sua bolsa. — Fico muito feliz com o fato de você carregar esta bolsa gigante com suas coisas de mágica.

— Vai me bater com a minha varinha mágica? — ela pergunta, excitada.

— Com toda a certeza.

— Porque vou retirá-la de uso depois que você fizer isso.

— Pode apostar seu belo traseiro que este pequeno objeto cênico estará reservado para os nossos truques sujos daqui pra frente. — Em seguida, ergo a varinha preta e golpeio de leve uma nádega, num teste.

A Harper aspira o ar com força.

— Mais? — pergunto, dirigindo-me pra mais perto do lado do balcão, pra conseguir me inclinar na direção do rosto dela e beijá-la.

Com olhos cintilantes de desejo, ela assente com um gesto de cabeça.

Volto a erguer a varinha e golpeio a outra nádega com mais força. Ela se encolhe, mas em seguida deixa escapar um suspiro leve. Esfrego a mão sobre seu traseiro macio. Apenas pra ter certeza de que ela gostava, arrasto a mão entre suas pernas. Cacete, essa garota é o meu anjo obsceno perfeito.

— Você está ensopada — digo com a voz grave, e deslizo meus dedos através do tecido úmido grudado na xoxota.

— Faça de novo — Harper implora.

Obedeço com satisfação, surrando minha mágica safada com sua própria varinha e a reconfortando com minha mão a cada vez — uma nádega deliciosa primeiro e depois a outra, e assim sucessivamente. Excitando-a. Fazendo-a se contorcer. Extraindo os ruídos mais deliciosos dela. Ajoelho-me e dou beijos em sua bunda, puxando a renda com os dentes, aproximando-me mais da fenda de seu delicioso traseiro, expondo sua pele. Mordisco uma nádega e ela geme. Dou atenção pra outra, dando-lhe tudo o que ela quer, exatamente onde ela quer, mordiscando, lambendo, beijando sua pele macia e agradável.

Enquanto cultuo esse traseiro fantástico, a Harper murmura o meu nome.

— Nick, preciso de você.

Ela me quer. Precisa de mim. Nunca desejei ser o objeto de alguém mais do que agora com a Harper. Puxo pra baixo sua calcinha e a ajudo a se livrar dela.

Meu pau lateja enquanto observo seu traseiro nu, sua xota úmida e lisa, suas pernas vistosas e seu rosto com os olhos tão cheios de tesão.

— Você é incrível — sussurro.

A Harper empurra a camisinha para mim. Ela está muito desesperada. Encapo meu pau, passo a mão em torno do quadril dela e esfrego a cabeça entre suas pernas. A Harper estremece, arqueando as costas.

— Ah, princesa... — E continuo a esfregar a cabeça na sua fornalha.
— Quero você pra caralho.

A Harper se impele contra mim.

— Eu também quero você.

Assim, com ela curvada sobre o balcão da minha cozinha, ainda usando sutiã borboleta e meias-compridas pretas, mergulho na mulher com que sonho há meses e gemo de prazer. Ela é divina. É tesuda demais.

A intensidade desse momento irradia-se em meu corpo como uma labareda. Estou *dentro* da Harper pela primeira vez e é tão bom que chega a ser irreal.

Ela geme, e abaixo o peito sobre ela, pressionando suas costas, com a boca perto do seu rosto.

— Harper — digo, fazendo um lento movimento de vaivém com o meu pau.

— Meu Deus... — ela geme, soando como se estivesse perdida de prazer.

— Harper — repito, com a voz grave, comandando.

— Sim?

— Você está perfeita assim.

Ergo o peito, agarro seus quadris com as duas mãos e abro caminho: movimentos lentos, profundos, prolongados, que a fazem se contorcer, suplicar, dizer *sim, por favor* e *mais*. Dedico algum tempo fazendo-a querer, num vaivém dentro dela. A Harper rebola os quadris contra mim. Os nós de seus dedos estão brancos por causa da força que ela usa para se agarrar ao balcão. Deslizo a mão pela sua espinha, agarro uma mecha de seu cabelo e puxo. Ela uiva, e o ruído se transforma num gemido grave e sexy.

— Mais fundo! — ela suplica. — Adoro quando você fica tão fundo em mim.

Faíscas escapam pelas minhas pernas. A luxúria me consome e o desejo se espalha para cada célula. Ela ergue mais a bunda, se inclina ainda mais, me dá mais de seu corpo. Cada movimento que a Harper faz aumenta o fogo e eu a fodo como ela quer. Fundo, intenso, apaixonado.

A respiração da Harper está ofegante, entrecortada. Eu a enlaço com mais força, pergunto:

— Era assim que você queria? Todas essas vezes?

— Sim. Meu Deus, sim!

— É como as suas fotos obscenas?

— É melhor. Muito melhor.

Sei o que vai melhorar isso. Seus lábios. Abaixo-me sobre suas costas, seguro uma nádega com uma mão e viro seu rosto para o meu. Não é a posição mais fácil, mas não me importo. Sei o que estou fazendo e a fodo por trás enquanto a beijo loucamente, querendo seus lábios, ansiando por sua língua, exigindo essa ligação. A Harper está muito louca debaixo de mim, toda gemidos e murmúrios, e sua língua procura a minha, com seus lábios pressionando os meus com uma fome avassaladora.

Sua boceta é o meu lugar preferido do universo e fica mais molhada depois de cada beijo e mais lisa depois de cada movimento de vaivém. Nós nos beijamos como amantes desvairados, até a Harper morder o meu lábio. Ela grita, solta minha boca e deixa escapar uma série rouca de *Ah, meu Deus!* que é quase a minha ruína. Então, ela goza intensamente, chamando meu nome.

Em algum lugar, formigando no meu corpo, posso sentir o início de um orgasmo. Mas não estou pronto pra parar. Não acabei de comer a minha garota. Desacelero, cerro os dentes e combato minha liberação.

— Quero que você goze de novo — digo, num murmúrio áspero.

A Harper assente com um gesto de cabeça. Isso é tudo o que preciso saber: ela está disposta a ter orgasmos múltiplos.

Tiro meu pau com cuidado de sua xoxota, segurando bem a camisinha.

— Cama. Agora. Deita de costas. Pernas bem abertas. Não tira os sapatos.

A Harper nunca esteve no meu quarto, mas não é difícil de encontrá-lo. Em segundos, ela está sobre o edredom azul-marinho e aberta pra mim. Engatinho entre suas pernas e me jogo nela.

— Porra... — gemo, com o meu pau mais uma vez cercado pelo seu calor maravilhoso. — Você está tão ensopada!

— Foi você que meu deixou desse jeito — ela afirma, enquanto eu a preencho.

— Você é muito sexy.

— Você também. Fico louca com o seu jeito de me foder. — E cada palavra que escapa da sua boca me deixa com ainda mais tesão. A Harper enlaça meu traseiro com as pernas e o meu pescoço com os braços. É assim que eu a quero.

— Preciso ver seu rosto quando você gozar de novo. Você fica linda quando goza.

Ela estremece, agarrando-me com mais força, puxando-me mais para dentro ainda.

Não quero que isso pare. Não quero que esta noite termine. Eu a quero várias vezes. Giro os quadris e recomeço o movimento de vaivém, encontrando um novo ritmo. É rápido, mas não frenético. É intenso, mas não fora de controle. É perfeito e fica ainda mais perfeito quando a Harper ergue os joelhos, escorregando-os pelos meus lados, abrindo-se ainda mais.

— Você gosta disto, princesa? — murmuro, enquanto ela me dá seu corpo nessa posição.

Sua resposta é um gritinho sexy de arrebatamento. Penetro mais fundo, girando os quadris, atingindo-a em todos os lugares certos.

— Posso sentir você muito fundo. Tão fundo que... — a Harper deixa a voz se perder, com os lábios perto do meu ouvido. Ela puxa o lóbulo da minha orelha entre os dentes e o mordisca. Geme, um ruído sexy, bonito, enquanto murmura: — Vou gozar de novo...

Esta é a frase da Harper que eu mais gosto de ouvir. Estou excitado ao extremo. Totalmente pirado por ela.

— Goze — sussurro, enquanto soco meu pau e ela agarra a minha bunda, apertando-a com força. Seu rosto está junto ao meu enquanto ela se contorce. Seu corpo explode. É uma bomba sob as minhas mãos. Uma bela explosão de luxúria e sensualidade. E muito arrebatamento.

É isso aí. Estou pronto. Eu a caço, metendo fundo, num ritmo febril, com o meu clímax dilacerando meu corpo enquanto ela treme debaixo de mim. Com nossos rostos se tocando, gozo tão violentamente que nada além de ruídos incoerentes escapam dos meus lábios, quase tão estridentes quanto os dela. Porque, cacete, é muito bom estar com ela. É bom pra caralho.

Seus gemidos perduram por um bom tempo, assim como os meus, e eu desabo sobre ela. Meu coração bate feito louco. Gotas de suor escorregam pelo meu peito. E me sinto muito feliz de tê-la na minha cama, embaixo de mim, comigo, junto a mim.

Saio de cima de Harper, desvisto a camisinha e a atiro no cesto de lixo do banheiro. Volto pra perto dela e ali está a mais bela visão de todos os tempos: a Harper quase toda despida e fodida loucamente... por mim.

— Tire o resto das suas roupas. Quero sentir você nua. — E a ajudo a tirar os sapatos, as meias e o sutiã.

A Harper está em órbita, assim como eu. Puxo-a para os meus braços.

Ela parece boa demais pra ser verdade.

***

— Então este é o seu quarto. — A Harper olha ao redor, alguns minutos depois.

Meu quarto é simples: piso de madeira clara, uma cama *king-size*, uma escrivaninha com algumas fotos de família em porta-retratos e também pilhas de cadernos de desenho e canetas.

— Quem sabe você me mostra seu quarto algum dia, em breve. — Beijo-lhe a nuca.

— Na verdade, você já viu.

Ergo uma sobrancelha, interrogativamente.

— Meu apartamento é um estúdio. Durmo no sofá roxo. É um sofá-cama.

— Tenho boas lembranças do que fiz em você naquele sofá, ontem. Não tinha ideia de que também era sua cama.

A Harper dá um tapinha no meu nariz.

— Não sei se você sabe disso, senhor cérebro e beleza, mas Manhattan é um lugar um pouco caro. — Ela esfrega o indicador no polegar. — Ainda mais pra uma mágica de quase vinte e seis anos.

Concordo, ciente de que sua situação é diferente da minha. Somos ambos bastante talentosos pra fazer o que gostamos, mas tive mais oportunidades.

— De todo modo, é uma sorte ter esse lugar — a Harper acrescenta. — Meus pais compraram o imóvel há alguns anos como investimento. Assim, basicamente alugo deles. Eles queriam me deixar morar de graça, mas insisti em pagar.

— Espero que você tenha feito um bom negócio com os seus pais.

— Fiz. Pra um lugar da década de 1990, é melhor do que um aluguel social. E me permite morar em Manhattan, trabalhando em festas infantis.

Apoio-me e acaricio seu cabelo.

— Esse é o objetivo final? Não estou insinuando que é pouco. Só estou curioso.

— Gostaria de fazer mais eventos corporativos. Pagam melhor. Mas por enquanto, estou feliz.

— Você não pensa em fazer um grande show, como em Las Vegas?

A Harper dá de ombros, num gesto de indiferença.

— Não sei. Realmente gosto de trabalhar com crianças. Elas são divertidas e agradecidas. Além disso, acreditam na ilusão. Acreditam que tudo é real.

— Você não tem ideia da minha vontade de te pedir que me mostre como fazer o truque do lápis.

— Sabe muito bem que eu nunca poderia fazer isso. — A Harper estende o braço pra pegar um lápis no meu criado-mudo. Ela pressiona o dedo nos meus lábios. — Não vou te contar como o truque é feito. — Em seguida, leva a mão direita ao nariz, enquanto a mão esquerda é curvada ao lado dele. Num instante, a Harper enfia o lápis no nariz.

Ou assim parece.

Também num instante, o lápis emerge na outra mão, como se a Harper o tirasse da orelha. Mesmo que eu saiba que ela não enfiou o lápis na cabeça e mesmo que eu tenha certeza de que ela o escondeu atrás da mão, ainda assim é um truque bem legal. Porque parece real. Seu truque de prestidigitação é perfeito.

— Quer que eu faça de novo?

— Lógico!

Embora desta vez a Harper seja tão rápida quanto antes, ela move a perna sobre a minha cintura enquanto executa o truque, o que a deixa dois centímetros mais perto. Isso permite que eu espreite sua mão esquerda curvada, onde ela esconde o lápis.

Sorrio, ganhando a consciência do que a Harper acabou de fazer. É uma coisa pequena, um truque pequeno, mas é puro Harper. Revelando sem na verdade revelar. Deixando-me entrar no seu mundo.

— Agora me ensina o segredo de desenhar um cartum incrível — a Harper pede, alegremente.

Ergo a mão e tiro suas mechas ruivas de cima de sua orelha.

— Eis o truque: você tem de *gostar* do que está desenhando — afirmo, sem tirar os olhos dela em nenhum momento.

A Harper não tem ideia do que acabei de lhe dizer. Ela não imagina que já a desenhei e o quanto eu gosto dela. Tanto que está muito além de "gostar" neste momento. Ela apenas sorri e diz:

— É bom você curtir desenhar um guerreiro de capa que consegue fazer uma mulher se curvar e pirar de prazer. Principalmente porque você também é muito bom nisso.

Foda-se o Fido. Foda-se esse ciúme estúpido. Foda-se qualquer ciúme. Neste momento tudo o que sinto é a mais completa satisfação em relação a um trabalho bem-feito.

Por falar em trabalho...

— Você quer ir a uma festa de trabalho comigo, Harper? — Em seguida, dou explicações acerca do coquetel ao qual a Serena me pediu pra comparecer nesta sexta-feira.

— Vou ter que jogar boliche de novo? — A Harper dá um tapinha no meu peito. — A propósito, você ainda me deve uma revanche.

— Prometo que você vai ter uma. Mas quer vir comigo? O Gino é um bundão tão caprichoso... — Então, ergo a palma da mão. — Espera. Bunda é uma palavra boa, nós decidimos isso. Ele é uma cobra caprichosa e está me sacaneando. Mas mesmo assim, tenho de jogar o jogo e ir. E gostaria muito que você fosse comigo.

— Claro que vou. E quanto ao Gino, ele que se foda.

Aponto para ela, com os olhos se iluminando.

— Ei, aí está mais uma. Por que mandar alguém se foder é um insulto?

— Essa é uma excelente questão.

— Não é? Todo o mundo diz: *ele que se foda, foda-se isso, foda-se aquilo*. Mas foder é praticamente a melhor coisa do mundo.

— Vamos criar um novo dicionário. Pegaremos o "foda-se" e o transformaremos em...

— Eu sei! Nós vamos usá-lo como uma bênção. Suavizo minha voz e a faço soar reverente e adorável: *Foda-se, meu filho. Vá em paz.*

— Ou — a Harper diz, muito alegre — podemos usá-lo quando gostamos de alguma coisa. *Foda-se* pode entrar em nosso dicionário como se fosse *gostar*.

Seguro seu quadril.

— Sabe de uma coisa, Harper? Que tal um banho de chuveiro fodido?

Eu a levo ao chuveiro e a apresento à parede ladrilhada e também ao meu apetite inesgotável por ela. A Harper também é bastante voraz e é fantástico possuí-la mais uma vez, enquanto a água escorre pelas minhas costas, suas pernas se enlaçam em torno de mim e ela desaba uma vez mais nos meus braços.

Quando ela se solta de mim, sussurra em meu ouvido, suavemente, carinhosamente:

— Foda-se.

Dou uma risada tímida.

— Foda-se você também.

Capítulo 26

— COMO RESISTIR A ELA?! — WYATT MENEIA A CABEÇA olhando pro chão, muito ansioso, na manhã seguinte, no Central Park.

— Natalie?

— Não, tonto. A Cacauzinho. Olha para ela. Como posso não levá-la pra casa? Garanto que ela se encaixa no meu cinto de ferramentas — ele praticamente arrulha, indicando com o queixo a pinscher miniatura chocolate que está levando pra passear. Ao meu lado está um dachshund mestiço.

— Você nem usa cinto de ferramentas — digo, pegando outro caminho.

— Você adora bancar o *pau pra toda obra*, mesmo ficando sentado atrás de uma mesa metade do tempo.

— O que posso dizer? Sou tão bom com ferramentas quanto cuidando do meu império em desenvolvimento.

— Sendo assim, acho que deveria levar a Cacauzinho pra casa com você — eu o incito, apontando pra cadelinha. — Pense em quanta ajuda ela pode te dar no quesito paquera. Ela é um chamariz de garotas. — Ponho o braço no ombro dele. — E sejamos honestos: você precisa de toda a ajuda que conseguir, Woody.

— Randy — ele retalia, bufando de raiva. — Nossos pais nos deram os piores nomes do meio.

Solto uma risada.

— É óbvio que queriam nos torturar desde o nascimento.

Wyatt para no meio do caminho e faz uma espécie de inspeção visual sagaz em mim.

— Mas não vamos falar de nomes do meio. Seria mais interessante... digamos... Ei, que tal garotas com nomes aliterados? H. H., por exemplo.

Ele se refere a Harper Holiday.

— Você sabe o que é aliteração? — pergunto, numa tentativa de me desviar do assunto, enquanto enrolo a correia do cachorro com mais força em torno do pulso.

Desdenhoso, o meu irmão faz um esgar.

— Sei. Além de um cérebro que funciona, tenho um nariz poderoso pra farejar seu papo-furado — ele diz, e eu finjo estar preocupado com a exploração do dachshund de uma moita.

O Wyatt aguenta firme, e indaga, numa frase transbordante de sarcasmo:

— Quando pretende dizer algo pro Spencer?

— A respeito de quê? — Faço um trabalho incrível fingindo confusão.

O Wyatt ri.

— Qual é, cara? Para de fingir. Sei que há algo entre você e a Harper. Eu te vi dançando com ela.

— Estava só dançando.

Só dançando. Só beijando. Só fodendo. Só as melhores noites da minha vida. Meu peito se aquece com as lembranças das últimas noites com a Harper.

O Wyatt suspira.

— Nick... — Agora ele está sério, pois usa o meu primeiro nome. — Eu a vi chegando ao seu prédio na semana passada. Vi você dançando com ela no casamento. Notei o jeito como você olhou pra ela no trem.

O alarme dispara. Fomos tão cautelosos! O meu irmão poderia dizer que algo estava rolando só de olhar pra nós?

— Se você gosta dela, manda bala — ele acrescenta, como se fosse a coisa mais simples do mundo.

Eu acho graça.

Porque não é assim tão simples. A Harper e eu não estamos fazendo algo que precise ser *discutido* ou *aprovado*. Não iremos a nenhum outro lugar além do quarto. Nem tenho de perguntar a ela pra saber de seus sentimentos sobre esse tema. São cristalinos e o foram desde o momento em que testemunhei sua linguagem secreta com homens no Peace of Cake. Não só suas ações falam claramente, mas também suas palavras. Pra começar, ela age normalmente perto de mim. Nunca se atrapalhou com as palavras, como fez com o Simon. E ainda por cima, foi surpreendentemente específica ao expressar o que quer. Pediu-me diretamente ajuda pra namorar com outros rapazes. Então, apimentou as coisas e pediu aulas de sexo e sedução.

A Harper nunca manifestou interesse em namorar comigo. Pra mim, tudo bem. É o melhor de dois mundos. Estou transando com ela no quarto e ainda poderemos sair juntos quando essas aulas chegarem ao fim depois desta semana.

— Não há nada a dizer. Não há nada entre nós — explico, dando de ombros, num gesto de indiferença.

O Wyatt traz a pinscher miniatura pro seu lado.

— Olha, você pode dizer pra si mesmo que era apenas uma dança, mas isso não me engana. A questão é: você não estará *se* enganando?

A pergunta do meu irmão repercute. Parece importante, já que perdura no ar fresco do outono, deslocando-se através das folhas nas árvores. No entanto, tenho mantido os olhos bem abertos desde o primeiro dia.

— Não. Sei muitíssimo bem das consequências — afirmo.

O Wyatt suspira:

— É justo. Mas dentro de alguns dias, o Spencer voltará — ele diz, lembrando-me da data de validade. Não preciso do lembrete. Estou bem ciente de que o Spencer chega após a meia-noite de domingo, ao fim da sua lua de mel no Havaí. Daqui a seis noites. Mas quem está contando? — E você tem de pensar no fato de que há algo rolando entre você e a irmãzinha dele. Quanto antes você descobrir o que é, melhor será.

Contudo, o Spencer está longe dos olhos, longe do coração. Ele se encontra do outro lado do mundo e não preciso me preocupar com ele neste momento, apesar do que seu gato e o meu irmão possam pensar.

Capítulo 27

NAS NOITES QUE SE SEGUEM, A HARPER MERGULHA EM orgasmos atordoantes. Veja bem, não estou reclamando de também conseguir muitos. Acontece que a Harper é bastante generosa e insiste em desenvolver a técnica do seu boquete. Quem sou eu pra lhe negar treinamento prático? Se ela gosta do meu pau na sua boca, devo aproveitar bem a oportunidade.

Os boquetes da Harper talvez sejam a prova de que, em algum lugar, em alguma outra vida, fui uma pessoa muito boa. É a única maneira pela qual consigo explicar o que fiz pra merecer a recompensa da sua boca perversa no meu pau.

Como agora, nesta noite de quarta-feira. A Harper está deitada de costas na minha cama, com a cabeça na beira do colchão e as mãos agarradas aos meus quadris, enquanto, de pé, mergulho fundo em sua garganta, impulsionando os quadris.

Com o pescoço da Harper esticado desse jeito, posso ver o contorno do meu pau sendo chupado. Ela adora testar novas posições: agachada no sofá ontem à noite, o 69 mais cedo hoje — embora estivesse mais próximo de um 61, uma vez que ela cavalgava o meu rosto com tanta felicidade que eu não conseguia manter o pau na sua boca. E esta também: o boquete de cabeça pra baixo. A melhor parte? Não é o quão espetacular isso parece — mas acredite, a Harper me manda direto pra algum tipo de limbo arrebatador com sua língua, seus lábios e sua boca —, a melhor parte é que posso dizer o quanto ela gosta disso pela maneira como suas costas se arqueiam em relação à cama e como ela balança os quadris pra cima e pra baixo. Eu também estou adorando tudo. O modo como seus cabelos se espalham loucamente sobre as cobertas, como suas unhas se cravam na minha pele e, acima de tudo, como, quando ela geme, fica literalmente *zumbindo* ao redor do meu pau enquanto me chupa com força.

Eu também estou gemendo.

Esse é o problema. Poderia gozar em um minuto se deixasse a Harper continuar assim. Mas não posso. Não sou tão egoísta. Adoro os orgasmos dela mais do que os meus próprios. Mesmo quando uma nova rodada de prazer se apossa de mim, encontro a força de vontade, embora hercúlea, de tirar o pau da sua boca suculenta.

Atordoada, a Harper me olha, de cabeça pra baixo.

— Senta em mim, princesa da foda. — Eu caio na cama, pego uma camisinha e a visto em segundos. Puxo-a para cima de mim e a posiciono de costas sobre meu pau.

Quando enterro o cacete na Harper, nós gememos em uníssono. Passo os braços em torno dela e seguro suas tetas, enquanto ela se move em vaivém, pegando o ritmo rapidamente, com as costas niveladas com o meu peito.

— Isso não vai levar muito tempo, vai? — sussurro em seu ouvido.

Gemendo, a Harper balança a cabeça contra mim.

— Brinca com a sua xota — eu ordeno. — Toca no seu grelo enquanto você me fode.

Ela desliza a mão direita entre as pernas e fricciona o clitóris, sempre se esfregando em mim.

— Eu me masturbei pensando em você muitas vezes, Nick.

A confissão da Harper me enlouquece. A luxúria cresce em mim, tornando-se algo mais potente e poderoso. Algo que nasceu de fantasias do final da noite e de meses de desejo impossível.

— Eu também, princesa. Penso em você o tempo todo. Transei com você muitas vezes sozinho.

— Foi bom pra você? — A respiração dela está irregular. Seus dedos manipulam o grelo e meu pau ocupa e desocupa sua xoxota apertada e úmida.

— Não. Nada se compara à coisa de verdade com você — afirmo, pois a Harper condensa todas as minhas fantasias; só que melhor, muito melhor.

— É tão bom com você... — diz, ofegante. Ela estremece, sua respiração fica entrecortada e suas palavras escapam num sussurro quente: — Vou gozar em você todinho.

— Goza, princesa. Goza em mim — rosno, porque ela gosta de falar, gosta de anunciar seus orgasmos e de me dizer quando está gozando, e eu saboreio cada palavra suja, doce e obscena que sai de seus lábios.

A Harper rebola os quadris, toca o grelo mais rápido e cai para trás, gritando.

Os sons e os tremores da Harper me fazem perder o controle e eu a sigo, em minha própria e doce aniquilação. Todo o meu corpo se sacode enquanto o clímax toma conta de mim, assaltando-me com prazer. Gemo em sua nuca.

— Você me mata, Harper — digo bruscamente junto ao seu ouvido.
— Eu gozo como louco com você, sabe?

A Harper suspira, um murmúrio sexy que me diz o quanto ela adora ouvir essas palavras.

— É um tesão quando você goza — ela confessa, ofegante. — Adoro ouvir seus ruídos. Adoro a sua pegada. Adoro como sua respiração fica selvagem.

É um momento tão íntimo, de descoberta, de perda de todo o controle. E, sim, proporcionar orgasmos é o meu passatempo preferido — mas é incrível que ela queira tanto o que lhe ofereço. Talvez seja por isso que eles são tão bons com ela. Porque sinto ainda mais. Com mais intensidade. Com mais vulnerabilidade. Como se ela me *conhecesse*.

— Isso é o que você faz comigo. — Esfrego os lábios em seu rosto.
— Você me deixa louco.

A Harper apoia a cabeça na minha clavícula e passa os braços atrás da minha cabeça.

Enquanto seus dedos brincam com o meu cabelo, sinto um arrepio.

— Também gosto disto. Do que você está fazendo — murmuro.
— Eu sei — ela diz, baixinho. — Você sempre gostou quando toquei seu cabelo.

A eletricidade faísca em meu corpo. Não tenho certeza se são choques secundários ou algum novo barato relativo a algo que ela acabou de dizer. Porque não é só o fato de que a Harper me conheceu. É que ela também me entendeu. Aprendeu minhas preferências (numerosas) e minhas aversões (muito poucas). Em seguida, aprendeu meus favoritos absolutos e parece querer me proporcionar o máximo possível deles. A Harper se lançou nesse projeto disposta e ansiosa para descobrir o que gostava, mas logo me descobriu. E, cacete, não sou exigente, mas tenho meus excitantes. A lingerie que ela usa, as palavras que diz e também as coisas sujas que posso dizer pra ela.

— É como se você estivesse me estudando. — Tenho de dizer que isso me espanta um pouco.
— Talvez sim. Isso te incomoda?
— Meu Deus, não! — zombo.
A Harper joga as costas pra mais perto de mim.
— Gosto de dar o que você quer.
Não respondo. Prefiro ficar calado.
Você é o que eu quero. Você por inteiro.

* * *

Um pouco mais tarde, depois de nos arrumarmos, a Harper pega a minha mão e me puxa pra cozinha.
— Trouxe um presente para você. — Seus olhos brilham.
— Outro? — Contenho um sorriso. Adoro seus presentes.
A Harper faz que sim.
— Coloquei na sua geladeira quando chegamos.
— Como você fez isso sem eu ver?
— Nick, isso é o que eu faço. Prestidigitação. Desorientação. — Ela abre a geladeira e tira um pote de sorvete de menta com chips de chocolate.
— Seu preferido. — Sorri.
Também não consigo evitar um sorriso. Porque... essa garota...
Eu queria poder tirá-la do meu sistema. Preciso desesperadamente me concentrar apenas no sexo. Mas cada coisinha que ela faz é mágica pra mim: lingerie, sorvete, *showroom* de chuveiros. E a maneira como a Harper fala comigo no calor do momento, abrindo-se, compartilhando, tornando-se tão vulnerável... Nossa, quase me permito acreditar que isso possa continuar e que podemos tomar sorvete juntos todas as noites.
Tudo bem, talvez não todas as noites. Tenho de me manter em forma. Mas noites suficientes. Só que não é isso o que ela quer. O aqui e agora terá de bastar. Assim, vou aproveitar cada segundo desse tempo com ela até que termine.
Com um sorriso maroto, eu a empurro de leve, dou-lhe um beijo rápido e roubo o sorvete.
— Que sacanagem! — A Harper tenta agarrar o pote de volta.

— Se você for boazinha, dividirei com você — provoco, mantendo o pote à grande altura, abro a gaveta de talheres e tiro duas colheres.

— É melhor dividir! — E então, ela toma sorvete de menta com chips de chocolate nua comigo no sofá.

Eu a beijo e, sim, o gosto do sorvete em sua boca é tão bom quanto imaginei que fosse.

Espere. Estou enganado. É melhor. Tudo com ela é melhor.

É por isso que também lhe dou um presente. É algo pequeno, mas é uma coisa que ela me disse que queria. Pego as palavras cruzadas de domingo da mesinha de centro e as exibo na frente do peito, como se fosse uma placa que recebi pra homenagear o feito.

— Aqui está! Terminei hoje.

— É pra mim?

Orgulhosamente, assinto com um gesto de cabeça:

— Sim.

— Uau! Você é como um gatinho me trazendo um rato que você matou.

Acho graça da sua analogia:

— Você gostaria de me afagar pra mostrar a sua aprovação?

— Ah, sim, pode apostar... — A Harper passa a mão pelo meu cabelo e fala comigo do jeito como fala com o Fido: — Você caçou todas as palavras. Estou muito orgulhosa de você. — Com a outra mão, ela vira a página do jornal. — O que é isto?

Por um instante, fico tenso quando vejo um desenho cinza. O que eu estava rabiscando no verso das palavras cruzadas? Ela inclina a página pra mim e é um cartum de uma marionete usando uma miniblusa justa, com os seios transbordando. No balão junto à sua boca, está escrito: "Como enviar textos safados: manual de instruções para uma marionete devassa."

— Nick, eu não imaginava que você tinha aprendido todas as suas habilidades com as marionetes — a Harper diz.

Sorrio, aliviado com o fato de a Harper não ter descoberto um desenho dela, mas apenas de suas coadjuvantes, nos rabiscos que ela inspirou.

— Não subestime o apelo de obscenidade para um cartunista de algo que você manipula com os dedos. — E faço os gestos de puxar as cordinhas.

A Harper sorri.

— Você é muito depravado. Fale-me mais sobre suas marionetes, senhor cartunista sujo.

— Eu falaria, senhorita mágica safada, mas talvez pra mim seja difícil falar quando minha língua está sobre o seu corpo tesudo. — Então, com a colher, ponho um pouco de sorvete no seu mamilo e dou uma lambida. Em seguida, na sua barriga, onde passo a língua através da sobremesa fria sobre sua pele.

Ela praticamente ronrona.

Em pouco tempo, o sorvete deixado no pote está derretendo e a Harper também, enquanto viajo pra parte inferior do seu corpo e calo minha boca da melhor maneira possível pra mim.

Se não mantiver minha boca ocupada, acabarei contando pra Harper acerca de todas as vezes em que a desenhei, e aí ela saberá o quão difícil será, pra mim, deixá-la partir.

Ainda que não devesse. Esta pequena aventura romântica deveria ser a coisa mais fácil do mundo.

Só que não é.

Capítulo 28

ESTOU GANHANDO DELA, E ISSO DEIXA A HARPER MALUCA.

— Eu posso jogar melhor. Sei que posso — ela afirma, se juntando a mim perto da tela de pontuação, depois de derrubar apenas cinco pinos em sua jogada.

Estamos numa pista de boliche, pouco acima da Rua 101, não muito longe da casa da Harper. É a nossa revanche e decidimos que era melhor não irmos ao Neon Lanes pra não corrermos o risco de topar com o Jason.

Assopro os dedos.

— Estou com tudo esta noite, princesa. Vai ser muito difícil ganhar de mim. — No entanto, antes de eu conseguir ficar de pé pra disputar a próxima rodada, a Harper cai com sua adorável bundinha no meu colo.

Ela passa os braços em torno do meu pescoço. Faço que não com um gesto de cabeça.

— Não pense que você irá atrapalhar o meu jogo por ser tão fofinha.

— Fofinha? Sou fofinha? — Harper arregala os olhos.

— Tesuda — sussurro em seu ouvido. — Tesuda, sexy, linda e gostosa. Pensando bem, gostaria de comê-la agora.

A Harper sorri, dando um tapinha no meu ombro.

— Você gosta muito de fazer isso, Nick.

— Eu sei. E faço. E também sei que você está tentando me distrair pra perder o jogo, falando dessas coisas. Me deixa jogar, mulher.

197

Ela se senta no assento de plástico verde ao lado do meu. Lanço a bola e derrubo nove pinos, colocando ainda mais distância entre a Harper e mim no placar.

A Harper me lança um olhar duro quando volto pra perto dela. Quando ela fica de pé, agarro seu braço e a puxo de volta pra mim.

— Você tentou me distrair. Agora é a minha vez de distraí-la.

— Tudo bem. Só espere até a temporada de softbol recomeçar. Aí sim vou realmente distraí-lo.

Dou risada.

— Pena que estamos no mesmo time.

A Harper me olha com desdém e estala os dedos.

— Droga! — ela exclama. Em seguida, sorri de alegria. — Tudo bem. De certa forma, gosto de ver você fazer um ponto espetacular.

Endireito os ombros, porque sou bom em bater todos os corredores. Então, a realidade me pega de jeito. No próximo verão, vou jogar no mesmo time da Harper, quando essas aulas não existirão mais e ela terá partido. Talvez algum outro cara vá vê-la jogar, se encontrará com ela depois do jogo e a levará embora.

Uma onda de ciúme violento toma conta de mim. Tento contê-la, mas estou bastante consciente de que, mesmo que não tenhamos definido uma data de validade oficial pro nosso projeto, existe uma. Sem dúvida, podemos gostar um do outro o suficiente pra jogar boliche, sair pra jantar e dividir um sorvete, mas nenhum de nós espera encorajar o outro no softbol no próximo verão como namorados secretos.

Isso é o que somos agora.

Mas quando isso acabar, voltaremos a ser o melhor amigo do Spencer e a irmã do Spencer.

Passo a mão pelo cabelo como se algo como culpa misturada com vergonha se apossasse de mim. O Spencer está em sua lua de mel e eu estou transando com sua irmãzinha pelas suas costas.

Procuro imaginar a reação dele se visse esta cena agora. A Harper e eu estamos abraçados numa pista de boliche e ele teria todas as razões do mundo pra ficar chateado. Não estou sendo honesto com ele e o cara é o meu melhor amigo desde o início do colégio. Eu ajudei o Spencer a conceber o aplicativo que ele criou e que o deixou milionário, fui à noite de inauguração do primeiro Lucky Spot que ele abriu e o apoiei quando ele prometeu amar a Charlotte pelo resto da vida.

E se ele descobrisse esse encontro amoroso e ficasse tão puto a ponto de acabar com a nossa amizade?

Luto muito pra afastar essa imagem desagradável do meu cérebro.

Mas espere.

E se isso não acontecesse?

Pela primeira vez, deixo a cena se desenrolar com um novo ato de abertura, comigo dizendo algo pro Spencer. E seu eu lhe dissesse que gosto de sua irmã? E se ele soubesse que esses sentimentos loucos dentro de mim são reais? Será que o Spencer perderia o controle se soubesse que me interesso pela Harper? Ou não?

Mas, droga, estou pondo o carro na frente dos bois.

A Harper não está interessada em ficar comigo depois das próximas noites. Sinto um aperto no coração enquanto o relógio faz tique-taque dentro do meu crânio. É quinta-feira e só temos mais alguns dias.

Melhor aproveitar bastante esse tempo. Não há necessidade de desperdiçá-lo com *o que aconteceria se...*

A Harper passa um dedo na minha têmpora.

— O que você enxerga sem os óculos? — Ela inclina a cabeça pro lado.

Rio da sua pergunta inesperada.

— Enxergo bem sem eles, mas o mundo fica melhor com eles.

— Já tentou usar lentes de contato? — A Harper toca os óculos. Não são especiais; é simplesmente uma armação preta.

— Sim. Realmente não gosto de colocar algo dentro dos olhos.

— E a cirurgia a laser?

— Nem pensar. — Minha nuca se arrepia. — E se eu fosse aquele 1% para quem a cirurgia não funciona e minha visão ficasse comprometida?

— Isso dificilmente acontece.

— Dificilmente não é nunca.

— Verdade.

— Você não gosta dos meus óculos? — pergunto, curioso, enquanto a mulher na pista ao nosso lado acerta um *strike*.

A Harper me encara.

— Adoro. São um tesão. Molham uma calcinha.

Gemo com a mera menção à calcinha.

— Molham a sua?

Ela baixa a voz:

— Você sabe a resposta pra isso, mas é um retumbante "sim".

— Muito bem. — Passo um dedo de leve ao longo da borda do olho dela. — E quanto a você? Nunca antes daquele dia na livraria te vi usar óculos. Você os usa como objeto cênico?

A máquina próxima recolhe os pinos caídos.

A Harper meneia a cabeça.

— São de verdade. Mas uso lentes de contato o tempo todo. Minha visão é horrível sem as lentes de contato. Assim, trago os óculos, pro caso de eu precisar deles. Também carrego uns óculos falsos, que vou usar em um novo truque de mágica.

Inclino a cabeça pro lado, curioso de saber o que ela está bolando.

— Que tipo de truque?

A Harper se curva, fica mais perto de mim e fala baixinho em meu ouvido:

— O tipo em que sou uma bibliotecária sexy.

E, de repente, não tenho mais interesse em terminar este jogo.

* * *

Em seu minúsculo estúdio, a Harper decide pôr um livro na estante. Com o cabelo ruivo preso numa presilha, ela estende o braço, fica na ponta dos pés em seus sapatos de salto alto, recolocando-o no lugar.

Vislumbro suas meias 7/8. São brancas, assim como a blusa justa. Ela também usa uma saia reta preta de cintura baixa.

— Droga, não consigo alcançar a prateleira mais alta — ela diz.

— Precisa de uma ajuda? — ofereço.

A Harper se vira e dirige a mim o seu olhar míope.

— Sim, por favor. Gostaria muito que você pegasse esse livro. — Ela aponta pra mesinha de centro. Ao se inclinar, a Harper me dá o vislumbre mais fantástico da fenda entre os seios que já vi na minha vida. Sua blusa está meio abotoada e, assim, tenho uma visão perfeita do sutiã de renda fúcsia que abriga aquelas belezas.

Pego o livro, sem tirar os olhos da pele cremosa e do volume de suas tetas.

— Agora... — Ela aponta pra prateleira mais alta. — ...eu talvez precise ficar sobre alguma coisa.

Pego uma cadeira de madeira da mesa de café da manhã, deslizo-a e dou um tapinha nela. A Harper passa o dedo na minha barba.

— Que frequentador de biblioteca prestativo... Os prestativos são os meus preferidos.

Dirijo o olhar pro traseiro de Harper.

— Se você erguesse a saia, acho que iria ajudá-la muito.

— Você se importaria de fazer isso pra mim? — A Harper pestaneja. Tão sacana. Tão brincalhona. Tão sexy.

Ergo sua saia até os quadris. Em seguida, ofereço uma das mãos, observando a Harper se pôr de pé na cadeira, com as pernas e o traseiro em exibição. Ela está usando uma calcinha fio-dental.

— Meu Deus do céu! — murmuro e não consigo resistir. Meu rosto está quase ao nível da bunda maravilhosa da Harper. Assim, curvo-me e mordo sua nádega enquanto ela recoloca o livro na estante. Eu gemo, com a minha voz mais grave e obscena, e aperto sua carne. — As coisas que quero fazer nesta bunda... As coisas que quero fazer em todo o seu corpo...

A Harper sente um arrepio com o meu toque, arfa e sai da personagem; mas, droga, eu já saí. Ela pisca pra mim, com seus olhos dizendo *puta merda*.

Então, ela volta a representar a personagem, virando-se e balançando um dedo na minha direção.

— Nenhum toque é permitido em bibliotecas públicas. Eles só são permitidos nos cantos mais tranquilos. E apenas se você mostrar pra bibliotecária... — Ela põe uma mão em concha perto do meu ouvido e sussurra ardentemente: — ...o seu pau grosso e enorme.

Essa mulher...

Pego fogo. Estou em chamas, com meu cacete duro como aço, e desejando comê-la. Em segundos, tiro toda a roupa, amando a maneira como os olhos da Harper deslizam sobre o meu corpo nu: meu peito, meus braços, meu abdome, meu pau. Arrasto a mão ao longo do membro, passo o polegar pela cabeça e pela gota de minha excitação ali e então pressiono esse polegar entre seus lábios. A Harper absorve um gosto de mim e geme ao redor do meu dedo.

Agarro seus quadris, tiro-a da cadeira e a coloco no chão. Em seguida, sento-me e indico com um gesto de cabeça a camisinha sobre a mesa de centro.

— Este será o canto mais tranquilo da biblioteca até você começar a fazer aqueles ruídos selvagens, gostosa.

A Harper apanha o pacote e se volta para mim, abrindo-o. Quando ela tira o preservativo, puxo sua calcinha pra baixo com força e a luxúria se apossa de mim quando vislumbro sua xoxota: tão lisa, sedosa e cintilante com a evidência do seu desejo. A Harper agarra o meu pau, com um gemido de aprovação escapando de sua boca quando ela sente o quão duro está pra ela.

— Nick, tem de me mostrar como colocar a camisinha em você — ela diz, de um jeito carinhoso, mas cheio de tesão.

Não vou mentir. Gosto que a Harper não seja especialista no assunto. Pego o preservativo dela, certificando-me de que está do lado certo, coloco-o sobre a cabeça do meu pau e a instruo:

— Aperte a ponta.

Ela assente e obedece.

— Agora, desenrole pra baixo — peço, e com um sorriso tímido, ela faz o serviço.

Aponto pra minha ereção e lhe dou uma ordem:

— Agora, trepa no meu pau.

A Harper treme e, em seguida, monta em mim e afunda num movimento suave.

— Meu Deus, Harper! — digo, enquanto ela se move em vaivém. — Você me deixa com um tesão do caralho... — murmuro, numa tremenda subavaliação.

— Eu te digo o mesmo. — Ela suspira, cavalgando o meu membro, com as mãos segurando com força os meus ombros. A Harper está completamente vestida, exceto pela calcinha.

Eu estou completamente nu, e adoro a troca de energia.

— Tão tesuda... Minha bibliotecária sexy é tão tesuda...

— Por que essa é sua fantasia?

Não consigo pensar direito. Não consigo responder com inteligência. Mas não é necessário quando a resposta é elementar:

— Não sei. Simplesmente é.

Deixo as mãos caírem sobre seu traseiro nu, aperto-o e extraio uma série de suspirinhos rápidos dela.

— Por que você gosta quando pego na sua bunda?

— Não sei — a Harper responde, com a respiração entrecortada. — Simplesmente gosto.

Simplesmente gostamos. Simplesmente é. Simplesmente fazemos. Somos elétricos e é simplesmente dessa maneira. Levo as mãos ao seu rosto e o seguro.

— Solte seu cabelo para mim.

A Harper estende a mão e solta suas mechas ruivas. Elas se espalham sobre suas costas num emaranhado suave e eu abro caminho através delas com uma das mãos. Com a outra mão, seguro seu quadril enquanto ela se mexe sobre mim. Quando sinto que a Harper está mais próxima, agarro-a com mais força, guiando-a para cima e para baixo, controlando seus movimentos, observando seu rosto se contorcer num prazer intenso.

A Harper arqueia as costas, curvando-se em mim, e, então, grita; um gemido selvagem, longo e intenso, que se prolonga. Agarrando seu cabelo com força e o enrolando no punho, continuo comendo a Harper ao longo de seu clímax, enterrando meu pau até todo o meu corpo estremecer num orgasmo.

A Harper me abraça, beija meu rosto, me segura forte. Não quero que isso pare, não quero que isso acabe. Quero que a Harper me queira dessa mesma maneira louca e selvagem, como se ela não conseguisse o suficiente de mim. Porque, droga, isso se tornou assim para mim.

Simplesmente se tornou.

Capítulo 29

O GINO LEVANTA A SUA TAÇA DE CHAMPANHE, SORRI E anuncia:

— Para o criador do programa mais popular da TV do final da noite.

Uma multidão de executivos da emissora, agentes, anunciantes e pessoas badaladas da indústria do entretenimento aplaude e assobia.

Aceno rapidamente pro público. O Gino pega o meu braço e o ergue, como se ele fosse o treinador e eu, seu pugilista no ringue.

— Este cara está se dando bem na vida — ele acrescenta. — Seu programa vai ser o maior sucesso de toda a TV em breve. Esperem só!

No Upper West Side, neste local elegante e luxuoso, a multidão me aplaude ainda mais.

— Basta manter os telespectadores em gozo permanente — afirmo com um sorriso, uma vez que o Gino engole essas piadas como doce.

O Gino me dá soquinhos de brincadeira e, em seguida, toma seu champanhe de um só gole. Ele me afasta da multidão, levando-me até a beira do balcão do bar forrado de lambris de carvalho.

— Escute, Hammer. Vou conversar com o Tyler na segunda-feira. Boas notícias estão indo em sua direção. — Suas pupilas cintilam.

— É muito bom quando isso acontece. — Lanço um olhar pra Harper, que me espera num sofá de veludo vermelho, no fundo da boate, com seu drinque em uma mesa baixa de madeira escura.

Ela me dá um sorriso tímido, ao mesmo tempo doce e sexy, que parece dirigido só a mim. Estou tentando saborear esses momentos com ela, pois sei que se esgotarão em cerca de quarenta e oito horas.

Merda.

Quero retardar o tempo. Quero esticar os próximos dois dias e três noites em um ano.

O Gino segue meu olhar.

— Ah! — ele exclama, num tom lascivo, umedecendo os lábios. — Você está com a sua *amiga* de novo.

Simplesmente assinto. Não preciso dizer nada sobre a Harper pro Gino.

Em avaliação, ele balança a cabeça:

— Ela é um colírio para os olhos. — Então, me cutuca e baixa a voz: — É verdade o que dizem sobre as ruivas?

Ah, não, não é possível. Arremesso a cabeça na sua direção.

— Que porra...?

O Gino suspira, desejoso.

— O que eu não daria por uma...

Cerro os dentes e o encaro.

— Com todo o respeito, você precisa parar de falar essa merda toda vez que estou com ela.

O Gino demonstra espanto.

— Como é que é?

Não me importa se isso o deixa enfezado. Não dou a mínima se ele não quiser renovar meu contrato quando o Tyler o vir na segunda-feira. Estou farto dos seus jogos, das suas inseguranças e da sua atitude desprezível.

— É grosseiro. Tenha um pouco de respeito pelas mulheres.

O Gino endireita os ombros e murmura:

— Não tive a intenção de desrespeitar ninguém.

— Ótimo — digo, embora sem acreditar nele. — Agora, se você me dá licença.

Afasto-me do Gino e me junto à Harper. Ponho um braço em seu ombro. Não que o Gino fosse ter uma chance com ela, mesmo que fosse um dos últimos homens sobreviventes de um apocalipse. A Harper está comigo esta noite e nunca estará com ele. Que o Gino morra de inveja enquanto eu a toco.

— Ei, bonitão! — a Harper diz, baixinho, e sua saudação me surpreende muito. Ela não é o tipo de garota que diz *ei, bonitão*, mas gosto do novo apelido carinhoso, sobretudo porque é como um atalho direto pra esse sentimento louco e palpitante no meu peito. — Você estava tesudo demais ali.

— Sério? — pergunto, devorando seu elogio.

A Harper assente e seus olhos se fixam no meu corpo, prolongando-se no meu peito e nos meus braços. Passa a mão no meu bíceps e todo o tempo que passei puxando ferro compensa pelo jeito como ela me toca.

— Não consegui tirar os olhos de você, e do seu cabelo, e da sua barba malfeita e dos seus braços. Fiquei admirando todo o conjunto. — A Harper deixa a última palavra rolar pra fora de sua língua e é como se ela tivesse posto um feitiço no meu pau. A Harper fez o truque da ereção mais uma vez.

— Você pode admirar o meu conjunto com sua língua mais tarde, princesa do sexo em seus olhos — murmuro, inclinando-me na sua direção, adorando suas insinuações vulgares.

A Harper finge surpresa e tapa a boca com os dedos:

— Ficou tão evidente que eu estava te tratando como um objeto?

— Não. O que vai ficar óbvio é o quanto eu gosto que você me trate como um objeto quando, daqui a alguns minutos, eu me levantar e te tirar daqui. Precisamos nos livrar desta tenda na minha calça. Fale do lápis no seu nariz. — Dou um tapa na minha testa. — Droga, isso também me excita, porque te vi fazer esse truque nua. — Dou outro tapa. — Nua. Eu disse nua. Você é um demônio da ereção.

Sou interrompido pela aproximação da minha relações-públicas muito grávida, com a mão pressionada contra a região lombar para obter apoio.

Fico de pé e ajudo a Serena a se sentar:

— Não é hora de você tirar sua licença-maternidade? — sugiro.

— Ufa! — ela exclama, acomodando-se no sofá de veludo.

— Para quando é? — a Harper indaga, preocupada.

A Serena bufa e levanta a mão. Ela faz cara de dor, cerra os dentes e parece estar contando.

— Para um ano atrás, parece — a Serena responde, respirando fundo.

— Quer um copo de água? Você precisa de alguma coisa? — a Harper oferece.

— Apenas que essas contrações parem.

Arregalo os olhos. *Contrações*. Essa é uma daquelas palavras que acendem todos os sinais de alerta.

— Serena, você está falando sério?

Ela dá risada:

— Tomara! Estou com contrações de Braxton Hicks há cinco dias.
Coço a cabeça.
— Não entendi.
A Serena afasta do rosto o seu cabelo preto ondulado e me olha de soslaio.
— Você não sabe o que é isso?
— Serena, sou um cara solteiro, de vinte e nove anos. Não tenho a mínima ideia. Por que não me esclarece?
Contrações falsas, Harper faz com os lábios.
— São terríveis — a Serena diz, sibilando. — São basicamente contrações de brincadeira. Fazem você achar que vai finalmente exorcizar o demônio da sua barriga, mas são apenas um alarme falso constante.
Outra deve ter ocorrido, porque a Serena faz cara de dor e agarra a mesa.
— Serena, acho que precisamos te tirar daqui — a Harper afirma, gentilmente.
— Não, eu estou bem.
— Você é uma *workaholic* — afirmo. — Não vai ser bom pro bebê. Vamos levá-la pra casa.
— De uma *workaholic* para um *workaholic*: eu estou bem. Pra mim, é bom estar aqui. Me dá algo pra fazer além de contar os segundos. — A Serena expele o ar com força. — Mas sabem o quê? Acho que preciso fazer xixi de novo.
Ela se ergue com dificuldade do sofá, segurando-se na mesa.
— Eu também vou ao banheiro. — E a Harper acompanha a relações-públicas e seu barrigão.
Verifico o relógio. Parece que cumpri minha missão na festa do Gino. Envio uma mensagem de texto pra Harper, dizendo que vou esperá-la do lado de fora e escapo pro frio ar outonal da Amsterdam Avenue.
Consulto o celular. Nenhuma resposta. Percorro as mensagens e envio uma bem curta pro Tyler, informando-o a respeito do momento tenso com o Gino. Olho de relance pra porta. Ainda nada da Harper. Abro o Facebook e leio distraidamente meu mural. Trinta segundos depois, escuto a Harper dizendo:
— São muito rápidos. Olhe! Já está aqui.
A Harper vem chegando com o braço em torno da Serena e gesticula loucamente pra que eu as siga. A Harper escolta a Serena para um suv preto parado no meio-fio.

Venço rapidamente alguns metros e as alcanço.

— O que está acontecendo?

— A bolsa da Serena estourou — a Harper me informa. — Chamei um Uber, que já está aqui.

— Bem rápido — comento, atordoado. Não tenho certeza se estou falando da prestadora de serviços de transporte, da habilidade da Harper em pedir um carro ou do trabalho de parto de Serena.

Abro a porta do SUV. A Harper segue a Serena, sentando-se no meio e segurando sua mão. Junto-me a elas. Nunca lidei com mulheres em trabalho de parto e talvez seja fácil pra alguém que já lidou, mas estou muito feliz porque Harper está aqui, cuidando desta situação, porque não tenho ideia do que fazer.

— Pro Mount Sinai Roosevelt — Harper comunica ao motorista, ainda que ele já tenha a informação do aplicativo. — E pisa fundo — ela completa, segurando a mão da Serena. — Eu sempre quis dizer isso.

A Serena ri timidamente e, então, passa seu celular para mim.

— Liga pro Jared. Diz pra ele me encontrar no hospital, urgente.

Isso eu posso fazer. Ligo pro número do marido e ele atende sem demora:

— Oi, amor. Tudo bem? Estou quase terminando de fazer o contrato.

— Oi, Jared. É o Nick Hammer. — E logo lhe passo os detalhes. — A Serena entrou em trabalho de parto na festa. Eu e a minha amiga Harper a estamos levando pro hospital.

Escuto o rangido de uma cadeira sendo arrastada e de papéis sendo jogados pro lado.

— Obrigado, cara. Chego lá em dez minutos. — E o Jared desliga.

Bloqueio o celular e me viro para as duas mulheres no carro, admirado de quão calmas ambas estão, enquanto minha mente se encontra de pernas pro ar. Crianças são um enigma pra mim. Nem imagino como se segura um bebê e muito menos como desempenhar o papel de amigo providencial enquanto o trabalho de parto se desenrola. Mas a Harper assume essa função perfeitamente, apertando a mão da Serena e a orientando quanto à respiração. Alguns quarteirões depois, quando o carro entra na pista da direita, a Serena me olha e diz:

— Não vou chamar o bebê de Uber se ele nascer no carro.

Sorrio para ela.

— Táxi é uma opção?

A Serena dá uma risada e, em pouco tempo, alcançamos a porta de entrada do hospital, na 10ª Avenida. Ajudamos a Serena a desembarcar do carro e a levamos ao pronto-socorro. Seu marido corre pra recebê-la. Ele chegou rápido. O Jared é alto e forte. Também usa óculos e tem cabelo preto abundante. Eu o vi algumas vezes, já que ele atua no mesmo ramo.

— Muito obrigado — ele diz, com os olhos compreensivelmente arregalados e ansiosos.

— Você tem de agradecer a ela. — E aponto pra mulher ao meu lado. — A Harper a trouxe aqui.

A Harper desconsidera o elogio.

— Boa sorte com o bebê. Estou muito feliz por vocês dois.

Nós nos despedimos do casal e partimos. Estou um pouco aturdido por causa da mudança de planos desta noite. Tento pensar em algo significativo pra dizer, mas não encontro palavras.

Mas Harper sim:

— Não é incrível que, muito em breve, a vida deles irá passar por uma grande mudança e eles segurarão um bebê nos braços? — Os olhos dela brilham.

Ah, não. Ela é uma dessas garotas?

— Adoro crianças — a Harper acrescenta com doçura e, sim, essa é a resposta.

— Então você é fissurada por bebês? — pergunto com cautela.

A Harper me encara, exprimindo impaciência.

— Sim. Quero ser uma mãe solteira de vinte e seis anos, em Nova York.

— Falando sério: você quer ter filhos?

— Não hoje à noite, Nick.

— Mas algum dia?

A Harper estende um braço à frente, apontando para um ponto.

— Algum dia, no futuro. Quando chegar o momento certo. Sim. Eu quero. Gosto de crianças. E você?

Dou de ombros, num gesto de indiferença.

— Não faço ideia. Literalmente, nunca pensei nisso.

A Harper para de andar, põe as mãos nos quadris e me lança um olhar penetrante.

— Mentira.

— O quê?

— Não acredito que você *literalmente* nunca tenha pensado nisso. *Nunca* é uma palavra forte. E *literalmente* também. Está me dizendo que a ideia de filhos nunca lhe ocorreu? — Ela dá um tapinha na minha cabeça.

— Não. Nunca. Eu me concentrei bastante no trabalho, no meu emprego e no programa. É o que a minha vida tem sido desde que me formei na faculdade. E adoro isso. Não fico sentado de braços cruzados refletindo sobre filhos.

A Harper respira fundo.

— Certo. Claro.

— Você diz isso como se fosse uma coisa ruim.

Ela balança a cabeça e sorri.

— Não, não é ruim. Seu trabalho é a sua paixão. Entendi. Faz sentido. Sinto o mesmo. Mas o meu trabalho envolve crianças. Assim, acho natural pensar mais a respeito disso. Não significa que eu queira engravidar logo.

— Ergue um dedo para enfatizar e prossegue: — Contudo, sem dúvida vou querer pegar o bebê no colo quando a Serena voltar pra casa com ele.

Segurar bebês no colo. Ideia estranha para mim. Mas toda essa hora decorrida aconteceu em outro planeta — a Babylândia —, e não é um lugar que estou muito ansioso pra visitar de novo em breve. Mesmo assim, ainda estou assombrado com a rapidez com que a Harper lidou com a situação. — Como você sabia o que fazer com a Serena?

— Não é tão difícil — ela afirma, sorrindo.

— Ah, sim, é. — Enfatizo assentindo resolutamente com a cabeça, enquanto caminhamos. — Eu nem sabia o que era Braxton Hicks. Não consigo imaginar como foi quando a bolsa d'água dela estourou no banheiro feminino. Aliás, por favor, não me diga como foi — eu a interrompo antes que ela fale. — Fico feliz por você ter estado lá.

— Eu também. Por ela. E respondendo a sua pergunta: minha amiga Abby fez uma aula de reanimação cardiorrespiratória e primeiros socorros quando começou a trabalhar de babá, alguns anos atrás, e me pediu pra ir com ela. E um dos assuntos abordados foi o que fazer com uma mulher que entra em trabalho de parto.

— E você também conseguiu chamar o Uber bem depressa.

— Quanto à minha incrível habilidade de pedir um Uber, tudo o que posso dizer é que tenho mãos mágicas. Elas são muito rápidas.

Beijo a palma de uma delas. Depois, cada nó dos dedos.

— Gosto muito destas mãos — afirmo, e, pela primeira vez, não estou brincando com duplos sentidos. Sobretudo quando entrelaço meus dedos nos dela. — Adoro segurar a sua mão.

— Eu também — a Harper revela. Então, seus olhos se iluminam, indicando que está tendo uma grande ideia. — Ei! Quer ir comprar um presente pro Uber?

Confuso, franzo as sobrancelhas.

A Harper me cutuca.

— O bebê, seu bobo. Podemos passar pela An Open Book. É no caminho pra sua casa.

— Vamos nessa.

Pouco depois, atravessamos a porta da livraria e fico estupefato.

Caramba.

Eu pisco.

Volto a piscar.

Cabelo preto comprido. Olhos cinza-prateados marcantes. Maçãs do rosto esculpidas. Dez, talvez quinze anos mais velha do que eu. Continua tão bonita como no dia em que a conheci. Não estou vendo coisas. Ali, na seção de romances, passando as unhas vermelhas ao longo das lombadas, está a J. Cameron.

Capítulo 30

POR CIMA DAS ESTANTES, ELA ME NOTA. UM SORRISO DO tipo *que grata surpresa vê-lo* toma conta de seu rosto e a J. Cameron emerge por trás do expositor, usando jeans e blusa vermelha justos e sapatos pretos de salto alto.

— Nick! — ela exclama, com a voz grave de fumante e condizente com sua profissão. Ela me beija no rosto. Fico tenso, esperando que seu jeito sentimentalista não incomode a Harper.

— Oi, Jillian. Como vai? — pergunto, e as palavras saem secas e estridentes quando uso seu nome, o único pelo qual sempre a chamei. Olho pra Harper. Ela se mantém impassível, não revelando nada.

— Tudo ótimo. Estou de volta da Itália. Meu novo livro acaba de ser lançado. Amanhã, aqui na livraria, será a noite de autógrafos. Sempre gosto de reconhecer o terreno antes. — Então, ela se vira pra Harper e estende a mão. — Sou a Jillian, ou J. Cameron. Prazer em conhecê-la. Morro de inveja do seu cabelo. — E indica as mechas ruivas da Harper.

— Sou a Harper. Morro de inveja dos seus personagens. Eles sempre têm as melhores noites. — Ela pisca para mim, e eu quase caio de costas.

Caramba. A tensão em mim cresce porque não quero que a conversa se perca em insinuações sexuais aproveitando-se dos personagens imaginários da Jillian.

— Eles se divertem pra caramba, né? — A Jillian dá outro sorriso. — O que traz vocês à livraria hoje?

— A Harper ajudou a realizar um parto — falo num impulso, e aperto sua mão como se estivesse orgulhoso dela.

Então, percebo que pareço a Harper junto do Simon. Meu coração dispara, porque é muito estranho estar no mesmo raio de um metro e meio que minha ex-namorada e minha namorada atual. Por causa do seu livro, a Harper sabe todas as coisas que fiz com a Jillian e tudo o que quero é tranquilizar a Harper, fazendo-a entender que aquilo não significou nada e que ninguém é páreo para ela.

— Que incrível!

Harper volta a minimizar a importância do seu papel:

— Tudo o que fiz foi pedir um Uber quando a bolsa d'água estourou no banheiro feminino.

Discordo com um gesto enfático de cabeça, apertando sua mão:

— Não, Harper foi incrível. Ela não deixou que a Serena, minha colega de trabalho, ficasse nervosa no caminho para o hospital. — E olho pra Harper, procurando fitar seus olhos, pra ler seus pensamentos, descobrir como ela se sente neste momento; se ela está com ciúme, irritada ou constrangida. Quero lhe dizer que não penso em outras mulheres, que não fantasio com elas e que ela é a única que desejei durante meses.

A Harper aponta para os fundos da livraria.

— Preciso correr pro banheiro, não consegui usá-lo na festa. — E se afasta, apressada.

Agora somos apenas a Jillian e eu na seção de lançamentos; um pedaço do meu passado escorregando pro meu presente.

— Você está incrível — ela afirma, e passa a mão rapidamente pelo meu ombro. Seu toque não me afeta. É apenas amistoso.

— Você também — afirmo, educado.

A Jillian arqueia uma sobrancelha e, em seguida, afasta uma mecha de cabelo da minha testa.

— Alguém está vivendo uma paixão.

— Você está apaixonada? Que maravilha! — Sorrio, porque estou feliz por ela.

Sorrindo também, a Jillian me corrige:

— Eu não. Você.

Fecho a cara. Faço um grande gesto de *não* com minhas mãos.

— Isso é ridículo.

— Não, não é. Consigo perceber essas coisas.

— Por ser escritora?
— Você nunca olhou pra mim do jeito como olha pra ela.

Mal consigo processar o que a Jillian está dizendo. Não é computação. É muito estranho escutar minha ex me psicanalisar. Assim, inverto a discussão:

— Você não queria isso. Não era a nossa.
— Eu sei, mas talvez ela queira. — A Jillian inclina o rosto na direção do banheiro feminino.

Confuso, franzo as sobrancelhas, tentando dar sentido ao seu comentário.

— Por que está dizendo isso?
— Porque é o que eu vejo. Em vocês dois.

Olho em torno, exprimindo impaciência, na tentativa de mostrar o quanto quero ignorar sua sugestão.

— Como queira.

Mas a verdade é que não desejo descartar a ideia. A Jillian parece sensata e perspicaz, sobretudo quando acrescenta:

— Pense nisso, querido. Há algo aí.

Agarro-me aos seus comentários, perguntando-me agora se a Jillian está ciente de algo. Se ela solucionou o enigma da Harper de um jeito que não fui capaz. Não pode ser verdade, certo? Ela não pode estar correta em sua observação. Devo abandonar esta conversa. Deixá-la pra lá, como um coelho que some numa mágica. Mas a negação que pratiquei há alguns segundos desaparece e agora a ideia se consolida, cavando raízes em alguma parte do meu coração que é muito pouco usada.

— Você acha mesmo?

A Jillian entreabre os lábios pra responder, porém os fecha em segundos, quando a Harper retorna ao meu lado.

— Tenho de ir. Precisarei de uma bela noite de sono antes da noite de autógrafos. Foi um prazer conhecê-la, Harper. — Em seguida, a Jillian dirige a atenção pra mim: — E respondendo à sua pergunta: sim, eu acho mesmo. — Depois de uma pausa, acrescenta: — Acho que vai aparecer muita gente amanhã. Mal posso esperar.

De forma eficiente, a Jillian gira sobre os saltos altos, tendo respondido à minha pergunta sobre a Harper e assegurado que a Harper não soubesse de que falávamos dela.

Após a partida de Jillian, a Harper pigarreia:

— Então, estava pensando em comprar *I Love You to the Moon and Back* pro Uber. É um livro incrível.

— Podemos acrescentar um exemplar do *Harry Potter*? Pra quando o Uber for maiorzinho.

— Parece perfeito.

A coisa mais estranha é que comprar um presente pra um bebê com ela não é estranho. Parece certo, à sua própria maneira.

* * *

— É muito legal que você mantenha a amizade com alguém que namorou — a Harper afirma quase melancolicamente quando chegamos à minha casa.

Dou de ombros, num gesto de indiferença.

— Sim, é. Porém, não diria que somos amigos.

— Mas você se entendeu tão bem com ela na livraria... — a Harper assinala.

— Fui cordial. Nunca tivemos sentimentos profundos um pelo outro. — Me encosto no balcão da cozinha. Em seguida, jogo a jaqueta numa banqueta e coloco a sacola com o presente pro bebê da Serena sobre o balcão.

Harper tira o casaco.

— Você ficou incomodada por eu ter encontrado a Jillian? — Estendo a mão pra Harper e ela me deixa segurá-la. — Eu não podia perguntar na livraria, estava esperando que você não ficasse chateada.

— Não fiquei. Mas, pra ser honesta, foi um pouco estranho — ela afirma, e dá de ombros. — Sobretudo porque sinto que não posso me comparar a ela.

Faço que não com um gesto de cabeça e a puxo pra mais perto:

— Para. Não há comparação.

— Mas você *escolheu* ficar com ela. E só está fazendo isso comigo porque eu pedi.

— Não acredito que você pensa assim. Não é uma obrigação. É a melhor coisa que me aconteceu em anos.

Melhor coisa.

Tudo bem, talvez não seja a escolha de palavras mais romântica, mas realmente não sei do que se trata esta conversa. Tampouco sei como tranquilizá-la adequadamente, assegurando-lhe que ela é incrível.

— Também tenho passado ótimos momentos — a Harper comenta, baixinho.

Inclino a cabeça, procuro estudá-la, descobrir o que está acontecendo em sua mente. Sobretudo o que está acontecendo em seu coração e se está, mesmo de longe, perto de corresponder ao que acontece no meu. Não consigo saber; e desejo isso desesperadamente. Porque se há uma possibilidade de a Harper sentir o mesmo, eu deveria dizer algo. Deveria lhe dizer que não quero que esse tempo com ela chegue ao fim.

— O que está havendo, Harper? Você parece pensativa. — Tiro uma mecha de cabelo do seu rosto.

Ela mordisca o lábio e desvia o olhar. Pouco depois, volta a me fitar, e as palavras escapam, empilhando-se umas sobre as outras, como palhaços transbordando pra fora de um carro:

— Fico... me perguntando... se você achou... que seria assim.

— Assim como? — O meu coração dispara.

A Harper *jamais* falou tão rápido comigo. Jamais usou sua linguagem desajeitada e isso me proporciona um surto fantástico de esperança. Talvez a Jillian tenha razão.

Puta merda, espero que a Jillian tenha razão!

A Harper desacelera e respira fundo:

— Vamos continuar sendo amigos?

O surto de esperança sofre uma morte cruel e dolorosa. Todo o ar escapa de mim e fico completamente esvaziado, ainda que soubesse que isso estava vindo. Sabia desde o início. As ações da Harper sempre me disseram que não sou o cara que ela quer namorar.

No entanto, não posso deixar transparecer como isso é duro pra mim.

— Claro. — Esboço um sorriso largo, procurando disfarçar minha decepção. Porque pior do que não transar com ela será perder a sua amizade.

Talvez *melhor coisa* não fosse uma descrição tão ruim, afinal de contas: a Harper e eu estamos passando por momentos incríveis juntos e não consigo imaginar não tê-la na minha vida. As últimas semanas foram as mais divertidas, vibrantes e maravilhosas que já tive com uma mulher. Se ela sumisse totalmente em consequência de algum rompimento ou mal-entendido romântico estranho, esse destino seria pior.

— É o que você quer, certo?

A Harper assente.

— Quero continuar sendo sua amiga. Você e a Jillian se dão bem. E quero isso entre nós. Quero ir às suas noites de autógrafos e salvá-lo das mulheres com minivibradores nos bolsos e dos maridos de gangues de motociclistas. Quero te dar sabão em pó pra limpar o chocolate quente que derramo em você e se você precisar de mim em um torneio de boliche, pra jogar algumas rodadas, quero ser aquela que joga as bolas nas calha — ela diz rapidamente, correndo através de cada frase, mal respirando. — Quero vê-lo num jantar com o Spencer e a Charlotte ou simplesmente passeando com os cachorros no parque com o seu irmão. Ou se você decidir comprar um novo chuveiro, quero ajudá-lo a escolhê-lo.

Meu Deus, o que ela diz me emociona e me anima. Ao mesmo tempo faz com que me sinta muito bem e muito mal. Porque é evidente a implicação disso tudo. *Quando isso chegar ao fim.* Porque chegará ao fim. Tem que chegar ao fim. Teve um começo e terá um fim, como todos os outros relacionamentos que começaram e acabaram. Ainda que eu perca essa mulher de uma maneira como nunca perdi nenhuma outra antes.

E gostaria de poder lhe dizer que quero ser muito mais do que seu amigo. Mas se eu lhe disser isso, vou correr o risco de perdê-la como amiga também?

Não há nenhuma resposta que eu possa seguir em relação a essa questão. Posso captar suas dicas na cama, mas não tenho a menor ideia do que aconteceria se lhe dissesse que não queria ser seu professor: eu queria ser seu homem.

Escolho o caminho que posso ver com clareza:

— Harper, é melhor você estar sempre na minha vida. É mais brilhante e mais divertido com você nela. E se precisar de mim... — Deixo a frase morrer, porque o que eu realmente fiz por ela? Ofereci conselhos a respeito de namoro? Zombei de um cara que usava emoticons? Ou apenas a apresentei aos orgasmos múltiplos? É essa a marca que deixei? — Se você precisar de alguma coisa, basta me procurar.

A Harper sorri com timidez, o tipo de sorriso que não alcança os olhos.

— Você me leva à estação de trem amanhã após a festinha da Hayden? — ela indaga e eu me forço a apagar a lembrança do Simon, o pai de Hayden. — Tenho de ir pra Connecticut à tarde. Lembra?

Faço que sim. A Harper me disse que tinha algumas festas em Connecticut no próximo fim de semana. Nas casas de algumas mães de Manhattan pra quem ela já trabalhou e se mudaram para os subúrbios. Por isso, pediu pra eu alimentar o Fido no domingo. Nem sei por que ela quer que eu a acompanhe até a estação. Mas irei.

— Claro.

Sinto-me deprimido. Levá-la pra estação de trem parece tão inadequado em relação a tudo que estou descobrindo a tudo que quero com ela. Mas não posso me fiar no que uma escritora de romances acha. A Jillian quer acreditar no amor verdadeiro. Ela ganha a vida imaginando enredos em que a irmãzinha se apaixona pelo melhor amigo do irmão e suas aulas de sexo acabam com um final feliz. Mas não é a vida real. A vida real é cheia de patrões imbecis, amores não correspondidos e caras que têm a sorte de ter tudo o que sempre quiseram quando se trata de trabalho, vida e arte... Mas que seriam tolos de pensar que também conseguem ter tudo no amor.

Não sou um sujeito amargo. Não estou bravo. Sou apenas realista. Harper Holiday sempre foi um momento no tempo e eu nunca fui um bobalhão apaixonado. Sou partidário da monogamia em série e essa sequência de noites com ela está chegando ao seu fim inevitável.

Agarro a blusa dela e puxo a Harper pra mim.

— Olha, quero que você saiba o quanto eu amei tudo com você — digo, ofegante de emoção.

— Eu também, Nick. Eu também. — Ela brinca com o meu cabelo.

— Quer me amarrar na geladeira?

Consigo dar um sorriso tímido.

— Não. Quero outra coisa.

— O quê? — A Harper agora parece bastante vulnerável.

— Você. Quantas vezes mais eu puder ter.

A Harper encosta a testa na minha, com seus lábios roçando os meus enquanto sussurra:

— Transe comigo.

Então, começo outra noite de felicidade com ela, ainda que não consiga deixar de escutar o tique-taque do relógio quando perdemos o ritmo.

Capítulo 31

CAMINHO IDA E VOLTA PELA SIXTY-SECOND STREET. PENteio o cabelo com a mão. Volto a olhar pro celular.
Não tenho ciúme por ela estar com o Simon. Nem estou chateado. Consulto minhas mensagens de novo.

Princesa: Estou atrasada. Ajudei na limpeza e tive de tomar um café depois da festinha.

Não quero cerrar os dentes. Quero que o ciúme dentro de mim me abandone. A Harper é uma amiga e não quero perdê-la como amiga.
Penso no meu pai, em seus mantras de ioga e em seu comportamento sereno. Ele não se estressa e não perde o equilíbrio. Sim. Esse sou eu. A vida é boa, sou um puta sortudo e tão frio quanto a superfície de Saturno em relação ao fato de que a Harper está tomando um café com o Simon antes de eu levá-la pra Estação Grand Central só Deus sabe por quê.
Além disso, estou tomando o meu próprio café, fiquem vocês sabendo!
Quando a Harper dobra a esquina, segurando um copo de papel, com o sósia do Chris Hemsworth ao seu lado, acompanhado de sua filha, respiro fundo.
E sabe por quê? Porque ele é melhor pra ela do que eu. A Harper gosta de crianças. É muito boa para elas. E quer filhos. Eu nem sabia o que era uma contração de Braxton Hicks.

Se vou ser seu amigo, preciso me livrar dessa inveja.

Eles se aproximam de mim e eu ofereço meu sorriso mais brilhante, mais feliz, mais besta, mais nada está errado comigo.

— Oi, Harper! Como vai? — E me viro pro Simon, ou melhor, Thor, e o cumprimento: — Como vão as coisas, cara? A festa foi boa?

A Hayden fala primeiro:

— Melhor impossível! Anna, a Incrível, fez as mágicas mais legais!

— Ela foi fantástica — o Simon se intromete, e não, eu não quero pôr caldo de galinha no boxe do seu banheiro. Não. Não quero colocar *cream cheese* no seu desodorante. Porque, de fato, não faço isso desde que tinha dezesseis anos e pregava peças no Wyatt.

Sou um homem adulto e não preciso bater no peito ou me rebaixar a esse nível. Além disso, posso ser amigo da Harper mesmo se ela namorar esse cara e usar sua calcinha asa-delta pra ele.

Minha visão fica enevoada enquanto essa imagem me provoca maldosamente. Esmago o copo de café em minha mão e os restos do líquido respingam na calçada.

Uau!

Hemsworth: um. Nick: zero.

— Tudo bem? — a Harper pergunta, e eu jogo o copo de papel na lata de lixo e tento limpar o líquido de minhas mãos.

Dou risada.

— Não devia ter aumentado os pesos na academia esta semana. Não percebi como meus antebraços ficaram fortes.

— Meu pai também é forte. — A Hayden pega o braço do Simon e o levanta. Sim, ele também é um candidato a Mister Músculo. Era só o que me faltava. — Ele é um superastro!

— A Hayden me chama assim — o Simon afirma de maneira "modesta e simples", e não é justo que esse cara pareça uma estrela de cinema e também seja humilde. É como descobrir que seu atleta preferido dá todo o dinheiro pra organizações protetoras de animais.

— É adorável. — Tenho certeza de que ninguém pôde detectar o sarcasmo em minha voz. Estou disfarçando muito bem. Ademais, a Harper nem vai notar. Na certa ela está enrubescendo e sendo incapaz de falar perto do homem que realmente quer.

— Simon — ela diz, virando-se pra ele —, obrigada pelo café. Sei que a Abby vai adorar se você entrar em contato com ela. Na próxima semana, termina o contrato com a família pra quem a Abby está trabalhando agora. Ela é uma babá excelente e é muito requisitada. Não a deixe escapar. — A Harper estala os dedos, rindo.

O Simon também ri.

— Enquanto falamos, estou ligando pra ela.

Que diabos acabei de testemunhar? A Harper não balbuciou. Não falou em dialeto. Não perdeu o controle.

— Bem, não tecnicamente enquanto nos falamos — a Harper diz, fazendo uma piada.

— Você me pegou nessa!

— Ok, preciso correr. — Então, a Harper se curva na direção da Hayden e finge puxar um pacote de balinhas da sua orelha. — Presente especial da Anna, a Incrível, pra aniversariante do dia.

A Hayden arregala os olhos e agarra o pacote de doce com sabor de frutas.

— Eu adoro isto! São as minhas preferidas!

— Eu sei. — A Harper se despede da menina com um aceno. Desvia o olhar pra sua paixonite. — Dedos cruzados. Tudo vai dar certo.

O Simon cruza o indicador e o dedo médio.

— Te vejo mais tarde, Harper. — Ele estende a mão pra mim. — Bom ver você de novo, Nick. Parabéns pelo seu programa. A Harper falou dele pra mim. Ela se orgulha de você.

— Obrigado.

E o Simon se afasta com sua filha. Viro a cabeça, tentando entender essa estranha criatura ruiva na minha frente usando as roupas da Harper. Sua enorme bolsa está no seu ombro; ou seja, tenho certeza de que ela não é uma impostora, mas não faço ideia de como ela fez essa mágica de agir normalmente. A menos que... ela não deseje mais o Simon. O que seria a melhor notícia de todos os tempos... Exceto que ela só quer ser minha amiga.

Mas espere.

Ponderemos sobre o assunto.

Somemos todos os fatos.

Ontem à noite, na minha casa, no sofá, a Harper estava muito mais do que amigável. Quando me cavalgou em seu terceiro clímax dos quatro que lhe proporcionei, ela foi muito mais que cordial. Quando gritou, *Ah, Nick, ninguém me faz sentir assim*, isso pareceu algo mais quente do que simples ternura.

221

E pareceu muito mais do que aulas de sedução. Pareceu muito mais do que sexo alucinante. Pareceu que estávamos nos apaixonando um pelo outro.

Talvez eu deva me manter no jogo.

— Vamos parar um táxi? — pergunto. — Às vezes vêm mais rápido do que o Uber aqui.

— Boa ideia. Mesmo porque tudo ficou atrasado depois da festinha.

Uma imagem lampeja diante de meus olhos relativa ao trabalho dela na festa.

— Onde está sua capa?

— Aqui. — A Harper dá um tapinha na bolsa.

— Você usa uma capa em suas apresentações, certo?

— Uso.

Tomado de súbito desejo, não consigo resistir e digo num impulso:

— Aposto que você fica um tremendo tesão só de capa e nada mais.

— Em geral, nunca uso só a capa.

— Você ficaria só de capa pra mim?

— Ficaria.

O táxi amarelo chega. Abro a porta e entro atrás dela. A batida da porta ressoa em meus ouvidos. O jogo só acaba quando termina.

— Podemos falar de uma coisa que é óbvia?

— Claro.

Aponto o polegar pra trás, na direção do Simon.

— Você adquiriu pleno uso da língua perto dele.

A Harper assente com alegria.

— Estou curada, sem dúvida. Suas aulas eliminaram minha pequena aflição.

— Ah... — balbucio com tristeza. Acho que isso significa que a Harper pode se comportar normalmente perto dos homens que gosta. — Nós nos livramos da princesa desajeitada. Vou sentir falta dela — procuro manter o astral leve.

— Sim, eu também. — A Harper suspira com melancolia e, então, dá um sorriso largo do tipo eu tenho um segredo. — Mas esse não é o único motivo pelo qual estou curada. — E enlaça o meu braço com a mão.

Odeio que faíscas voem dentro de mim por causa desse toque. Gostaria que parassem.

— Qual é o outro motivo?

A Harper aperta meu bíceps.

— Não gosto mais dele. Quando o Simon me enviou uma mensagem no último fim de semana me convidando pra tomar um café, eu recusei.

E estamos de volta à ação. Anjos cantam. Os céus se abrem. Bombons chovem do firmamento!

— É mesmo? — A custo contenho um sorriso.

— Sim — ela diz, toda sexy, maliciosa e sedutora. — O motivo pelo qual me atrasei, como você provavelmente constatou, é que ajudei na limpeza depois da festa pra podermos falar a respeito da minha amiga Abby, já que o Simon precisa de uma nova babá pra Hayden. Sua ex-mulher é uma relapsa e ele cuida praticamente sozinho da menina. Ele me pagou um café pra agradecer.

— Constatei isso. Também acho muito quente que você tenha acabado de empregar "constatar", uma palavra muito usada em palavras-cruzadas, numa conversa informal.

— Fiz isso porque sabia que você gostaria. — E ela passa os dedos pela minha nuca e pelo meu cabelo.

Essas faíscas não apenas voam — são como torpedos através da minha pele. Correm através de mim. Vivem dentro de mim com essa garota.

Como achei que poderia deixá-la ir embora? Não posso, independentemente de quem seu irmão seja. Vou ter de resolver esse probleminha em outro momento.

— Eu gosto. E também gosto muito que você não esteja a fim dele. — Encosto a parte de trás de minha cabeça na mão dela e viro o rosto pra olhá-la nos olhos.

— Por que isso o deixa contente? — A Harper quer saber, ficando mais perto de mim, enquanto o táxi vira a esquina, aproximando-se da estação de trem.

— Porque sou um filho da mãe ganancioso e te quero pra mim — confesso, e não é uma admissão completa de tudo o que sinto, mas é um começo, sendo a maneira pela qual vou ter de levar as coisas com ela: passo a passo.

— Eu sou sua. Você não sabe disso? Não seria capaz de fazer as coisas que fizemos na cama e me sentir assim com outra pessoa. Juro, Nick, não sinto nada pelo Simon desde muito antes da noite em que você me beijou. Desde muito antes de mandar os lápis pra você. Desde antes mesmo do sabão em pó. E também nunca senti nada pelo Jason.

Meu coração fica aos pulos, buscando seu caminho até ela:

— Adorei quando você me deu o sabão em pó — confesso, sem tirar os olhos dela.

— Não achei que eu fosse o seu tipo. Imaginei que você preferisse mulheres mais velhas — a Harper sussurra.

O calor se apossa da minha pele.

— Meu tipo é você — afirmo, e seus olhos azuis brilham de excitação, talvez até mesmo de felicidade selvagem.

— Você é a minha escolha — ela diz, sedutora, e agora sinto-me ainda mais excitado e acho que posso caminhar sobre a água.

O táxi freia e para na porta da estação. Pago a corrida e saio com a Harper.

— Preciso pegar um trem ou vou me atrasar — a Harper informa, num tom cheio de anseio.

— Me procura quando voltar.

— Volto muito tarde amanhã.

— Não me importo com a hora. Quero ver você.

— Eu também quero te ver.

Inclino a cabeça pro lado.

— Por que você quis que eu a trouxesse aqui?

— Porque adoro ver você.

— Harper Holiday, também adoro ver você. — Seguro seu rosto e a beijo.

Este beijo é diferente. É tão quente quanto todos os outros, mas há algo intangível nele, uma qualidade que penetra fundo no meu peito. Uma inevitabilidade e, ao contrário da noite passada, não parece o fim. Parece uma promessa de que há mais por vir.

A Harper interrompe o beijo e se vira pra partir. Então, ela se volta de novo e passa o braço em torno da minha cintura, projetando o queixo pra me encarar.

— Há algo que quero que ainda não fizemos na cama.

— Diga.

— Estou tomando pílula — ela informa.

Solto o ar com tanta força que quase caio pra trás na rua movimentada fora da estação.

— E eu estou limpo. Fiz o teste — acrescento, com a garganta seca. A possibilidade de senti-la sem barreiras é inebriante. Não sei como vou funcionar em qualquer nível entre agora e amanhã à noite.

— Então podemos transar sem camisinha amanhã?

Faço que sim com tanta força que fico meio tonto.

— Nunca transei sem camisinha.

— Serei a primeira?! — a Harper exclama, toda cintilante.

— Sim. — Estou morrendo de vontade de dizer que ela é a primeira em muitas coisas. Primeira mulher por quem me senti assim. Primeira mulher por quem me interessei mais do que o meu trabalho. Primeira mulher que me inspirou a desenhar um cartum só por diversão.

A Harper me dá um último beijo e murmura:

— Mal posso esperar.

Ela parte e tenho certeza de que as próximas trinta e seis horas serão as mais longas da minha vida.

Porque... *Totalmente nu...*

Capítulo 32

NO CINEMA, NESTA NOITE, ASSISTO COM O WYATT A UM filme de espionagem que entorpece meu cérebro com duas horas de explosões, lutas de faca e uma perseguição com moto numa escadaria interminável.

    Depois da sessão, nada de perguntas do Wyatt sobre a Harper ou o Spencer enquanto pegamos cervejas e hambúrgueres. Sou grato por isso, embora eu não saiba o que fazer com o meu amigo. Espero que o Spencer entenda que o que sinto por sua irmã não é motivo pra tingir minha sobrancelha ou me depilar.

    Mesmo se não fui honesto com ele.

    Afasto esses pensamentos. Sempre tagarela, o Wyatt me fala dos planos de expansão de seu negócio e que ele precisa contratar um novo assistente. É uma das raras ocasiões em que não falamos merda um pro outro.

    Também sou grato por ter sobrevivido ao primeiro dia da contagem regressiva.

    Quando volto pra casa, horas mais tarde, vou direto pra minha mesa desenhar no computador uma marionete com um cronômetro. De queixo caído, o personagem encara a mecânica tesuda, que arruma as pastilhas de freio usando somente uma capa.

    Título do desenho: *Contagem regressiva pra ficar nu em pelo.*

    Eu sei, eu sei. Sou brilhante. Mas, como dizem, uma mente suja é uma coisa terrível de se desperdiçar. Desligo o computador e, depois de me ajeitar debaixo dos lençóis, a última coisa que faço é verificar o celular. De novo:

o carma me ama, porque há uma foto dela. Um close de seus dedos deslizando sob a cintura de sua calcinha de renda vermelha.

Juro, essa mulher será minha ruína. Ela é perfeita demais para mim.

* * *

Na manhã de domingo, acordo com o celular vibrando no criado-mudo. Deve ser outra mensagem da Harper. Sorrio antecipadamente e pego o aparelho.

Em vez disso, porém, surge na tela uma mensagem da Serena, com a foto de um bebê dormindo.

Três quilos e pouco de tortura e não há nada que eu ame mais. Conheça o meu garotinho!

Um sorriso ainda mais largo se apossa de mim e, porque sei que a Harper vai gostar dessa foto, encaminho-a pra ela.

Fico paralisado.

Acabei de lhe enviar a foto de um bebê. Pra fazê-la feliz. Em que o meu mundo se transformou? Quem é o cara dentro de mim que encaminha fotos de um recém-nascido? E pra uma garota que me enviou uma foto erótica ontem à noite?!

É o momento em que o Papa-Léguas deixa cair a bigorna e o Coiote é atingido com dez toneladas do óbvio e sua cabeça badala e as estrelas giram, mas então tudo se torna cristalino. Eu quero que a Harper seja feliz em todos os sentidos: na cama e fora dela. Não pretendo proporcionar a essa mulher apenas dez mil orgasmos. Quero vê-la sorrir mais vezes do que posso contar.

Porque... eu me apaixonei por ela.

Gemo e rolo na cama.

Essa mulher subverteu o meu mundo. Antes eu só queria fazê-la decolar, proporcionar-lhe prazer, tirá-la do meu sistema. Agora desejo fazê-la sentir alegria em todos os sentidos. Eu, Nick Hammer, partidário declarado da monogamia em série e desbravador do orgasmo feminino, tornei-me um bobalhão apaixonado.

Gostaria que houvesse uma dica nas palavras cruzadas de domingo sobre como dar voz a essa loucura que está se apoderando do meu coração. Saber como tocar a Harper, como beijá-la e como proporcionar prazer a cada centímetro quadrado do seu corpo parece fácil em comparação a lidar com esse objeto estranho ocupando espaço no meu peito. O que se diz a uma mulher que nos deixa malucos? Não faço a menor ideia. Sexo é a minha sala de aula, mas o amor é uma linguagem de que entendo muito pouco.

Fecho os olhos, deixando a mente vagar em relação a todas as coisas que sei sobre a Harper. Ela gosta de entreter, contar piadas, passar o tempo com os amigos e a família, ajudar pessoas com quem se preocupa. Gosta do outono, de bolos, de boliche e de ganhar de mim nas competições. Gosta de cuidar do Fido, aprender novas mágicas e dar presentes.

Acima de tudo, gosta de ser compreendida.

Recordo-me de uma das mensagens — no caso, não obscena — que ela me enviou.

> Quero olhar nos olhos de um cara e sentir que ele me conhece, me entende. Quero que ele veja as minhas "loucuras" e me aceite, e não tente mudá-las. Quero saber como é isso.

Essa é uma garota que possui "loucuras" definidas. Agarro-me a algumas. Fragmentos da nossa conversa no Peace of Cake. Algo que ela disse a respeito de momentos de mau gosto. O que foi?

Esfrego o polegar e o indicador juntos, como se pudesse trazer a memória à superfície. Funciona, e sorrio por dentro quando recordo seu comentário espontâneo.

Ela escreve aquelas cenas de sexo de mau gosto, em que o cara diz para a garota que a ama enquanto está dentro dela ou pouco depois?

Posso não saber o que dizer, mas sem dúvida sei quando não dizer isso. Saio da cama, escovo os dentes, visto o calção de malhação e um suéter de lã e vou queimar parte desta energia, vou correndo até a casa do Spencer, onde alimento o Fido, confiando que esse gato e seu dono terão de aceitar esses acontecimentos imprevistos, porque vou ser muito bom pra Harper. Vou tratá-la como a majestade que ela é pra mim. Tudo o que tenho de fazer é dizer pra ela.

Não tenho um plano, um piloto de avião que escreve no céu com fumaça ou um buquê de flores; e, sinceramente, não acho que a Harper se impressionaria com qualquer uma dessas coisas. Ela não é esse tipo de pessoa.

Mas sei que a parte mais importante do meu plano é: de nenhuma maneira posso deixar essas aulas com a Harper terminarem. Não até eu dizer que quero ser muito mais do que amigo dela, muito mais do que seu professor, muito mais do que seu conselheiro amoroso. Quero ser dela. *Seu, Harper, somente seu.*

Pena que seu trem está realmente atrasado esta noite. Ela me enviou uma mensagem dizendo que ele está parado em Bridgeport pra algum tipo de reparo no motor da locomotiva.

Respondo imediatamente com a única solução possível.

Eu vou te buscar.

Princesa: Sério?!

Você não tem ideia do quanto quero te ver.

Princesa: Tanto quanto eu quero te ver?

Sim. TANTO QUANTO.

Princesa: Você não curte emoticons, mas usa maiúsculas berrantes?

MAIÚSCULAS BERRANTES SÃO MÁSCULAS. Vem aqui, gata. Preciso do seu corpo nu debaixo do meu.

Princesa: E SE EU QUISER FICAR POR CIMA?

NÃO ME IMPORTO. APENAS VEM PARA CÁ. Vou mandar um carro pra buscá-la. O que você quiser.

Princesa: Este é um caso em que o poder de aparatação seria realmente muito útil.

Agora você está me excitando de verdade, com essa conversa de
Harry Potter e feitiços mágicos. Mas, falando sério, princesa:
posso mandar um carro te pegar?

Princesa: Estão dizendo que o trem voltará a funcionar em vinte
minutos. Estarei aí em breve. Caso contrário, a espera talvez
acabe me fazendo mastigar a minha perna.

Ah, eu adoro as suas pernas. Por favor, não seja malvada com elas.

Princesa: Uau! O trem está se mexendo!

Pouco mais tarde, consulto as horas. São onze da noite e uma nova mensagem diz que a Harper deve chegar à Grand Central à meia-noite. Imagino que alguns minutos no táxi a colocarão na minha porta à meia-noite e quinze. Tomo um banho rápido, escovo os dentes e enrolo uma toalha em torno da cintura.
Uma nova mensagem da Harper surge na minha tela:

Princesa: Droga. Um novo problema. O trem chega à meia-noite e
quarenta e cinco, agora. Devo ir pra casa?

Minha resposta é instantânea:

NEM FODENDO!

Deito-me, leio um livro e adormeço.

* * *

O toque do interfone do meu apartamento é alto. Acordo assustado e me sento na cama. Esfrego os olhos, tentando me orientar. Pego os óculos. É pouco mais de uma da manhã. Me levanto e atendo o interfone. O porteiro me diz que tenho uma visita e peço pra ela subir. Deixo o quarto, abro uma fresta da porta da frente e espio o corredor.

O elevador está subindo; para e a porta se abre.

A Harper sai do elevador e vem na minha direção. Ela está usando jeans, jaqueta rosa e rabo de cavalo frouxo. Arregala os olhos quando chega perto de mim. Ficam imensos quando se coloca a poucos centímetros. A Harper baixa o olhar pra ver o meu corpo.

Eu a imito. Ora, ora... Parece que estou usando o traje com que vim ao mundo.

— De agora em diante, vou sempre dar as caras depois da meia-noite, se for esse o cumprimento que receberei — a Harper afirma, com os olhos vagando pelo meu corpo nu.

— Se você se comportar direitinho, isso poderá ser arranjado — afirmo, arqueando uma sobrancelha.

Mas ela não sabe da missa a metade. Não faz ideia de como essa afirmação é verdadeira. Se ela me quiser, poderá ter meu corpinho sarado e tudo o mais de mim a qualquer hora, o tempo todo.

Pego sua mão e a puxo pra dentro do apartamento. A Harper deixa cair no chão a sua sacola enquanto a porta se fecha.

Não perco tempo. Eu a beijo como se não nos beijássemos por semanas. Sua língua desliza entre os meus dentes e suas mãos viajam pelo meu peito e meus músculos abdominais. Finalmente, sua viagem termina num lugar que me deixa muito feliz. A Harper afaga o meu pau e a minha respiração se torna entrecortada.

Seu toque é arrepiante. Então, ela mergulha a cabeça no meu pescoço, me beijando. Sinto calafrios e mordo o lábio, pois ainda não consigo deixar transparecer tudo o que estou sentindo por ela. Em seguida, a Harper beija meu queixo e depois o meu ouvido.

— Preciso correr até o banheiro pra fazer xixi. Espere por mim na cama — ela diz.

Bato continência pra Harper e me retiro pro quarto, seguindo ordens. Tiro os óculos, coloco-os no criado-mudo e cruzo as mãos na nuca. A luz do luar atravessa as persianas, produzindo sombras no ambiente. A água corre na pia do banheiro e logo para. Escuto os passos da Harper. Três segundos depois, ela surge na minha porta, iluminada pelo luar.

Ela faz uma pose. Se a Harper ficou surpresa com o meu traje, tente imaginar o impacto sofrido pelo meu pobre cérebro ao ver o dela.

Capítulo 33

— PUTA MERDA — DIGO PAUSADAMENTE. MEU QUEIXO CAI de um jeito que quase alcança o piso de madeira de lei.

O cabelo da Harper desliza solto sobre os ombros. Ela está usando uma capa preta, sapatos de salto stilleto e calcinha de renda branca com bolinhas cor-de-rosa. É isso aí. Sem sutiã. Minha boca saliva. Meu pau imita o piso e também está duro como madeira de lei. Meu coração dispara, como se dançasse um foxtrote selvagem. Sento-me no leito.

Estou tão pirado por ela que chega a ser ridículo.

Volto a ficar de pé, caminho até a Harper e a agarro.

— Você é a garota dos meus sonhos — digo com a voz grave. Levo-a pra cama, atirando-a nela.

A Harper dá um berro de brincadeira ao aterrissar.

— Então, isso é um sim? A capa ficou boa?

Monto sobre a Harper.

— Digamos que o modo como você fica com essa capa é quente o bastante pra lançar mil novos feeds obscenos do Tumblr. A Ruiva Quente da Capa. Espere. — Faço um sinal negativo com um gesto de cabeça e levo um dedo à boca da Harper. — Nunca conte pra ninguém. Esse vai ser o título do meu próximo programa. Só que será tão sexy que terá de passar nas primeiras horas da madrugada. No Cinemax.

A Harper manuseia o cetim da capa.

— Acho que isso significa que você quer que eu fique com ela.

— Por enquanto — respondo, esfregando o pau na sua calcinha.

Em um instante, aquele brilho malicioso e brincalhão desaparece dos olhos da Harper e é substituído por um calor desenfreado. Ela estremece e estende os braços para mim, apertando meu rosto.

— Me beija, por favor. Nada me deixa com mais tesão do que os seus beijos, Nick.

— Beijar você também é o meu estímulo preliminar preferido.

Inclino-me na direção da Harper e a beijo como louco. Ela derrete em meus braços, como sorvete derrete num dia quente de verão, e tem um sabor ainda melhor. A Harper está quente e agasalhada debaixo de mim, e murmura na minha boca, suspirando contra os meus lábios, e seus dedos brincam com as pontas do meu cabelo de um jeito que me faz gemer. Ela suga a minha língua, mordisca meus lábios e, em seguida, roça sua boca doce e macia na minha. Estou possuído de um desejo tão intenso que a única maneira de dissipá-lo é ser consumido por ele. Deixá-lo me devastar, como essa garota que assumiu o controle da minha mente, do meu coração e do meu corpo. Eu a desejo com cada parte de mim.

A Harper esfrega os quadris erguidos na minha ereção.

Sim, essa parte também. *Especialmente* essa parte.

Após outra investida de seus quadris, não consigo mais lidar com os estímulos preliminares. Uma necessidade intensa se apossa de mim. Um desespero de tocá-la em todos os lugares, de beijar cada pedacinho de seu corpo, de conhecê-la. Desço da cama e enfio os polegares nas laterais da sua calcinha. Ao mesmo tempo, a Harper arqueia os quadris.

Tomo fôlego ao vê-la fazer isso. É um movimento tão pequeno no esquema das coisas, mas me diz tudo. A Harper quer que eu a deixe nua tanto quanto quero ser aquele que tira todas as suas roupas.

Minha mente se recorda de algo que a Harper disse no restaurante italiano, algo que ela falou que gostava. *Ver você se despir pra mim.* Sua voz se reproduz na minha cabeça e ouço essas palavras de uma nova maneira — uma que abre caminho mais fundo no meu coração, que significa mais do que ficar nu pra alguém. Isso significa que essa é a pessoa para quem você quer se desnudar.

Depois de tirar a calcinha dela, entendi com certeza absoluta que a Harper é pra mim. A estrada começa e termina aqui, com sua beleza magnífica de capa, em minha cama depois da meia-noite.

Ajoelhando-me aos seus pés, descalço seus sapatos, enlaço seus tornozelos com as mãos e olho pro seu rosto. Seus lábios estão entreabertos e seus olhos azuis me fazem refém.

— Oi, bonitão — ela sussurra.

— Oi, beleza.

Nossas vozes soam diferentes. Ela também tem de ouvir. Tem de sentir-se como eu. Curvo-me na direção da sua panturrilha e dou um beijo. Quando ergo o rosto, a Harper suspira por causa daquele pequeno toque.

— Harper... — digo, rouco.

— Sim?

— Quer saber algo que aprendi sobre o que eu gosto? — pergunto, repetindo as palavras que ela me disse naquela noite.

— Me fale.

— Ver você se despir pra mim.

— Ai, meu Deus... — ela geme.

Então, abro bem suas pernas, separando-as num V e, em seguida, enterro o rosto entre as suas coxas.

Não há nada como esse gemido da primeira lambida.

Nada.

Os sons da Harper são como música em meus ouvidos. Adoro o fato de ela ter aprendido o quão incrível é o sexo oral, porque não posso resistir a passar a língua nela. Quero meter muito nela, mas isso é a coisa que mais gosto no mundo: chupar o grelo da minha garota. Sentir sua doçura na minha língua, meus lábios, meu rosto.

Adoro o quão lisa a Harper parece e o quão molhada ela fica à medida que a chupo mais rápido. Quanto mais mexo a língua, mais alto ela geme, mais loucamente ela se contorce, até se debater debaixo de mim. A Harper nem sequer gosta de dedos. Língua e lábios são tudo o que ela deseja. Ela vira uma mulher desesperada, frenética, com as mãos agarrando meu cabelo e as pernas se abrindo ainda mais e, em seguida, agarrando a minha cabeça.

Olho pra ela, que me observa trabalhando entre as suas pernas. Então, faço aquilo que ela mais gosta: mergulho as mãos debaixo da sua bunda e seguro suas nádegas voluptuosas, enquanto a beijo como um louco.

Ah, meu Deus.

Sim!

Isso.

Ah, meu Deus.
Aperto e massageio seu traseiro enquanto beijo sua xoxota. A Harper está no paraíso. Agarro suas nádegas com mais força, estendendo-as com os polegares e ela se move na minha boca com ainda mais animação. Amo sua bunda e sua bunda me ama. Combinamos em todos os sentidos, sobretudo quando ela passa os braços em torno da minha cabeça com força, como se nunca quisesse me deixar partir, e rebola no meu rosto até perder o controle e gozar com um grito.

Desacelero meus movimentos, deixando a Harper saborear os efeitos secundários. Limpo a mão na minha boca, rastejo até seu corpo, pronto para senti-la de uma nova maneira. Sua capa está toda trançada em torno dela, com o laço puxado pro seu ombro agora. Rapidamente, eu o desamarro, liberando-a.

— Pensei em você hoje o dia todo e a noite toda. E ontem — sussurro, esfregando a cabeça do meu pau na sua xota escorregadia.

— Eu também — a Harper revela, pegando meus quadris e me puxando para mais perto.

A eletricidade toma conta de mim quando começo a penetrá-la. Reprimo o impulso de dizer tudo o que sinto para ela. E de deixá-la saber que esta não é apenas a minha primeira vez sem preservativo.

Que é outra primeira vez.

Uma primeira vez maior. Uma que significa muito mais do que a pureza do prazer. Uma que pode subverter meu futuro e convertê-lo numa cor totalmente nova.

Vou devagar nela.

— Harper — gemo. — Isso é...

As palavras me escapam. Não há nenhuma pra transmitir o quão incrível parece deslizar dentro dela. A Harper enlaça as pernas em torno de mim e, assim, preencho-a completamente. Firmo-me sobre ela enquanto a intensidade absoluta do prazer se apossa de mim. Olho pro seu rosto: seus lábios entreabertos, seus olhos azuis cintilantes enquanto ela me encara. Meu Deus, isso é quase demais. Mas desejo isso como oxigênio... essa ligação com ela.

Faço um movimento pra cima e a Harper se levanta. Soco meu pau nela e a Harper o acolhe mais fundo. Alcançamos um ritmo perfeito, envolto em silêncio pela primeira vez. Pra dois tagarelas, estamos emudecidos e não consigo pensar em mais nada pra dizer. Só consigo sentir: o calor do corpo da Harper, a batida do seu coração, a suavidade da sua respiração no meu rosto quando baixo meus antebraços. Ela engancha seus tornozelos com mais força e eu soco com mais força, mais fundo.

A Harper se move sob mim, nossos corpos como ímãs procurando seus opostos.

— O que você está fazendo comigo? — pergunto, num impulso.

— A mesma coisa que você está fazendo em mim — ela responde, arranhando minhas costas enquanto arqueia os quadris.

— Me diga que você também sente isso. — Cerro os dentes, porque está muito bom e eu estou perto demais.

— Sim, meu Deus, sim! — a Harper grita, e isso é uma confirmação do que estou conseguindo ou procurando neste momento.

Ela se contorce em mim, procurando por mais, e lhe dou isso. Dou-lhe tudo o que ela quer, porque quero o mesmo. Essa ligação profunda. O corporal que é muito mais. Passo os braços em torno dela, que me puxa para ainda mais perto. Estamos peito contra peito e minhas mãos deslizam no seu cabelo.

— Não quero que isso acabe — a Harper geme.

— Ah, Deus! — exclamo, sentindo uma onda de prazer. As palavras de Harper me devastam. Me arruínam. — Por favor, goze. Por favor, goze agora!

Tomado de desejo, acelero o ritmo. A Harper agarra meus ombros com força e, depois, meu rosto, passando a mão pela minha barba. Ao mesmo tempo, trepo e faço amor com ela. Ela é muito livre comigo, uma coisinha sexy enlouquecida, carente e faminta, e eu a levo ao limite.

Harper enterra o rosto no meu pescoço, beijando-me de modo descontrolado. Sua respiração se torna selvagem e, então, ela chama meu nome, deixando-me todo arrepiado. A Harper grita debaixo de mim até perder a voz e ficar à minha mercê. Finalmente, estou livre pra persegui-la ali e é um alívio quando o orgasmo pulsa através de mim, vindo em ondas, agarrando-me, e os meus ombros tremem, e todo o meu corpo estremece.

Gemo, ainda em cima dela, soltando o ar com força. Outra exalação e começo a voltar ao normal.

— Também não quero que isso acabe. — E a minha boca reivindica a da Harper. Se eu não a beijar, direi a ela, e agora não é o momento. Ela deixou isso claro algumas semanas atrás, e adoro suas "loucuras". Engulo todas as palavras com a minha boca sobre a dela, mas o tempo todo elas dançam na minha cabeça.

Estou apaixonado demais por ela. Não posso suportar o pensamento do fim.

Poucos minutos depois, saio da cama e me dirijo ao banheiro pra me arrumar. Pego uma toalha de rosto, molho uma ponta com água morna e volto pra Harper, toda estendida e sonolenta na minha cama. Com delicadeza, eu a limpo e ela me dá um sorriso encantador.

— Obrigada — murmura e rola para o lado.

Jogo a tolha no cesto de roupa suja, volto pra cama e me cubro. A Harper está passando a noite comigo pela primeira vez e espero que seja a primeira de muitas. Passo os braços em torno dela e a trago pra mais perto.

— Não tenho mais nada pra te ensinar — sussurro. — Já que concluímos o curso, será que poderemos ser apenas nós?

A Harper murmura algo que soa como "sim" e adormece em segundos.

Beijo seu cabelo, passo os dedos por ele, sabendo que amanhã teremos a chance de descobrir o que isso significa exatamente. Posso dizer as palavras à luz do dia, uma vez que sei que é assim que ela quer.

No momento em que eu falar com a Harper, será necessário não haver nenhuma dúvida a respeito disso para ela. Ela sabe que adoro dormir com ela. Sabe que me excita loucamente. Não posso me arriscar a que ela ache que as endorfinas estão no comando do navio. As palavras que quero dizer precisam do peso do sol atrás de si, e não da escuridão nebulosa do luar.

Amanhã, vou contar tudo pra ela, e também terei de contar ao seu irmão que me apaixonei louca e implacavelmente pela irmã de meu melhor amigo e que não consigo imaginar viver sem ela.

Com a respiração dela se movendo como um fantasma sobre o meu braço num ritmo constante, eu beijo seu cabelo e ensaio num murmúrio:

— Eu te amo, Harper Holiday.

Capítulo 34

A HARPER É UMA DORMINHOCA IMBATÍVEL. NUNCA VI alguém dormir como ela.

Também é imbatível na competição de estrela-do-mar. De modo algum fiquei surpreso, dada a maneira pela qual ela alternou durante toda a noite entre me enlaçar como um polvo e me chutar com suas pernas selvagens enquanto dormia.

Ter uma cama *king-size* é bom.

Mas mesmo com toda essa movimentação, ela não acordou nenhuma vez. Nem pra fazer xixi. Nem pra bocejar. Nem pra levantar uma pálpebra ou se cobrir mais com as cobertas.

Agora são nove e meia da manhã e já estou de banho tomado, vestido e comendo o meu café da manhã. Achei que a levaria pra fazer o desjejum na rua e lhe dizer como me sinto, mas nesse ritmo talvez isso aconteça na hora do almoço. Por mim, tudo bem.

É segunda-feira e vou trabalhar em casa hoje. Sento-me à escrivaninha. Quando ligo o computador, o celular toca. O número do Tyler pisca na tela. Atendo de imediato.

— Oi, cara, alguma novidade?

— A notícia é incrível. Estou a dois quarteirões da sua casa. Mova seu traseiro e me encontre pra um café. Assim, posso te contar pessoalmente e parabenizá-lo.

— Deixa comigo!

Depois de desligar, pego uma folha de papel e escrevo uma mensagem pra Harper dizendo que voltarei logo e que ela me espere. Em seguida, saio do meu prédio e me dirijo a uma cafeteria lotada na Columbus. Usando terno azul-marinho sob medida, o Tyler me espera a uma mesa, com duas xícaras de café sobre o tampo.

Ele passa uma delas para mim.

— Não vou te cobrar meu honorário por isso e o café é por minha conta.

— A novidade deve ser incrível pra você abrir mão do seu honorário, o que me surpreende, dada a grosseria do Gino na sexta-feira. — Tomo um gole. Como não terminei o meu café na minha casa, este funcionará como reposição.

O Tyler gesticula com desdém.

— Quem se importa com essa desavença? Preste atenção a isto, Nick — ele diz, pondo a mão no meu ombro e pigarreando. — Ele quer passar o programa pra um dos canais irmãos da empresa. Encontrar uma audiência ainda maior para você.

Arregalo os olhos.

— O Gino acha mesmo que isso vai acontecer?

Com orgulho, o Tyler assente.

— O horário das dez da noite é perfeito pro programa. E você sabe o que as redes querem hoje em dia. Todas desejam competir com a LGO — ele afirma, mencionando a rede de canais a cabo mais quente do momento. — E seu programa dá uma vantagem competitiva pra Comedy Nation. Além disso, você nem precisa fazer grandes mudanças. Talvez abrandar uma palavra suja aqui ou ali, mas nada que comprometa a integridade do programa.

Dou um suspiro de alívio. Não que tenha planejado me comportar totalmente como artista diante do Gino, mas é bom poder manter a integridade artística.

— Essa foi a posição dele?

— Sim. Eu te falei. O Gino só estava querendo encher o seu saco. Ei, eu mencionei a melhor parte?

— Não. Diga. — Estou ávido por mais notícias boas, porque essa é muito mais do que eu esperava.

— O Gino quer subir a comissão que paga a você em 30%.

— Puta merda! — exclamo, piscando.

— Nada mau, hein? — O Tyler esboça um sorriso do tamanho do Central Park. — E não estão te pagando trocados agora.

— Não, não estão. Os cheques são muito bons.

— Os caras querem fazer a jogada o mais rápido possível. Até simularam algumas promoções sobre a mudança de horário. Estão planejando fazer a mudança no começo do próximo ano.

Tudo parece incrível. Tudo parece fantástico. Também parece bom demais pra ser verdade.

Quando o Tyler abre a boca pra me comunicar a parte final das novidades, essa intuição se confirma.

— Ah, tem mais uma coisa...

— O que é?

— O Gino está mudando o programa pra Los Angeles.

É como um soco no estômago. Não consigo falar. Fico de queixo caído e as palavras *Los Angeles* ressoam na minha cabeça. Agarro a borda da mesa pra me firmar.

— Los Angeles?! — grasno, como se nunca tivesse ouvido falar dessa terra estrangeira.

— É onde fica a sede da rede. O Gino quer você lá também. Terra do sol e das palmeiras. É minha cidade natal, seu canalha sortudo! — O Tyler não cabe em si de alegria. Ele acabou de servir um fantástico pacote de renegociação e o amarra num laço perfeito, dado seu amor pela costa oeste.

— Sim, Los Angeles é incrível — digo, mas meu tom de voz é inexpressivo.

O Tyler percebe isso, pois muda pro modo exortação, dando um tapinha no meu ombro.

— É um agente de mudança, Nick. Você é uma estrela, e isso é o tipo de oportunidade que o leva pra estratosfera. — Ele faz um gesto com o braço levantado, para demonstrar. — É ar rarefeito, cara.

— Sim. — Eu, por meu lado, vejo todos os meus planos desabando. Nem mesmo ao estilo bigorna, apenas uma pedra pesada nas entranhas.

Porque o Tyler tem razão. É um passo enorme. Então, o que há de errado comigo? O trabalho é a coisa de que mais gosto. A carreira é a minha paixão e esse programa fez todos os meus sonhos se tornarem realidade. No entanto, no meio de uma cafeteria, depois de ter recebido a melhor notícia de todos os tempos, não estou pensando no trabalho.

Estou pensando na única coisa que Los Angeles não tem.

A Harper na minha cama como uma estrela-do-mar.

Los Angeles carece completamente da mulher sem a qual — acabo de me dar conta — não posso viver.

Tomo um gole de café, coloco a xícara no pires e faço uma pergunta difícil:

— Tudo parece ótimo. Mas há algo que quero saber.

— Manda ver — o Tyler diz de bate-pronto.

— E se eu disser "não"?

O Tyler forma um *O* de espanto com a boca. Em seguida, rearranja a expressão para um *Ah, não*.

— Esse é o problema: o Gino já contratou outro programa pro seu horário.

Levo alguns segundos pra digerir a notícia.

— Bem, isso muda o jogo, né?

Capítulo 35

A HARPER AJEITA O CABELO NUM RABO DE CAVALO quando abro a porta do meu apartamento. Ela está sentada no balcão da cozinha, com as pernas cruzadas, balançando um pé pra frente e pra trás. Usa jeans, suéter e botas. Ela deve ter tudo de seu guarda-roupa dentro daquela sacola gigante.

Ao me ver, a Harper abre um sorriso amplo.

— Oi — ela diz, parecendo animada.

— Oi. — Em contraste, minha voz pesa duas toneladas.

Ela franze a sobrancelha.

— O que houve?

Respiro fundo e revelo a dura verdade:

— Estão mudando meu programa pra Los Angeles.

De imediato, a Harper fica de pé, com as botas batendo no chão sonoramente. Parece surpresa.

— Sério?

Faço que sim com um gesto de cabeça. Eu devia estar feliz. Devia estar comemorando.

— Pra a sede da rede. Num horário mais nobre. Mais dinheiro. Mais audiência. Mais oportunidades de veiculação em outras emissoras. Blá-blá-blá. Basicamente, isso é ganhar na loteria.

A Harper engole em seco. Expira. Inspira. Olha pra baixo. Nervosamente, brinca com as mangas do suéter. Projeta o queixo. Sua expressão é dura, mas, de repente, seu rosto é a imagem da excitação. Se você buscasse no Google "me mostre um rosto excitado", ela apareceria nos resultados.

— Isso é incrível, Nick! É incrível demais! Eu sempre soube que você seria uma estrela ainda maior. — Então, ela vence os poucos metros de distância que nos separam e me dá um abraço de parabéns.

Parece bom segurá-la assim, mas ruim também. Porque não é como esse momento deveria rolar. A Harper está me abraçando como a irmã do Spencer me abraçaria.

Separo-me dela.

— Eu teria de mudar pra Los Angeles.

— Parece que sim — ela afirma, e juro que a animação na sua voz é forçada.

— Harper... — Mas não sei o que dizer a seguir. Como sou capaz de escrever e desenhar enredos todas as semanas, mas imaginar o que dizer a esta mulher me deixa confuso? Ah, certo. Porque o meu programa é uma comédia e a minha vida neste momento está tentando desesperadamente imitar um romance. Só que não tenho ideia de como isso funciona. Como alguém sai de um momento de merda e chega a um final feliz? — E nós?

— E nós? — a Harper repete, olhando nos meus olhos. Seu corpo é uma linha reta e a tensão, talvez a expectativa, parece vibrar fora dela.

— O que será de nós se eu for pra Los Angeles?

— Nick... — Ela toma fôlego. — É uma grande oportunidade pra você.

— Sim, eu sei. Mas isto... — Gesticulo de mim pra ela e de volta para mim. Por que ninguém nunca menciona o quão difícil é desnudar o coração? É como descascar uma camada de pele. — ... está apenas começando, certo?

A Harper assente, mas se mantém calada. Fecha os lábios e eles formam uma régua. Ela consulta o relógio.

— Eu... hum... tenho vários compromissos. Estou fazendo um curso pra aprender novas mágicas e a aula é daqui a pouco. Não posso faltar. Também preciso passar na lavanderia.

Não!, eu quero gritar. *Você não pode se mandar. Me diga pra não ir. Me diga que você me quer mais do que tudo.*

Mas por que não posso também dizer essas coisas? Tento falar, mas nada sai. Tento de novo:

— Harper, quero uma chance com você.

243

Ela se encosta em mim. Mergulho o nariz na sua nuca, sentindo seu cheiro. A Harper tem o cheiro do meu sabonete.

— Eu também, mas... — Ela para de falar e ergue o rosto. — É uma oportunidade incrível. Você tem de aceitá-la. Você precisa ir pra Los Angeles.

— Dá um tapinha no pulso. — Tenho mesmo de ir. Estou muito atrasada

A Harper pega a bolsa, joga-a no ombro e se dirige pra a porta.

— Eu te envio uma mensagem mais tarde. — A Harper sai, e eu quero dar um chute em mim mesmo por dar ouvidos às suas palavras no Peace of Cake. Momentos de mau gosto ou não, eu devia ter dito a ela ontem à noite como me sinto. Devia ter dito a ela antes de saber dessa ironia do destino. Então, eu saberia de verdade se ela sentia o mesmo.

Foda-se o momento perfeito. Foda-se esperar. Não tenho um plano e não me importo. Sigo-a pelo corredor, chamando seu nome enquanto a Harper aperta o botão do elevador. Ao alcançá-la, paro de enrolar e simplesmente conto a verdade:

— Estou apaixonado por você, Harper. Se você me disser pra não ir pra Los Angeles, eu não vou.

Ela arregala os olhos. Pisca diversas vezes. Põe a mão sobre a boca como se estivesse segurando alguma coisa.

— Fale. Simplesmente diga o que você quer dizer — peço, e não sei se estou pedindo pra ela dizer *Eu gosto de você* ou *Não vá pra Los Angeles*.

Talvez as duas coisas.

O elevador chega fazendo um barulho suave. As portas se abrem. A Harper dá um passo. Agarro seu braço para detê-la.

— Fale.

Ela tira a mão da boca. Projeta o queixo e diz, de modo claro e simples:

— Não posso dizer pra você não ir pra Los Angeles.

Sabe a tristeza que senti no táxi no outro dia? Não é nada em comparação a esta. O meu coração mergulha no chão como um meteoro se chocando contra a Terra. Quero detê-la, fazê-la ficar, me explicar, mas fico paralisado como uma estátua enquanto as portas do elevador se fecham. O elevador começa a descer e a Harper parte o meu coração.

Chuto a parede, e dói pra cacete.

— Porra! — murmuro.

Volto pro meu apartamento, caminho até a janela e olho pra rua até a Harper sair do saguão e pegar a Central Park West.

Ela esfrega o rosto com a mão. Volta a esfregá-lo. Pega o ritmo e, em pouco tempo, ela é um borrão avermelhado, e meu peito dói por ela.

O amor é uma droga.

Não faço ideia do que dizer, do que ela precisa ouvir, ou do que diabos vou fazer. Nem mesmo sei a quem recorrer em busca de conselhos.

No entanto, o problema é solucionado pra mim um pouco mais tarde, no momento em que o porteiro interfona. Sinto a esperança crescer de que ela voltou. Só que, quando pergunto quem está à minha procura, descubro que é um outro Holiday.

Capítulo 36

O SPENCER PUXA UM BANCO, SENTA-SE E PÕE UM SACO plástico branco de uma farmácia no balcão da cozinha. Ele não diz nada enquanto abre o saco e retira metodicamente cada item.

Uma caixa de tintura laranja pra cabelo e um aparelho de barbear.

— Merda! — Suspiro com força, sentindo uma emoção nova e igualmente desagradável. *Vergonha*. Menti pro Spencer e ele sabe disso.

Ele inclina o rosto, acaricia o queixo e olha pra mim.

— Me dá um motivo pra que eu não raspe a sua barba e tinja as suas sobrancelhas de laranja no meio da noite.

Passo a mão pelo cabelo e solto uma longa torrente de ar. Em seguida, simplesmente encolho os ombros, num gesto de indiferença.

— Não consigo pensar em nenhum.

O Spencer faz cara feia.

— Sério? Isso é tudo?

Ergo as mãos em rendição.

— Você está no seu total direito — afirmo, num tom inexpressivo. Porque realmente quem se importa agora?

Ele coça a orelha.

— Você andou tendo um caso com a minha irmã e isso é tudo o que vai me dizer?

— O que quer que eu faça? Que eu negue tudo? Que pergunte como você ficou sabendo?

— Hum... — ele começa, mas emudece. O Spencer de fato esperava que eu negasse.

— Veja... — Sabe, eu não tenho cabeça pra isso agora. — Tenho certeza de que você descobriu. Você me viu dançando com ela no seu casamento, né? Estou certo?

O Spencer faz que sim, com seus olhos verdes registrando algum tipo de surpresa pelo fato de eu não estar evitando o confronto.

— A Charlotte lembrou disso e eu falei pra ela que não podia ser. Assim, nós apostamos e eu vim aqui pra provar que ela estava enganada. Mas, puta merda, há algo acontecendo de verdade?!

Confirmo com um gesto de cabeça.

— Havia. Não há. Não sei. De qualquer maneira, vingue-se.

Ele parece assustado.

— Qual é? Jura?! — Spencer começa a entrar num estado de negação.

— Olha, me desculpa, mas eu não me arrependo — afirmo, aumentando o volume da voz e me encostando na porta da geladeira. A frustração, a raiva e a tristeza tomam conta de mim.

O Spencer estende as mãos num gesto de *como assim?!*.

— Como diabos isso aconteceu, Nick?!

Olho para ele.

— Não vou entrar em detalhes. — O jeito como começou não é da conta de ninguém. Prometi pra Harper que não contaria a quem quer que fosse e não quebrarei a promessa, mesmo se ela achou certo partir meu coração em dois com sua despedida do tipo *sinta-se livre pra ir pra Los Angeles*.

— Você tem um caso com a minha irmã e essa é a sua resposta? — o Spencer pergunta, num tom mais sombrio. Sem dúvida, ele está puto agora.

— É particular, ok? É particular e é pessoal.

Me afasto da geladeira e pressiono as mãos contra o balcão, encarando-o. Achei que teria de pedir a aprovação do Spencer pra me apaixonar por sua irmã, mas agora vejo que o que aconteceu com a Harper não envolve sua permissão. Nem sequer o envolve. Entendi essa parte do modo totalmente errado. A Harper só estaria fora de cogitação se eu não me interessasse por ela. Eu me interesso muito por ela e não sei o que fazer com esse excesso de sentimentos pela irmã do meu melhor amigo. Chegou a hora de ele saber disso.

— Aconteceu, e aconteceu de novo, e agora aqui estou eu: apaixonado pela sua irmã. Então, veja só. Pegue a tintura pra cabelo, raspe a minha barba. Faça o que quiser, cara. Nada vai mudar o fato de que eu disse a ela que a amo e que ela me disse que estou livre pra ir pra Los Angeles.

— Epa! — o Spencer exclama, balançando a cabeça como se tivesse água nos ouvidos. Em seguida, faz um sinal pedindo tempo. — Espera. Do que você disse, eu entendi *estou apaixonado* e *Los Angeles*. Começa do início.

A raiva que estava fermentando no Spencer parece ter serenado.

Não começo do início. Não compartilho os detalhes. Mas lhe dou ingredientes básicos da minha vida de canalha sortudo.

— Essa é a verdade. Venho sentindo algo pela Harper já há algum tempo. Tentei negar esses sentimentos. Tentei ignorá-los. Mas quanto mais eu ficava com ela, mais difícil se tornava lutar contra isso. A princípio, não te consultei porque o que estava rolando envolvia apenas nós dois, ela e eu. Não estou dizendo que é certo. Estou dizendo que foi assim que rolou e não me arrependo do que sinto. Tudo ficou claro durante a sua lua de mel. O quanto me interesso por ela. E o quanto estou apaixonado pela Harper. E a verdadeira dificuldade em tudo isso é que, agora que contei pra ela, não posso mais ficar com a Harper.

— Por quê? — O Spencer me encara com ar de espanto.

— Estão mudando o meu programa pra Los Angeles. O Gino já deu o meu novo horário. Se eu quiser continuar na emissora, é Califórnia ou nada. — Suspiro. — Não espero que você sinta pena de mim. Não espero que ninguém sinta. — Penteio o cabelo com a mão e solto a voz: — Tudo o que quero é a garota, e não posso tê-la.

É a vez de o Spencer suspirar:

— Cara, não é nem meio-dia e precisamos afogar nossas mágoas, porque não há nada pior do que se apaixonar — ele afirma, num tom simpático. Então, apanha a tintura de cabelo e o aparelho de barbear e os deixa cair dentro do saco.

— Consegui um indulto?

O Spencer faz que sim.

— Você não está puto?

Ele me olha nos olhos.

— Cara, eu me apaixonei pela minha melhor amiga e sócia. Eu entendo. O amor simplesmente acontece e se apossa da gente de forma inesperada. E você… se apaixonou pela minha irmã. Não posso culpá-lo por isso. Não posso sentir raiva de você por ter bom gosto, né? Além do mais, você está sofrendo bastante pelo fato de estar apaixonado. Só faltava eu ser um imbecil.

Dou risada.

— O amor é um pé no saco.

— E por acaso eu não sei o quão difícil pode ser? Por isso é uma boa coisa que eu possa devolver estas coisas pra farmácia. — A expressão do Spencer se torna mais séria. — Mas escute, tenho de te dizer uma coisa. Sabe por que eu não queria que você ficasse com a Harper?

— Porque você acha que não sou bom o suficiente pra ela?

— Claro que não — ele zomba. — Na verdade, acho que você é o único sujeito que realmente merece a minha irmã, e a minha irmã é incrível.

Consigo dar um sorriso tímido.

— Eu sei. Ela é mesmo.

— Eu disse tudo aquilo porque, se você partisse o coração da Harper, eu te perderia como amigo — Spencer diz com severidade, apontando um dedo para mim. — E eu preciso de você, Nick. Mas teria de matá-lo por tê-la magoado.

— Essa é a coisa mais legal que você já me disse. De uma maneira estranha.

— Eu sei.

— Mas, Spencer? Eu não quero magoar a Harper. — eu o encaro, pra ele saber que falo tão sério quanto ele falou. — E não quero partir o coração dela. Tudo o que quero é amá-la. E você pode zombar de mim por eu dizer isso. Mas é verdade.

O Spencer empurra o banco, fica de pé e me dá um tapinha nas costas.

— Muito bem. Eu não queria ter de chegar a isso, mas, sem dúvida, precisamos convocar reforços.

— Com quem?

O Spencer me olha como se a resposta fosse óbvia.

— A Charlotte. Acha mesmo que eu consigo descobrir como trazer a Harper de volta? Tive a maior sorte do mundo ao conseguir convencer a Charlotte a se casar comigo. Você precisa de uma arma poderosa neste caso.

* * *

O Fido me olha como se conhecesse todos os meus segredos. Enquanto isso, no sofá, a Charlotte escuta a história do meu amor não correspondido.

— Quero entender isso direito. — A Charlotte boceja. Ela ainda sente os efeitos do *jet lag* da volta do Havaí, mas está disposta a enfrentar meu patético lamento de uma vida amorosa. O Spencer está sentado ao lado dela. — A Harper te incentivou a aproveitar a oportunidade mais incrível da sua carreira?

— Sim.

— E ela está bem ciente de que o programa é a coisa que você mais ama? — A Charlotte me encara.

— É?

— Todo o mundo sabe disso.

— Sério?

Ela faz cara de espanto.

— Nick, não é algo ruim. É algo verdadeiro. Você ama o seu trabalho, ama desenhar cartuns e ama *As aventuras de Mister Orgasmo*. Tenho certeza de que a Harper sabe o quanto você adora o programa.

— Imagino. — Recordo a minha conversa com a Harper após o pseudoencontro dela com o Jason, quando ela me perguntou do que eu tinha mais medo. Minha resposta? *Que tudo desabe: o trabalho, o programa, o sucesso.* Em seguida, recordo que a Harper me perguntou sobre filhos depois de levarmos a Serena pro hospital. Minha resposta salientou mais uma vez que o programa é o meu verdadeiro amor. *Concentrei-me bastante no trabalho, no meu emprego e no programa. É o que a minha vida tem sido desde que me formei na faculdade. E amo isso.*

O que significa que Harper Holiday tem todos os motivos do mundo pra acreditar que eu faria qualquer coisa pelo trabalho. Eu iria pra qualquer lugar por causa do meu programa. Ela não tem motivo para pensar de outra forma.

A Charlotte confirma isso com sua próxima afirmação:

— A Harper sabe que o seu trabalho, compreensivelmente, tem sido o centro do seu universo desde os seus vinte anos.

Volto a concordar com a cabeça. O Fido aproveita a oportunidade pra se estender no colo da Charlotte e se virar, oferecendo a barriga pra carícias. Ele é bem safadinho.

— Mas eu disse pra Harper que a amava e ela respondeu que não podia dizer pra eu não ir pra Los Angeles. Ela não falou que me amava.

A Charlotte rejeita minha preocupação.

— Essa não é a questão. A Harper está tentando mostrar que te apoia. Ela não quer que você tome essa decisão baseado nela.

— Como eu faria isso?

— Revelando que você a ama no mesmo momento em que diz para ela que está se mudando pra Los Angeles — a Charlotte afirma calmamente enquanto acaricia o Fido.

— E isso significa que estou fazendo com que ela tome a decisão?

— Exatamente. E como a Harper se preocupa com você, ela quer que você se sinta livre pra decidir o que é certo pra *você*. — A Charlotte aponta pra mim.

Semicerro os olhos, em avaliação.

— Como sabe que ela se preocupa comigo?

— Quando você falou dessa nova oportunidade, a Harper te encorajou a aproveitá-la. Ainda assim você acha que isso significa que ela não se importa com você? Estou entendendo direito?

O Spencer dá um sorriso largo e passa um braço em torno da Charlotte.

— Minha mulher é brilhante, né? — Em seguida, pergunta pra ela: — Então, você pode nos dizer o que tudo isso quer dizer?

A Charlotte olha em volta, exprimindo impaciência.

— Vocês dois são muito idiotas. Mas eu os amo. De maneiras diferentes, é claro.

— Melhor assim. De maneiras diferentes — o Spencer afirma, bufando.

A Charlotte se vira para mim.

— Como você se sentia quando estava com ela? A Harper dava a impressão de sentir o mesmo?

O Spencer tapa os ouvidos.

— Não quero ouvir nada!

Ele começa a cantarolar e enquanto isso eu conto pra Charlotte mais do que admitiria contar pro Spencer.

— Sim, sim. Completamente. Estávamos em sintonia. Você sabe como é. O jeito como Harper me olhava... As coisas que dizia... — E deixo minha voz se perder. Não conto pra ela como me senti na cama com a Harper ontem à noite, mas sei que ela se sentiu da mesma maneira.

Me diga que você também sente isso.

A simples lembrança da noite passada me anima.

Recordo os momentos no táxi antes de a Harper pegar o trem e como finalmente admitimos o quanto queríamos ver um ao outro.

Me lembro do que a Harper disse após toparmos com a Jillian na livraria. Achei que ela estava tentando me confinar na zona da amizade. Mas e se ela estivesse tentando fazer o mesmo que eu: assegurar que éramos alguma coisa, ao menos? Porque alguma coisa é melhor do que nada. Repriso todos os momentos que compartilhamos: a Harper me pedindo pra levá-la à estação porque queria me ver; ela se exibindo depois da meia-noite apenas com uma capa; ela me trazendo sorvete; ela me dando sabão em pó e lápis; ela me levando a um *showroom* de chuveiros; ela indo à festa do Gino; ela jogando boliche; ela me oferecendo a fantasia de bibliotecária; e ela usando lingerie pra mim. Meu Deus, a lingerie fantástica, divina e profana que a Harper usa e que me deixa louco. A Harper me excita, me faz feliz, me inspira e...

A Charlotte interrompe o meu devaneio:

— Acho que a questão não é se ela deve te dizer pra *não* ir pra Los Angeles. A questão é se você *quer* ir. E se você quer ir pra Los Angeles, talvez deva pedir pra ela ir com você.

A Charlotte é genial. Genial demais. Fiz tudo errado e preciso arrumar a minha bagunça. Fico de pé.

— Você tem razão. Tenho de ir!

Beijo o rosto da Charlotte, dou um tapinha no ombro do Spencer e afago o focinho do Fido. O gato arqueia uma sobrancelha esnobe, mas sei que ele aprova, porque amamos a mesma garota. Enquanto saio, a Charlotte se volta pro Spencer e diz:

— Ganhei a aposta.

Na rua, apanho um táxi pra casa, pego algumas pastas e, em seguida, dirijo-me pro escritório do Tyler, onde peço pra ele entrar em contato com o Gino e desafiá-lo.

Capítulo 37

SE ESSE FOSSE UM DOS ROMANCES DA J. CAMERON, O herói contrataria um piloto que escreve no céu com fumaça pra rabiscar o nome da heroína na tela azul acima de nós. Ou ele pararia o avião no portão de embarque e declararia seu amor. Talvez ele até dissesse à mulher que adora que só teve olhos pra ela num telão num jogo de beisebol lotado.

Mas esta é a minha vida, e é a vida da Harper.

Algo que eu sei que é verdade sobre a mulher por quem sou louco: embora ela possa gostar de beijos em público, não é chegada a declarações de amor em público.

É por isso que não faço nenhuma dessas coisas: não compro flores, chocolates, balões ou ursinhos de pelúcia. Tampouco pego um rádio-gravador e toco Peter Gabriel sob a sua janela. Em vez disso, com um envelope na mão, dirijo-me ao seu prédio e toco a campainha do seu apartamento.

Toco, toco e toco.

Respiro fundo.

Toco de novo. Toco, toco e toco.

Pego o celular no bolso de trás da calça. Talvez eu devesse ter ligado primeiro. Sem dúvida deveria ter ligado primeiro. Agi como um idiota. A Harper pode estar em qualquer lugar. Ela pode estar fazendo um show de mágica.

Ok, talvez não numa tarde de segunda-feira.

Espere. Estalo os dedos. A Harper disse que tinha uma aula. Depois, ia passar na lavanderia. Desbloqueio o celular e vejo uma mensagem dela. Meu coração fica aos pulos. Prendo a respiração e acesso a mensagem. Descubro que ela não está fazendo nada do que pensei.

Princesa: Cadê você? O porteiro está interfonando direto pro seu apartamento.

Essa mensagem é seguida por outra:

Princesa: Ah, você pode estar em qualquer lugar. Acho que posso ligar. Afinal, meu celular é bidirecional.

Fico tonto de alegria com as suas palavras. Ela está na minha casa. Droga, ela está na minha casa! Ligo pra ela, mas, antes que a ligação se complete, meu celular apita.

— Estou no seu prédio — digo assim que atendo a chamada.

— E eu estou no seu — a Harper afirma, e posso ouvir algo como clareza em seu tom, como esperança.

— Tenho uma ideia — digo, raciocinando com rapidez. — Vamos nos encontrar no meio do caminho?

— Na Rua 84, então? — A Harper mora na 95 e eu, na 73.

— Adoro quando você faz contas. Sim, me encontra no Central Park com a 84.

— Você vai de Uber ou a pé?

— A pé.

Dez minutos depois, paro na entrada do parque, sob as folhas cor de bronze e vermelho-escuras de uma cerejeira, enquanto o trânsito de depois do almoço passa zumbindo. Ando de um lado pro outro esperando por ela, procurando por ela, até que a vejo, caminhando rápido, praticamente correndo pra mim.

Meu coração dispara e não sei como ele consegue ficar dentro do meu peito. Não tenho ideia do que a Harper vai dizer, nem do motivo pelo qual ela estava na minha casa ou do que vai acontecer, mas ela está aqui agora. A Harper veio me encontrar e a última vez que isso aconteceu foi o início da nossa primeira noite juntos de verdade.

A brisa de outono desmancha seu cabelo e as mechas ruivas flutuam no seu rosto, enquanto a Harper se aproxima de mim, olha nos meus olhos e diz:
— Estou apaixonada por você, Nick. Se você me pedir pra ir junto, eu vou.

E o meu coração, juro, salta do meu peito direto em suas mãos, onde a Harper pode segurá-lo pra sempre, porque pertence a ela. Eu me apaixono ainda mais por ela — quem diria que seria possível? — nesse momento.

A Harper segura meu rosto entre as mãos e segue falando antes que eu consiga dizer alguma coisa:

— Não falei nada quando conversamos pela manhã porque queria que a decisão fosse sua — ela esclareceu, com os olhos azuis fixos em mim.

— Por isso saí rapidamente da sua casa, pra que você se sentisse livre pra fazer a sua escolha. Eu não queria que você se preocupasse comigo ou achasse que tinha que recusar algo que ama por minha causa. Mas o tempo todo me senti devastada, porque me sinto da mesma maneira que você se sente. E sei o quanto isso significa para você, e você significa muito pra mim, e quero que você saiba que eu iria junto. Porque também te amo.

Encosto a boca na dela, roço os lábios nos dela, e beijo a mulher que amo e que também me ama.

Nova York e o outono. A Harper e eu. Amor e amizade.

Estou muito feliz e não sou capaz de conter essa felicidade dentro de mim. Nós nos beijamos, e nos beijamos, e nos beijamos. Não consigo parar. Passo a mão em seu cabelo, nas mechas macias e sedosas que se espalham sobre meus dedos, enquanto a beijo fora do Central Park, onde eu a conheci.

Portanto, não há necessidade de abrir mão. Não há necessidade de ela desistir de nada por mim. Quando interrompo o beijo, sinto-me tonto, e sorrio como o bobalhão apaixonado que sou.

— Você não pode vir comigo — afirmo, e a expressão da Harper se transforma, enquanto a tristeza tremula em seus olhos.

— Por quê?

Pressiono um dedo em seus lábios.

— Porque eu não vou.

— Como?! — Ela golpeia o meu peito. — Você está louco?! Essa é a oportunidade da sua vida!

Dou de ombros, num gesto de indiferença.

— Talvez seja. Talvez não seja. Não me importo com o programa neste momento. O programa me deu tudo o que eu poderia querer, mas não me

deu você. Em toda a minha vida, o que mais gostei de fazer foi desenhar...
— Passo a mão pelo cabelo dela. — ...até você aparecer.

A Harper estremece.

— Pare, Nick. Isso é loucura.

Faço que não com um gesto de cabeça.

— Não é, não. É a verdade. Outro programa pode rolar. Mas outra mulher igual a você, jamais.

A Harper leva a mão à boca, como se estivesse tentando encobrir o tremor dos lábios. Mas a lágrima que rola pelo seu rosto a trai.

— Harper, eu amo você mais do que *As aventuras de Mister Orgasmo*. E não posso exigir que você deixe Nova York.

— Mas eu deixaria. Deixaria por você. Sou muito boa no que faço e há mães em todos os lugares que me contratariam pra shows de mágica. Uma referência e eu me daria muito bem em Los Angeles.

— Eu sei — murmuro, e a Harper tem razão: ela poderia se mudar pra Los Angeles e de algum modo fazer tudo funcionar. — Mas eu também gosto de Nova York. E quero estar com você aqui, em Manhattan. Esta é a nossa casa, e *você* é o que não posso perder. E não o programa.

— Então, o que aconteceu?

— Eu disse pro Tyler rejeitar a oferta. O Gino acha que me tem nas mãos, mas não tem. Porque é o seguinte: o Gino é um imbecil, e não gosto de trabalhar pra ele. O idiota acha que manda em mim porque me descobriu, mas o programa é portátil. Vai pra qualquer lugar. O Gino pode ser o dono de tudo o que criei até agora, mas tudo o que virá a seguir está aqui na minha cabeça. — Dou uma pancadinha na minha têmpora. — Pertence a mim. É minha criação. E o Tyler e eu achamos que outra pessoa vai querer. Ele está pesquisando.

— Você decidiu isso antes mesmo de saber a nosso respeito? Antes mesmo de eu dizer que sinto o mesmo por você? — a Harper pergunta, perplexa, e põe as mãos nos meus ombros.

— Às vezes, a gente precisa arriscar. Como você acabou de fazer por mim — digo, baixinho.

— Como você fez por mim — Harper diz, com um sorriso que coincide com o meu.

Esses lábios: é impossível resistir a eles. E não preciso mais resistir... Não por ter recebido notas altas nessa matéria alguma vez. O que acontece é que agora tenho liberdade de ação pra beijá-la muito. Assim, capturo seus lábios de novo com uma possessividade que vem da certeza de que a Harper é minha.

Quando interrompemos o beijo, pego a sua mão e levo a Harper pra um banco dentro do parque, onde nos sentamos.

— Tenho uma nova ideia. Quero mostrar pra você. Uma certa princesa sexy que eu amo foi minha inspiração.

A Harper finge estar curiosa.

— Quem seria essa princesa sexy?

— A possibilidade me ocorreu quando jogamos boliche pela primeira vez. — Pego o envelope e tiro as cópias das tiras em que trabalhei. Embora *trabalho* dificilmente seja a palavra. *Brincadeira* é melhor, porque desenhar a Harper sempre pareceu divertido. — Eu a imaginei como esta mecânica muito quente.

Mostro a primeira cópia. A Harper ri e olha para mim.

— Essa sou eu?

Faço que sim com a cabeça.

— Estou bem peituda — ela diz, de certo modo orgulhosa, balançando os seios.

— Sim, você está.

— E sou uma mecânica?

— Nessa tira, você é.

— Você tem consciência de que eu nem mesmo sei dirigir, né?

É a minha vez de rir.

— Vê como Los Angeles seria terrível pra nós? Você é muito nova-iorquina.

Mostro pra ela os demais desenhos: o manual de instruções, a piada da troca de óleo, a mecânica com a capa e muitos outros. O que começou como rabiscos aleatórios se transformou no início do enredo de uma história. Fascinada e de olhos arregalados, a Harper dedica algum tempo a estudar cada desenho.

— Lembra-se de quando você me perguntou sobre o segredo de desenhar um belo cartum?

A Harper ergue os olhos do meu trabalho.

— Lembro, Nick. Você disse que a pessoa tem de gostar do que está desenhando.

— É verdade, mas preciso corrigir isso. Ajuda ainda mais se você *ama* o que está desenhando. — Dou um tapinha no último desenho, em que a marionete lança olhares provocativos pra mecânica de capa.

— A marionete é você? — a Harper pergunta com um sorriso.

— Talvez. Não sei. Mas tenho muito em comum com esse boneco. Ele tem uma mente suja e adora lançar olhares furtivos pra uma ruiva deslumbrante.

A Harper dá risada.

— Eu amo você, seus cartuns safados, seu cérebro pirado e o fato de que você me vê como uma mecânica, ainda que eu seja uma mágica.

Essa última palavra me recorda de algo que nunca entendi quando se trata desta mulher.

— Me diga... Eu costumava pensar que você não estava a fim de mim porque você nunca foi a princesa desajeitada perto de mim. Isso significa que seus sentimentos mudaram quando você disse que estava... — Faço uma pausa pra desenhar aspas no ar com os dedos. — ..."curada da sua aflição"?

A Harper sorri com malícia e nega com um gesto de cabeça.

— Não.

— Então, quando? — pergunto com curiosidade.

— Nunca enfrentei nenhum problema pra conversar com você — ela afirma, passando a mão pelo meu cabelo e me olhando com os olhos cheios de lascívia. — Quer saber o segredo desse pequeno truque?

— Sim, quero. Isso sempre me confundiu.

— Preste atenção, porque nunca revelo como faço meus truques.

— Estou escutando.

— *Prática.* — A Harper projeta o queixo.

— O que quer dizer com isso?

Sua voz fica suave e vulnerável:

— Tive anos de prática. Gosto de você desde sempre. Você era meu amigo quando éramos mais jovens e sempre foi muito bonito. Nunca me senti desajeitada perto de você porque te conheço há um tempão. Fingir que nunca senti atração por você foi o maior truque que já tirei da cartola.

Deixo sua confissão ser absorvida. De certa forma, ela faz sentido, quando remonto a todos os elogios que ela me fez nas últimas semanas. No entanto, estou um tanto espantado, e também temeroso.

— Você é de verdade?

— Sempre tive uma quedinha por você, Nick. — E então manchas vermelhas colorem seu rosto.

Um novo surto de felicidade se apossa de mim.

— Faça uma coisa pra mim, Harper.

— O quê?
— Nunca quebre esse feitiço.
— Não vou quebrá-lo. — Ela pega a minha mão e entrelaça os dedos nos meus. — Por isso que beijar você e fazer amor com você nunca pareceram aulas. Nunca pareceram exercícios pra mim, Nick. Sempre pareceram reais.

Sinto um calor em meu peito e tenho certeza de que sou o cara mais sortudo do mundo por ter esta garota ao meu lado.
— Também sempre foi real para mim — revelo, baixinho. — Sempre foi de verdade.

A Harper me dá outro beijo e, em seguida, um sorriso abobado.
— Quer dizer que você realmente me ama, hein?

Dou risada.
— Realmente te amo.
— Sou uma garota de sorte.

Suspiro com satisfação.
— Foi uma tarde perfeita. Só há uma coisa que pode melhorá-la.
— Uma fatia de bolo? — ela pergunta, ansiosa.
— Isso e algo mais. Vamos cair fora?

A Harper aperta os meus dedos.
— Claro que sim.

Eu levo a Harper pro meu apartamento. Logo que fecho a porta, arrancamos as roupas um do outro, nos puxamos pelos cabelos e caímos na cama.

Em segundos, a Harper agarra meus pulsos, curva-se sobre mim e me cavalga com força e beleza enquanto o sol mergulha no horizonte. Ela assume o controle, com os quadris rebolando, as costas se arqueando, os lábios entreabertos e se move pra cima e pra baixo. A Harper ajusta o ritmo e eu sigo o seu comando, observando cada tremulação de suas pálpebras, cada pulo de seus seios. Em pouco tempo, ela se curva ainda mais, cola o rosto no meu e me sussurra no ouvido:
— Eu te amo.
— Também te amo. — E a puxo com força para mais perto, e a mulher que é meu tesouro perde o controle enquanto gozamos juntos.

Ficamos na cama por algum tempo, conversando e nos acariciando, até o meu celular tocar. É a Serena. Ela informa que já está em casa depois de receber alta. Pouco depois, saímos pra visitar o casal e dar os presentes pro seu bebê. Eles o batizaram de Logan. Em seguida, a Harper e eu vamos ao Peace of Cake pra celebrarmos nossa união.

É um namoro. É definitivamente um namoro.

Espere. É muito mais. É o início de um novo enredo pra nós. A história deste grande amor da minha vida.

Epílogo

ALGUNS MESES DEPOIS...

Eles oscilam. Balançam. Então, com um barulho ressonante, todos os dez pinos de boliche caem. A Harper joga os braços pro alto e se aproxima de mim orgulhosamente.

— *Strike*!

Eu lhe dou os parabéns, ainda que ela esteja me dando uma sova.

— O que me diz? — ela me desafia, jocosamente, passando um braço em torno do meu pescoço.

— Você me ferra toda vez no boliche — afirmo, repetindo uma verdade de nossa vida em comum.

Só ganhei dela uma única vez, na primeira revanche após a noite em que a Harper desempenhou o papel de bibliotecária sexy pra mim. Desde então, ela me derrotou em todas as ocasiões e, juro, não tem nada a ver com o fato de quão distraído fico ao olhar pro seu traseiro no momento em que ela se dirige pra pista. Não, a Harper é boa de verdade e está prestes a me derrotar pela décima vez consecutiva.

— E eu vou receber um presente especial, como você prometeu, por vencê-lo pela décima vez?

Faço que sim com um gesto de cabeça. Tenho dado presentes pra ela depois de cada vitória. Uma nova varinha de condão. Sim, *desse* tipo. Um conjunto de lingerie. Um laço de cetim pro cabelo, que, por acaso, também tem outros usos.

— Se você vencer, sim.

— E vou ter de perder de propósito de novo alguma vez? — a Harper pergunta, como os olhos brilhando.

— Nunca — respondo.

Ela me dá um beijinho.

— Nunca, jamais.

Isso porque não trabalho mais pro Gino. Meu programa saiu da Comedy Nation. O negócio não aconteceu de um dia pro outro, mas, uma semana depois que recusei a oferta da Comedy Nation, recebi outra. O programa passa agora na rede em que o marido da Serena trabalha: a RBC.

Não estou dizendo que a ajuda que a Harper e eu demos à sua mulher grávida tenha feito diferença. De modo algum. Mas com certeza não prejudicou quando o Tyler precisou negociar com uma nova rede. O Jared mexeu os pauzinhos e o Tyler fechou o negócio, mudando *As aventuras de Mister Orgasmo* para as dez da noite, na RBC, onde está batendo recordes de audiência todas as semanas. O engraçado é que o chefe da RBC não faz joguinhos, não brinca comigo e não se importa se ganho dele no golfe, no softbol, no boliche ou em qualquer outra coisa. Ele se importa se proporciono o melhor programa possível. Assim, é o que eu faço todas as semanas.

Bem, tecnicamente, faço dois programas. A RBC é dona da rede de canais a cabo LGO, e agora a LGO, orgulhosamente, apresenta o novo desenho animado com cinco minutos de duração intitulado *Teatro de marionetes safadas apresenta a mecânica sacana*.

Está no começo, mas os telespectadores dão a impressão de gostar e há rumores pra transformar esse programa num desenho animado de longa duração. Parece que não sou o único que gosta de uma mecânica tesuda.

Mas a mulher em meus braços é toda minha.

E quero ter certeza de que continue assim.

Por isso, quando a partida acaba, e ela ganha de novo, deixo a Harper saborear a dança da vitória por alguns segundos. Então, ela gira e me encontra apoiado num joelho na pista de boliche.

A Harper para de girar, fica paralisada e leva a mão à boca.

Algum tempo atrás, eu não tinha certeza de como compartilhar meus sentimentos, mas agora as palavras saem com facilidade e quero dizê-las com todo o meu coração:

— Harper, amo você loucamente e quero ser aquele que divide com você o sabão em pó, as partidas de boliche, os sorvetes e os bolos, as mensagens de texto obscenas, os chuveiros, o amor, a felicidade, a inspiração e todos os nossos dias e noites. Quer casar comigo?

A Harper cai de joelhos e joga os braços em torno de mim, derrubando-me no piso da pista de boliche.

— Sim, sim, sim, sim! — ela repete várias vezes, deitada sobre mim. Não poderia haver resposta mais perfeita pra um pedido de casamento.

Depois que a Harper me solta, nós nos sentamos. Então, deslizo um anel de platina e diamante belíssimo em seu dedo, enquanto as lágrimas rolam por seu rosto.

— Eu amo tanto você que até adotaria seu sobrenome, Nick Hammer — a Harper diz, enxugando os olhos.

— Eu amo tanto você que jamais pediria pra fazer algo tão horrível, Harper Holiday.

Não me importo se ela adotar meu sobrenome, porque tenho tudo que pensei que perderia. Tenho a garota.

Outro epílogo

PERGUNTE-ME AS MINHAS TRÊS COISAS PREFERIDAS E as respostas, de tão fáceis, estão na ponta da língua: beijar a Harper, transar com a Harper e amar a Harper.

Não vou mentir, mas a última é, de longe, a minha favorita. Ela não é só a irmãzinha do meu melhor amigo. Ela não é só a pessoa mais incrível que conheço. E ela não é só a inspiração pro meu mais novo programa de TV.

Ela é a minha mulher e amá-la é, com certeza, a melhor coisa do mundo.

A Harper surgiu como a mulher que desejei após um dia no Central Park, quando pregamos uma peça no seu irmão. Em seguida, ela se tornou minha amiga, minha pupila em questões de namoro e, depois, minha aluna. Contudo, a verdade é que aprendi tanto com ela quanto ela comigo, se não mais. Aprendi que amar com todo o coração é ainda melhor do que acumular orgasmos.

Não me entendam mal. Ainda sou o super-herói do prazer, mas tenho uma única missão agora: *ela*. Pretendo cuidar do terreno de seu belo corpo pelo resto dos nossos dias, porque não há nada melhor do que a obsessão de fazer uma mulher se sentir incrível. Mas o mais importante é dar tudo pra mulher que você ama: na cama e fora dela, e faço isso todos os dias em relação à Harper.

Minha mecânica sacana. Minha beleza de capa. Minha esposa que empunha uma varinha de condão, que adora bolos, que usa meias 7/8 e lacinhos.

Ah, e no caso de você querer saber, temos um cachorro agora. Adotamos um mestiço de pinscher miniatura e chihuahua, que ri de todas as nossas piadas e a quem demos o nome de Uber.

Tenho a impressão de que ele será o primeiro de muitos outros.

Agora, você pode estar se perguntando se a Harper adotou meu sobrenome. De certa forma, sim.

Ela é a incomparável e a única senhora Orgasmo.

FIM

Agradecimentos

Muito obrigada por lerem meus livros! Sou muito grata aos leitores, que tornaram possível que eu continue fazendo o que gosto: escrever romances. Também sou grata às diversas pessoas que levaram *Mister O* às suas mãos. Em primeiro lugar, meu agradecimento especial à Jen McCoy, minha princesa das ideias geniais. Agradeço à Helen Williams, minha mestra das capas; a KP Simon, meu principal estrategista; à indispensável Kelley Jefferson; e a todos os meus atuais e antigos editores, incluindo Kim Bias, Dena Marie e Lauren McKellar. Um obrigado imenso ao meu marido e aos meus filhos! E, como sempre, todo o amor do mundo aos meus cachorros!

Como entrar em contato comigo

Adoro ouvir os comentários dos leitores!

Você pode me encontrar no Twitter como @LaurenBlakely3; no Facebook em LaurenBlakelyBooks; ou no meu site www.laurenblakely.com.

Você também pode me enviar um e-mail: laurenblakelybooks@gmail.com.

Ele tem todos os talentos.
Algumas vezes, tamanho é documento.

"A MAIORIA DOS HOMENS NÃO ENTENDE AS MULHERES."
Spencer Holiday sabe disso. E ele também sabe do que as mulheres gostam.

E não pense você que se trata só mais um playboy conquistador. Tá, ok, ele é um playboy conquistador, mas ele não sacaneia as mulheres, apenas dá aquilo que elas querem, sem mentiras, sem criar falsas expectativas. "A vida é assim, sempre como uma troca, certo?"

Quer dizer, a vida ERA assim.

Agora que seu pai está envolvido na venda multimilionária dos negócios da família, ele tem de mudar. Spencer precisa largar sua vida de playboy e mulherengo e parecer um empresário de sucesso, recatado, de boa família, sem um passado – ou um presente – comprometedor... pelo menos durante esse processo.

Tentando agradar o futuro comprador da rede de joalherias da família, o antiquado sr. Offerman, ele fala demais e acaba se envolvendo numa confusão. E agora a sua sócia terá que fingir ser sua noiva, até que esse contrato seja assinado. O problema é que ele nunca olhou para Charlotte dessa maneira – e talvez por isso eles sejam os melhores amigos e sócios. Nunca tinha olhado... até agora.

Este livro é o mais divertido que li nos últimos anos. Spencer é um herói perfeito: macho alfa com dez tons de charme, muitos centímetros de prazer e o oposto de um cretino. Cada página me fazia sorrir e, no momento em que fechava o livro, era o meu marido quem estava a ponto de sorrir também.

CD REISS – autora da Submission Series

Aguardem, em breve novos lançamentos da autora no Brasil.

LEIA TAMBÉM OS ROMANCES DE TARRYN FISHER

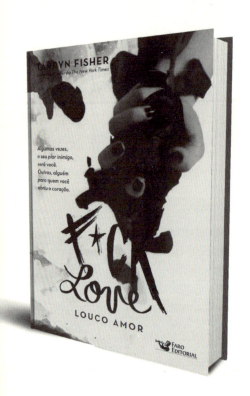

louco amor

Algumas vezes, o seu pior inimigo, será você. Outras, alguém para quem você abriu o coração.

Você pode pensar que já viu histórias parecidas, mas nunca tão genuínas como essa. Tarryn, a escritora apaixonada por personagens reais, heroínas imperfeitas, mais uma vez entrega algo forte, pulsante, que nos faz sofrer mas também nos vicia. Depois dela, todas as outras histórias começam a parecer como contos de fadas.

AMOR & MENTIRAS

"UMA SÉRIE SOBRE AMOR MUITO REALISTA, NA QUAL NÃO EXISTEM MOCINHOS, CAPAZ DE SURPREENDER A CADA NOVA PÁGINA."

 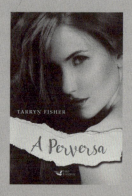 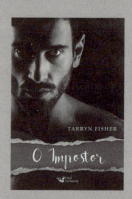

THE GAME SERIES, de J. Sterling

A VIDA ÀS VEZES FICA TRISTE ANTES DE SE TORNAR MARAVILHOSA...

Ele é o tipo de jogo que ela nunca pensou em jogar.
Ela é a virada no jogo que ele nunca soube que precisava.

O jogo perfeito conta a história de dois jovens universitários, Cassie Andrews e Jack Carter.

Quando Cassie percebe o olhar sedutor e insistente de Jack, o astro do beisebol em ascensão, ela sente o perigo e decide manter distância dele e de sua atitude arrogante.

Mas Jack tem outras coisas em mente...

Acostumado a ser disputado pelas mulheres, faz tudo para conseguir ao menos um encontro com Cass.

Porém, todas as suas investidas são tratadas com frieza.

Ambos passaram por muitos desgostos, viviam prevenidos, cheios de desconfianças antes de encontrar um ao outro, (e encontrar a si mesmos) nesta jornada afetiva que envolve amor e perdão. Eles criam uma conexão tão intensa que não vai apenas partir o seu coração, mas restaurá-lo, tornando-o inteiro novamente.

ASSINE NOSSA NEWSLETTER E RECEBA
INFORMAÇÕES DE TODOS OS LANÇAMENTOS

www.faroeditorial.com.br